ФРИДРИХ
НЕЗНАНСКИЙ

Фридрих НЕЗНАНСКИЙ

Чисто астраханское убийство

Астрель
КРПА ОЛИМП
МОСКВА

УДК 821.161.1-312.4
ББК 84(2Рос=Рус)6-44
    Н44

Серия «Возвращение Турецкого» основана в 2007 году

В романах серии использованы мотивы
телевизионного сериала «Возвращение Турецкого»
(производство ООО «Студия АРТ-Базар», 2007 год)

*В основе книги — подлинные материалы как из собственной прак-
тики автора, бывшего российского следователя и адвоката, так и из
практики других российских юристов. Однако совпадения имен и на-
званий с именами и названиями реально существующих лиц и мест
могут быть только случайными.*

Глава первая
ГЕНЕРАЛ НА КРЮЧКЕ

— Здравствуй, мой генерал!

— Сам такой, — огрызнулся Грязнов, но по тону Турецкий понял, что тот доволен тем, что о нем вспомнили коллеги. Не успел приехать и разместиться, и вот уже первый звонок. — Что, туго без начальника?

— Наоборот, — засмеялся Турецкий, — как говорили в недавние времена, по одной путевке весь коллектив отдыхает.

— Вот сукины детки! — рассмеялся и Грязнов. — Значит, соскучились. Слушай, Саня, если в конторе ко мне нет вопросов, а у тебя может выпасть свободная неделька, ты бы прикатил, а? Я еще всерьез за дела не взялся, но по тем приметам, которые наблюдаю, рыбалка здесь ох...ренительная! Да какие экземпляры, Саня! О царе-батюшке и не говорю, сомы — по сорок кэгэ! Давно ты таких видел? То-то!

— А разве царя твоего можно брать? Он же занесен, по-моему, в какую-то книжку?

— Нежелательно. Но рядом, как говорят, через дорогу, Калмыкия свой нарез имеет на обоих берегах, и уж там, у них, не стесняются. И берут, и торгуют. Теплоходы проплывают мимо, так они на своих моторках догоняют и чуть ли не в иллюминаторы острые морды суют! Картинка, скажу тебе, та еще! А здешние берут понемногу — на собственный стол. Ну... а, в общем, и с икоркой — в каждом доме. Но браконьерство в массовых масштабах пресекается, и я тебе скажу: правильно. Зато судака, Саня, просто немеряно! И стерлядочки! А ты ж меня знаешь, я больше по этой части охотник. А сомов коптят либо на котлеты пускают, Саня, сплошное объедение! Приезжай, не пожалеешь, да и старика утешишь своим присутствием, а то я все никак от своего уссурийского одиночества не отвыкну. Бирюком кажусь, наверное, своей молодухе-хозяюшке.

— Да-а? И такая добыча водится?

— Водится, Саня, еще как водится. Так глазками и посверкивает, совсем разучились девки заслуженную седину уважать, так и норовят проверить.

— Ну, ты, надо понимать, протестуешь?

— Вяло, Саня, очень вяло и неохотно. Да и что я мог успеть за два дня?!

— Не знаю, прежде, помнится, ты и за два часа справлялся. Может, действительно постарел, а, генерал?

— Не дразнись, лучше приезжай, не пожалеешь, повторяю. А ехать совсем просто: стал на трассу М-6 и гони себе прямо до Ивановской, ровно тыща двести пятьдесят один кэмэ от Первопрестольной. А спросишь дом Дуси Мамонтовой, моей хозяйки, ее тут все знают, видная женщина. И угораздило же меня, ей-богу... Это все Лешка Привалов затеял, астраханский начальник ГУВД. Будешь, говорил, как у Христа за пазухой. А я как посмотрел, сразу подумал, что там и ты поместишься.

— Заботливый ты мой, — рассмеялся Турецкий, — мне только за пазуху и лазать! Сам давай, помнишь, как в кино? Сама, сама. Ладно, посмотрю, но ты особо не рассчитывай, разве что Ирка отпустит. А так-то я бы против недельки не возражал. Подумаю. А пока докладываю: во вверенной вам «Глории» ничего путного не происходит. Лето, «мертвый сезон», мужики бабам не изменяют — жарко, бабы мужьям — тоже, хорошие разъехались по Канарам с Бермудами и Багамами, а плохие ими в расчет не берутся. Даже убивать почему-то перестали, лень, что ли, киллеров давит? Ничего понять нельзя, видов на прибавку жалованья — никаких. Совсем поплохел народец. Даже родная милиция, извини за колкость, зевает. Нынче ехал по Садовому, гаишник, смотрю, так рот раскрыл, что за его здоровье страшно стало. Жарко, Слава.

— Ну, это временное затишье, — успокоил Грязнов, — но ты им воспользуйся. Кто там у нас на месте?

— Как обычно, Макс, Сева мается. Даже Алька слиняла, куда-то в загранку ее папашка вывез, может, в расчете выдать, наконец, замуж?

— Я понимаю, это сильный удар по твоему самолюбию.

— И не говори, ночей не сплю, все ворочаюсь, Ирке спать не даю.

— Тем более, как говорится, ехайте, граф, сюды.

— А знаешь? Наверное. Если ты возьмешь на себя смелость позвонить Ирке и сообщить ей, что у тебя форс-мажор, и без опытного Турка ты никак с собой не справишься. Может, и поверит, кто ее знает?

— Заметано! Можешь ехать домой и собирать вещи. А Севке скажи, пусть помается еще недельку, а потом мы его вместе с супругой командируем куда-нибудь, ну, скажем, в Карловы Вары. Именно командируем, чтоб на дорогу не тратились, пусть досконально выяснит, как эти канальи варят свое замечательное пиво. Нетрудное задание, правда?

— Я думаю, Севе — в самый раз. Заметано, пан директор...

Село Ивановское, которое, кажется, гордо именовало себя станицей, расположило свои три с половиной десятка добротных домов вдоль одной из проток Волги. Народ в основном жил на рыбе. Было крепкое хозяйство, потом оно развалилось, рыбаки стали единоличниками, иначе говоря, индивидуальными предпринимателями. Рыбу солили, вялили, коптили по дворам и выносили на автотрассу, выставляя на продажу большие стенды с разнообразной рыбой, прикрытой от мух марлей.

И банками черной икры — это уже из-под полы. Предупреждали, что милиция в Волгограде, да и на трассе, случалось, устраивали выборочные проверки автомобилей. Редко кто из проезжих обладал сильной волей и не тормозил перед бронзовым роскошеством на стендах. Либо подобными же стендами, только уставленными банками с медом таких сортов, что глаза разбегались при виде радуги всех мыслимых оттенков — от густо-коричневого до снежно-белого. Вот с этих летних, главным образом, доходов и жили семьи остальное время года. И в домах был заметен достаток, несмотря ни на какие ухищрения работников налоговых служб. А числились хозяева механиками, слесарями, паромщиками, сторожами на бахчах с мизерной зарплатой «кошкины слезы». Жили, детей растили, воспитывали, в школу возили в большой поселок Замотаевку, автобусом три километра — не расстояние.

В доме, где остановился Грязнов, детей не было, да и мужика — тоже. Евдокия Григорьевна Мамонтова оказалась родней главного астраханского милиционера Алексея Кирилловича Привалова, старого боевого товарища Грязнова, с которым Вячеслав Иванович нередко пересекался в бытность свою в должности замначальника Департамента по борьбе с организованной преступностью и особо опасными преступлениями. МВД России. Знал Алексей и по какой причине покинул Грязнов свой высокий пост, выйдя в отставку, а теперь узнал и о причинах, которые вернули Вячеслава из уссурийской глуши обратно в столицу, где он снова возглавил созданное им еще на заре девяностых годов охранно-розыскное агентство «Глория». Так вот он, зная об роковой страсти генерала в отставке Грязнова, зазвал его, в кои-то веки, к себе в вотчину, пообещав истинно царскую рыбалку. Ну где ж было устоять страстному рыбаку?

А родственница, к которой Алексей привез своего приятного гостя, к удивлению Грязнова, совсем не пожилая тетка, как уверял Привалов, а вполне молодая и весьма привлекательная женщина лет так около сорока от роду. Великолепный бюст хозяйки, улыбавшейся ослепительно белыми зубами — прямо с рекламы пасты «Колгейт-тотал», — и ее смелая фигура знающей себе цену молодки как-то поначалу насторожили Вячеслава Ивановича. Знал же Лешка, что он не женат, так, может, того? Виды заимел? Но Дуся, как она сама себя представила, или Дусенька, как звал ее Привалов, ничего, кроме доброжелательного гостеприимства не выказала, провела гостя в отдельную комнату и показала свежезаправленную постель, вешалку и пустые полки в платяном шкафу, а снаружи — летнюю пристройку с душем и рядом — с туалетом. Кабы не подозрение, Грязнова такие условия устроили бы безоговорочно. Но Алексей, наблюдая некую раздвоенность чувств товарища и бывшего коллеги, подмигнул ему и негромко успокоил, что ничто его не потревожит, Дусенька — прекрасный человек и никогда ничего лишнего себе не позволит. Успокоил.

Оказалось, что сама Дуся спит в соседней, проходной, так сказать, комнате, и чтобы ночью, например, выйти по нужде, Грязнову пришлось одеваться едва ли не по всей форме. То было в первую его ночь. Но утром, когда он поднялся совсем рано и тихо вышел, чтобы не разбудить хозяйку, увидел, что та уже на кухне и приготовила ему завтрак. Жареная картошечка, жареный лещ — крупными кусками, длинненькие соленые помидоры, лопающиеся во рту с одуряющим вкусом, и большой, разделанный на доли арбуз... Грязнов понял, что стойкости его если и хватит, то, очевидно, ненадолго. А Дуся так смотрела на него, пока он ел, что куски застревали в горле. Заметив это, она улыбнулась и вышла на веранду, оглянувшись в дверях и будто приглашая не стесняться и ни в чем себе не отказывать. Да как же тут не стесняться-то?

Алексей, пока ехали сюда, коротко рассказал, что Михаил, муж Евдокии, то ли утонул, то ли замерз в степи по пьяному делу несколько лет назад. Дурной он был, красивый, видный мужик, а с придурью, в здешних же местах водка — до сих пор «разменная монета». Икра, раки да водяра. И она с тех пор жила одна, сдавая иногда комнату приезжим любителям рыбной ловли, причем, как правило, пожилым людям, знавшим про Ивановское и его прекрасные места, у которых были относительно рыбалки самые серьезные намерения. А местным всем поголовно было ведомо, кто Дусин родственник, и не приставали, чаще предпочитая обходить лакомый кусок стороной — от греха.

Алексей и сам не раз приезжал к ней с друзьями — места-то сказочные, и рыбалка действительно царская. Так, под шумок, случалось, и осетра брали — Волга-то, вот она, под боком. А гости начальника милиции — лица по-своему неприкосновенные, естественное дело.

Над протокой, где расположился Грязнов со своими удочками, безумно жарило солнце, а из Заволжья, прямо как из пустыни, давил горячий ветер. Скинуть бы все с себя, да нельзя. Знал Грязнов, что вмиг обгорит, и потом уже о рыбе и думать не придется. Поэтому терпел, прел, потел, раскрыв над головой большой зонт, который ему дала хозяйка, намекнув, чтоб он не очень-то форсил, раздеваясь на воде, как некоторые приезжие. День-другой походят, а потом лежат пластом и охают. Дома — другой разговор, жарко ведь, нечего стесняться, все — люди, и ничего нового не покажут. Ох, хитра девка, подумалось Вячеславу Ивановичу, видит Бог, доведет до греха. А она ослепительно улыбалась и выставляла вперед тугую грудь, словно откровенно дразнила его. Оттого и телефонный звонок Сани из Москвы оказался как нельзя кстати.

Хозяйка, когда он разговор закончил, словно встрепенулась, вошла в его комнату и игривым тоном поинтересовалась, кого это гость приглашает без всякого ее на то разрешения? Но сам вопрос прозвучал помягче: «Кто это у нас такой веселый?» Разговор был ей, оказывается, слышен. Грязнов почувствовал неловкость за собственную несдержанность относительно в первую очередь «запазухи», конечно, но подавил смущение и усмехнулся со значением:

— Это мой лучший друг, Дусенька. Всем друзьям друг! Один у него минус — женат. Но увидишь, все равно сомлеешь.

— Это с чего бы? — Она кокетливо качнула бедрами.

— А с того самого, — вздохнул Вячеслав. — Ох, чую, пропадешь ты, девка. Слушай-ка, а может, позвонить да отменить его приезд? Сказать, что, мол, хозяйка возражает, а свободную комнату в деревне не найти так сразу?

— Так он же к вам собирается, — она фыркнула. — Я-то ему — никто. Зачем же отменять-то? Пусть порыбалит, порадуется, гостями мы всегда довольны.

— Вот! — Грязнов поднял указательный палец. — В этом и есть самая опасность! Что значит, ты — никто? Это две первые минуты — никто, а после... нет, не знаю, не уверен, что ты так и останешься для него никем.

— Да ладно вам! — уже неуверенно засмеялась она. — А он кто?

— Такой же генерал, как и я, только из прокуратуры. И моложе на добрый десяток лет. Я ж говорю, сомлеешь... — Он шутливо махнул рукой, подумав при этом, что было бы, вероятно, совсем неплохо, если бы Саня отвел от него эту угрозу. Все ж таки Дуся, как ни крути, родственница Лешки, неудобно будет, если тот узнает, что Вячеслав, да на старости лет... Еще была б чужая женщина, а так вроде даже своя...

Под вечер он вернулся домой истомленный, промокший и словно задубевший на сумасшедшей жаре. Понял, что в такой одежде рыбалки не будет, надо что-то проще, совсем легкое. Наскоро принял душ и, накинув полотняный халат, прошел к себе и завалился на кровать. Даже есть не захотел, и Дуся поняла его.

Сон был коротким, но тоже жарким. А когда он открыл глаза, увидел рядом с собой обнаженное гладкое и горячее тело хозяйки и прямо перед глазами — ее оскаленные в напряженной улыбке зубы. Вот откуда она, духотища-то! Что оставалось делать? А ничего, просто подчиниться. И пала крепость его утренних сомнений, да еще как пала! Взорвалась и рассыпалась мелкими камешками. «А что, — подумал он, вспоминая еще недавнюю свою целительную уссурийскую тайгу с ее животворными рецептами вечной молодости, — мы еще, кажется, годимся!» И облегченный стон Дуси лишь подтвердил его новую уверенность. «Неужели ж, — бежала дальше мысль, — придется теперь просить Дусеньку поспособствовать другу какой-нибудь симпатичной подружкой?» О том, чтобы передать этому другу свою собственную женщину, у Грязнова теперь уже и мысли такой не возникло.

Он еще утром позвонил Ирине в Москву и попросил у нее дружеского одолжения. Она и сама прекрасно знала, что к работе он приступил всего лишь вот-вот, а до того только помогал ребятам, но и с ходу войти в нужную рабочую колею, когда никакой работы нет, тоже маловероятно. А тут выпала удача с Приваловым. Словом, очень было бы им нужно вдвоем с Саней поговорить по душам с глазу на глаз и наметить не второпях, а всерьез и надолго программу будущих своих дел. Обсудить в деталях и не торопясь, чего в Москве никогда не сделаешь, вечно отрываешься на всякие «особо важные» пустяки.

Ирина, в общем-то, поняла суть его просьбы и пообещала, что ровно на неделю отпустит Шурика, но с условием, чтобы тот обязательно привез ей обещанные Славкой волжские дары. В шутку сказала, но у женщин именно подобные шутки и несут основную идейную нагрузку, их обязательно следует принимать к исполнению. Уж в чем-нибудь другом — ладно, можно и забыть случайно, а в таких мелочах приходится быть строгим к себе и методичным.

Другими словами, это означает, что Саня уже весь день в пути, и ожидать его следует на рассвете следующего дня. Если он не станет где-то делать остановку. Значит, надо бы и о другой кровати позаботиться. С тем он и обратился к игривой, расшалившейся хозяйке. У той вспыхнули глаза.

— А он у тебя как? — Они легко перешли на «ты».

— В каком смысле?

— Ну... в прямом. — Она замялась, но тут же звонко рассмеялась: — Такой же горячий? Или как?

— Сказал бы «или как», но тогда совру. — Он обнял женщину за плечи и притянул к своей груди. Подумал про себя: «А ничего ручонки-то, ухватистые еще!» — Я так думаю, что, пожалуй, еще погорячее да покрепче меня будет.

— Ладно тебе, ты и сам, как тот дубок. А говоришь — старый! Тебе сколько?

— Да скоро на седьмой десяток перейду.

— Брось ты, не может быть! — Она уставилась недоверчиво. — Я бы, так больше пятидесяти и не дала. Руки-то — вон, позавидуешь! И как же тебе, милый мой, удалось сохранить-то себя?

— А это все — тайга-матушка. Она — моя целительница. Да зверушки — в друзьях, их охранять от злых людней требовалось, вот и некогда было стареть. У егеря всегда забот полон рот, а у старшего — тем более. Зимой-то на лыжах верст по двадцать каждый Божий день. Да не по трассе, а по тайге.

— А что за зверушки-то?

— Да хоть те же тигры. Знаешь, сколько там браконьеров?

— Ох ты! А одному-то было не страшно? Или кто-то помогал одиночество скрасить, а? Только не ври, все равно не поверю, чтоб такой мужчина один по тайге шастал...

— Один, один, Дусенька. Причины тому были веские.

— Беды натворил, что ли?

— Это как подумать. Виноватым себя чувствовал, но от беды и сам ушел, думал одиночеством вылечиться. Ладно, это теперь уже неинтересно.

Вернулся, как видишь. И снова работы много. Душу на рыбалке отведу, и — назад. Агентство у нас, сыщики, охранники. То с неверными супругами иметь дело приходится, а то и с преступниками — и бандиты, и убийцы. Тоже бегать надо...

— А я и смотрю, нет в тебе ни капельки жира, — она попробовала ухватить пальцами мышцу на его груди, но пальцы скользили — жарко. Тогда шлепнула и поцеловала место шлепка. — Нет, силен мужик, умеешь радость доставить.

— Так это, — засмеялся он, — надо понимать, у нас с тобой только начало? Или твой каприз?

Дуся хитро уставилась на него, потом тряхнула густыми черными волосами, рассыпавшимися на ее полных плечах.

— Знаешь-ка, давай тогда койку дружку твоему не у тебя в комнатке, а в сенцах поставим? Или на веранде? Чего ж вы будете мешать-то друг другу?

— Ох, Дусенька, и до чего ж ты сообразительная...

— А то! — Она откинула голову ему на руку, потерлась шеей. — Я знаешь что подумала? Зинку, пожалуй, приглашу на ужин, не возражаешь? Медсестра наша, здорово пострадала она, бедняжка, да об этом — потом как-нибудь. А девка она хорошая, сердечная и собой, я тебе скажу... вполне симпатичная. И не упрямая.

— Видишь, какая ты умница! Так тогда и я в магазин схожу, что ли, скажешь, чего взять надо? У меня, конечно, кое-что есть с собой, да и Саня привезет, бесспорно, но, может, тебе чего-нибудь еще потребуется, к столу, я имею в виду?

— Да не надо ничего, — отмахнулась она. — Или, может, вы городского захотите?.. У нас-то все просто, с чем живем, тем и питаемся. Вы — другое дело.

Грязнов поспешил уверить ее, что о приготовленном ею сегодня завтраке можно только мечтать, он давно такой вкусноты не ел, особенно рыба да помидоры — обалдеть можно. Она снова просияла, прижалась к его плечу щекой. Потом подняла голову со спутанными волосами и в упор взглянула ему в глаза смеющимся взглядом:

— А ты что ж, хотел, значит, меня ему подсунуть?

— С чего ты взяла? — опешил он.

— А разговор ваш случайно подслушала, вы громко разговаривали, не знаю, что он говорил, но твои-то слова я слышала. Насчет «запазухи»! — И продолжала смотреть в упор смеющимся взглядом.

— Да ну что ты, Дусенька, — совсем смешался Грязнов, — ты разве не поняла, что я так пошутил? Ну, может, неловко, тогда прости меня. А «запазуха» мне твоя, кстати, очень нравится. Так что и не думай, уж если ты мне сама позволила заглянуть туда, то больше никому не достанется такая радость. Хотя бы при мне.

— А ты еще и ревнивый? — Она засияла от удовольствия.

— Жуть какой... А эта твоя... Зина, да? У нее что, беда какая была?

— Доктора нашего, любила она его, подстрелили лихие люди. Давно уже, полгода назад, а то побольше. Думали, выживет... Зинка сильно переживала, бедная, а я только недавно встретила ее, — все дома да в медпункте, а тут вижу, идет, улыбается мне, кивает, похоже, отходить стала. Дружили мы раньше. Я и подумала, что, может, хорошая компания ей станет получше иных лекарств, а? Как думаешь?

— Ты абсолютно права, приглашай. Только скажи мне, а это не отразится как-то нехорошо на тебе? Народ-то ведь, он видит...

— А я ни с кем из соседей компании не вожу. Они ж еще Мишку помнят, и так моих нечастых постояльцев обсуждают, все равно новые сплетни пойдут, житья спокойного не будет, народу нынче делать нечего, вот языками и треплют. А Зинке я аккуратно скажу, что вот, мол, друзья мои московские, то, другое. А он не грубый, этот Саня-то твой?

— Да ты что?! Ласковый, как котенок. Это и опасно.

— А почему?

— Попадешься — не вырвешься. Сама не захочешь. Ну, это я про Зину. — Он нахмурился. — А то вдруг она чего не так подумает? А потом никто никого не принуждает, посидим, винца попьем вкусного, закусим твоими чудесами, а там что бог на душу положит... Но ты права, постель ему придется в любом случае поставить на веранде, это чтоб и ты сама не беспокоилась. Ты ж вон какая... жаркая.

— Заботливый... — хмыкнула она.

— Как ты говоришь, — а то? Ну, тогда показывай, что у тебя где.

— Отдыхай, я сама.

— Нет, Дусенька, уж позволь мужскую работу делать мужчине, не хватало, чтоб ты надрывалась.

— Ничего со мной не случится, мы — привычные. Но за заботу — спасибо...

Так хорошо сказала, что у Грязнова что-то в душе повернулось теплой стороной к сердцу. Вот как бывает...

— Это, милая, разве забота? Это — пустяки. А вот где сейчас наш Саня, давай-ка мы с тобой узнаем.

— Ну, узнавай, а я пойду, дела надо делать. — И она, ловко выскользнув из-под его руки, накинула свой халатик и скрылась в соседней комнате.

— Саня, — Грязнов услышал в трубке голос Турецкого, — где ты находишься и чем занимаешься?

— Только что миновал поворот к Иловле. Мне долго еще, не подскажешь?

— Ну, ты — метеор! Сейчас поглядим... — Грязнов взял со стола справочник «Автонавигатор», который привык возить с собой, раскрыл на трассе «М-6» и посмотрел. — Саня, тебе осталось примерно триста шестьдесят верст по прямой. Волгоград обходи со стороны канала, в Волжский не лезь, а то уедешь на другой берег, придется переправу искать. Сколько тебе надо времени, ты в каком состоянии?

— Нормально, выехал сегодня до рассвета, около трех, стараюсь держать свою сотню, да и на трассе не многолюдно. Думаю, с такой скоростью к полуночи буду. А что?

— Приезжай хоть и заполночь, но у меня тогда маленькая просьба. Я не сообразил, — Грязнов заговорил почти шепотом. — Тут две такие прекрасные женщины, старина, что грех оставлять их хотя бы без малого сувенирчика. Потом придумаем чего-нибудь получше, а пока, будь другом, не поскупись, купи парочку красивых летних зонтиков. Где-нибудь в Волгограде, все равно мимо проедешь, а? Мы не будем торопиться, подождем, посидим за столом. Ночью здесь дышать можно.

— Бу сделано, мой генерал... Погоди, только сейчас сообразил?! Ах, ты, бабий угодник! Согрешил уже? Будь честен до конца!

— Буду. Увы, да, и ни о чем не жалею. Чего и тебе всегда желал в жизни.

«Это хорошо, что Саня на машине, — подумал Вячеслав Иванович, — тут и до Астрахани рукой подать». Сам он прилетел самолетом, и его встретил в порту Алексей, он и привез в Ивановское, к Евдокии, — сдал, так сказать, с рук на руки.

Грязнов надел легкие тренировочные шаровары и вышел к Дусе. Рассказал о разговоре с Турецким. И она предложила перенести знакомство на завтра. Приедет человек, гнал фактически сутки, устал, куда ему еще и знакомиться с кем-то?

— Не знаешь ты Сани, — возразил он. — Настоящий боец. А на ночь-полночь, нам с ним всегда было наплевать. Вот насчет Зины, это ты подумай, может, неловко получиться. Встретимся, скажем, завтра. Но Саню все равно придется положить на веранде, да? Что-то у меня закралось подозрение, будто просто так у нас с тобой сегодня день не закончится?

Она уставилась, оказывается, совершенно рыжими, хитрыми глазами.

— Так ты чего, о нем или о себе беспокоишься?

— О тебе в первую очередь.

— Ишь ты какой! — Она засмеялась и порывисто прильнула к его обнаженной груди, чмокнула. — А я не беспокоюсь, лишь бы ты себя хорошо чувствовал.

Как там получится с дальнейшей рыбной ловлей, подумал Грязнов, еще неизвестно, но то, что он сам уже прочно сидел на крючке, это показалось ему бесспорным.

Зину они решили сегодня на ужин не приглашать, а перенести торжественный обед на завтра, но незадолго до полуночи Грязнов решил выйти на шоссе, чтобы встретить Турецкого у поворота и избавить того от ночного поиска дома Мамонтовой. Дуся увязалась за ним: нехорошо оставлять гостя одного на ночных улицах. Оно хоть и большой опасности нынче не представляет, но еще полгода назад здесь такое творилось! Дуся всплеснула руками и даже глаза свои рыжие, блеснувшие золотом при свете уличного фонаря, закатила. И пока они шли, удаляясь от дома по пустынной главной улице, Дуся успела поделиться с ним тем ужасом, который испытали жители маленькой, в сущности, станицы еще какие-то полгода назад. Действительно кошмар, за короткое время — пять трупов! И это — не Техас какой-нибудь, и даже не Москва...

Показала Дуся и дом, в котором жил убийца, когда проходили мимо. Дом стоял добротный, как и все остальные, окруженный садом, но темный, ибо хозяин его пребывал в тюрьме в Астрахани и ожидал приговора суда. А в соседнем доме, правда похуже и пониже ростом, окна светились. Тут проживала гражданская жена убийцы — тихая и скромная женщина. И вот же угораздило ее влюбиться в будущего преступника. Но, к слову, и с этим вопросом полная неясность. У каждого станичника — своя версия происшедшего, и никто ничего толком так и не знает. Следствие, говорят, все еще идет, но общее мнение астраханских следователей и работников милиции склоняется к тому, что Антон Калужкин — таково имя преступника — и является тем самым кровожадным убийцей, на совести которого столько трупов, что подумать страшно.

Рассказывая, Дуся переходила на шепот, будто боялась, что ее кто-то услышит, и теснее прижималась к Грязнову. Хорошо, на улице в этот час уже никого не было, а то ведь ей же самой потом от сплетен не отмыться. Но — не боялась, вот такая она.

Вышли за околицу и остановились под последним фонарем, чтобы водитель смог их увидеть. Пролетавшие мимо машины, мазали их лучами своих фар, наверняка ведь завидовали, глядя, как немолодой, почти полысевший мужчина обнимал под самым фонарем молодую женщину — другого, знать, места не смог себе найти. А один шутник, пролетая мимо, нажал звуковой сигнал и даже немного притормозил, рассмешив Дусю. Кажется, она была искренне счастлива. «Да много ли женщине надо?» — тайком вздыхал Вячеслав Иванович и пропел: — Ничего не надо, кроме шоколада...

— Ты чего?

— Да так. — Он улыбнулся, снова заметив, как вспыхивают золотом радужки ее глаз. — Однажды оказался я на подмосковной платформе, ждал электричку на Москву. Смотрю, идет такая изящная, очень интересная женщина и ведет за собой маленькую девочку, лет, наверное, пяти, не больше. Она ее держит за ручку, а та приплясывает и поет, — и Грязнов запел фальшивым тонким голосом, копируя ребенка: — «Ай, девочка Надя, чего тебе надя, ничего не надя, кроме шакаладя!»

Дуся звонко рассмеялась.

— Ага! А мать конфузилась и упрекала девочку: «Надя, ну, как ты можешь? Это же неудобно! Это же некрасиво!» Ну да, как же, как же! А та — свое: пляшет и поет. Я рассмеялся, женщина посмотрела на меня и сделала плечами такое движение, будто извинялась, что ничего она не может поделать с упрямым ребенком. Это было так уморительно, что в Москву я приехал в совершенно восторженном настроении. И очень позавидовал тому папе, у которого были такая жена и такая дочь. Искренне позавидовал...

— А у тебя, что?.. — И замолчала. — Извини, если я чего не так.

— Нечего извиняться, никого у меня нет, ни жены, ни дочки, ни сына. Был племянник, которого держал за родного сына. Даже больше. Но случилась трагедия. Впрочем, пусть лучше тебе Саня расскажет, он и сам тогда был уже за чертой, еле вернули. А Денис погиб, и я же его похоронил. И вдруг, представляешь, звонит туда ко мне, в тайгу, Саня и говорит: «Я тут с Дениской на днях встретился, не сразу узнал, он просил тебе привет передать». Дуся, я думал, с ума сойду... А он рассказывает... ну, это неважно. В общем, возвратился я из добровольного изгнания, выслушал детали, а поверить до конца и сейчас никак не могу. Знаешь, русский мужик пока своей рукой не пощупает, не поверит. А чем я от других отличаюсь? Ничем, девочка... — Он обнял голову Дуси и прижался губами к ее виску. Дуся замерла, будто окаменела...

— А зачем же изгнание-то? — спросила она наконец.

— Так это я ж и был во всем виноват, я их обоих фактически на смерть послал. Заставил... ну, упросил подарки отвезти в подшефный детский дом и вручить малышне. А там юная террористка решила взрыв устроить — детей-то было больше сотни. Так вот, они вдвоем ухитрились фактически обезвредить ту террористку, которая была под действием наркотиков, и выпрыгнули вместе с ней в окно. А напарник той террористки, который снаружи находился, успел-таки нажать на дистанционный взрыватель. От нее — мокрое место, Дениску наповал — на тело смотреть страшно было, а Саню —

тоже живого места не было — в госпиталь. В коме. Знаешь, что это такое?

— Знаю, — прошептала она.

— Еле выходили. Он — сильный мужик, сам выкарабкался, сумасшедшая воля. Ну а я не смог пережить, уволился из министерства, с генеральской своей должности, и уехал. В тайгу. Чтоб никого не видеть. Но друзья меня не оставили, стали потихоньку возвращать к жизни. И тут вдруг такое известие, представляешь? Ей-богу, чуть с ума не сошел. Живой Денис... Ну, правда, там несчетное количество операций было, и не у нас, а за границей, в том числе и на лице, его посекло осколками страшно. Словом, был он очень талантливым оперативным работником, а стал теперь строго секретным. И когда я его увижу и поверю наконец тому, что он живой, просто не знаю. Не дома он, а там, за кордоном. — Грязнов неопределенно махнул рукой. — Вот какая история приключилась. — Вздохнул наконец глубоко, будто все время сдерживал воздух в легких. — Понимаешь, Дусенька, вот я и хочу поговорить здесь с Саней поподробнее, в Москве ж это сделать просто невозможно. Обстановка не та, да и дела к особой откровенности как-то не располагают. А здесь?.. Тут свободно дышать можно.

— Особенно по ночам, — засмеялась она. — Хорошо, что ты мне это рассказал, я теперь на вас иначе смотреть стану.

— Да какая разница-то?

— Большая, Слава, — тихо сказала она. — Совсем другая... Ой, посмотри! — Она дернулась и показала рукой в сторону главной дороги. — Медленно едет! Не твой ли?..

— А кто ж еще! — обрадовался Грязнов, узнав в подъезжающем джипе серебристую Санину «тойоту». — Самый он! — И, отпустив Дусю, шагнул на дорогу, раскинув обе руки.

Джип тихо «причалил» к нему. Боковое стекло совсем съехало вниз, и из окна высунулась сияющая физиономия Турецкого. Блеснули зубы в улыбке. Затем открылась дверь, и на асфальт спрыгнул Александр. Он застонал, заохал, наконец с трудом, кряхтя, расправил плечи, развел руки в стороны, даже присел, и только потом шагнул к Грязнову и крепко обнял его.

— Здорово, дружище! — И тут же, взглянув на женщину, спросил: — А это и есть та самая красавица, которую ты безуспешно пытался мне описать?

— Она, она, — сияя от радости, подтвердил Грязнов. — Это — Дусенька. Есть, понимаешь ли, на Руси великой такое нежное женское имя.

— Здравствуйте, Дусенька. — Турецкий взял ее руку, интеллигентно склонился к ней и запечатлел поцелуй, отчего Дуся смутилась и даже инстинктивно попыталась отдернуть пальцы. — Да, — констатировал Турецкий, — никто у вас тут, ну, кроме Славки, ни хрена не смыслит в вежливом обращении с женщиной. Ну и глухомань! Но вы не бойтесь, Дуся, я думаю, мы с ним вдвоем скоро наведем здесь соответствующий порядок... Ну что, поехали? Прошу в кузов. — Он вернулся к машине и открыл заднюю дверь. — Штурман — вперед! Ох и устал же я, ребята! Сейчас бы стакан водки и — в койку. И чтоб утром не будили. И с Иркой не соединяли. А что, нельзя, нет? — Он посмотрел безнадежным взглядом.

— Можно, — засмеялся Грязнов, — сегодня все можно. Видишь, Дусенька, какая ты молодчина, и как ты права была. Правильно, гостей — на завтра. Давай помогу подняться в машину.

— Славка, осторожно, там хрупкий хрусталь. Мне почему-то показалось, что в ваших палестинах приличного вина не достанешь, и загрузился еще вчера вечером. Всю дорогу, поверишь, звякали, душу травили. Боялся не доехать, так раздражали. Плакать хотелось от бессилия.

— Но ведь ты же превозмог?

— С большим трудом, а также исключительно из глубокого уважения к твоей Дусеньке. Нельзя же такую прекрасную женщину поить черт знает чем, пойлом каким-нибудь! Это ж себя потом не уважать! Дом покажете, или искать надо?

— Почему такой вопрос? — удивился Грязнов.

— Не знаю, может, мне просто показалось. Подбираюсь ползком к этой деревне и вижу: замерли под фонарем двое. Причем явно целуются. И откровенно это делают. Смотрю внимательнее: так это ж вы! Ну а в таком состоянии люди часто забывают, где они и что с ними происходит. Так я думаю. Но, может быть, и не прав. Если у события была уже соответствующая предыстория...

— Была, была! — Грязнов расхохотался. — Узнаю острый глаз сыщика! Смотри-ка, и выводы делаешь безошибочные, надо же?

— Поживи с мое, Славка! — Турецкий тяжко вздохнул и бодро запрыгнул за руль...

Ночной ужин был коротким и веселым. Дуся от души хохотала над перешучиванием друзей, все ей было внове. Причем что-то деловое и серьезное они немедленно перемешивали с анекдотами, смешными историями. Она пила восхитительное вино, которое заставляло играть совершенно уже шальным блеском ее кошачьи глаза. Подметив это, Турецкий словно бы ненароком сказал:

— Я думаю, господа мои хорошие, что мне теперь самое время отдаться в объятия Морфея, а тебе, Славка, если ты не желаешь окончательно превратиться в большого и жирного мыша, надо тоже немедленно отправляться бай-бай!

— При чем здесь мышь? — Грязнов не понял, и Дуся тоже уставилась вопросительно.

— А ты взгляни в Дусины глаза и все поймешь без посторонней подсказки. Привет, до завтра, впрочем, уже до сегодня. Будить запрещаю. На веранде — это, надеюсь, приготовлено ложе для меня? Молодцы, правильно подумали, но после такой дороги я бы все равно ничего не услышал.

— Откуда у тебя такие догадки? — Грязнов усмехнулся.

— Элементарно, Ватсон. Вы ведь заранее позаботились о том, чтобы я не слышал сегодня мышиной возни, да?

— Ну, ты — отпетый негодяй! — воскликнул Грязнов, заметив, как остро сверкнули глаза у Дуси, и ухмыльнулся. Ох, не к добру, кажется, сверкнули!..

— Что поделаешь, Славка, опыт учит нас... впрочем, ничему умному мы с тобой так за всю жизнь и не научились. Вся надежда — на них, на женщин. Спроси у Дуси, она ведь все поняла, или я уже и в женщинах ничего не смыслю.

И он гордо удалился на веранду, а вскоре оттуда донесся его богатырский храп. Дорога закончилась, и он наконец имел право расслабиться. Действительно, больше двадцати часов за рулем — это не просто. Дуся вопросительно смотрела на Вячеслава. Он усмехнулся со значением и сказал:

— Знаешь, мне как-то неловко подводить друга. И что он там говорил насчет мышиной возни? Это он меня имел в виду? Полагая, очевидно, что ты — кошечка? А ведь он не ошибся, бродяга... Пойдем, и покажи мне, что ты сделаешь с большим и жирным мышом. Наверное, он так хотел меня обидеть, да? Как ты считаешь?

— Да какой ты жирный? Иди уж, защитничек, егерь... — Женщина ласково подтолкнула его в спину. — Смешно, а ведь он прав. Так бы и съела...

Грязнов захохотал.

Глава вторая
ПОСИДЕЛКИ

Турецкий обещал спать долго, но победила привычка подниматься рано. А может, разбудило звяканье ножа и вилки в руках Вячеслава. Быстро вскочив, Саня натянул «треники», майку и вышел на кухню. Завтрак был в разгаре.

— Так, — многозначительно произнес он, — ощущаю явную дискриминацию. Кому-то — женщину и завтрак, а кому-то фигу с маслом? За что такое несправедливое наказание приезжему мальчонке?

— Так ты же весь день проспать хотел. Или мы тебя не поняли?

Грязнов вопросительно уставился на Дусю, ожидая ее реакции на «кому-то женщину». Но она всех переиграла, показав движением рук и мимикой, что от правды не уйдешь: именно так, кому-то — все, а кто-то... сам виноват, не зевай. И мужчины дружно расхохотались: уж очень все было продемонстрировано наглядно.

— Ай, молодец! — воскликнул Турецкий. — Славка, да я бы на твоем месте... А! — Он махнул рукой. — Ну вас! Одно расстройство! Морду лица где можно умыть?

— Идем, покажу, — вскинулась Дуся и повела Турецкого на двор, к умывальнику, захватив с полки шкафа свежее полотенце.

Грязнов слышал, как громко фыркал Саня и хохотала, даже повизгивая, Дуся: наверное, он брызгал на нее холодной водой. Вернулись оба оживленные и смеющиеся. Вячеслав невольно ощутил легкий укол ревности. Но женщина ушла в комнату, к буфету, за чистой тарелкой, очевидно, из сервиза, предназначенного для гостей, на котором подавала и ему, а Турецкий, усевшись верхом на табуретке, качнул головой назад и показал Грязнову большой палец. Негромко произнес:

— По-моему, ты будешь большой дурак, если упустишь такой шанс, мой генерал.

Серьезно сказал, без подначки.

— Так считаешь?

Турецкий кивнул.

— Ты как, со мной или будешь отдыхать еще? — Грязнов подмигнул Дусе, и та отчего-то смутилась.

— Конечно, с тобой. Стоило гнать издалека, чтобы упустить шанс натянуть тебе нос, изловив самую большую рыбу. Как полагаете, Дуся, удастся мне такая авантюра? Только учтите, он — великий мастер, а я так, подмастерье.

— Сможете, но — вряд ли!

— Вот это, я понимаю, ответ! — восхитился Турецкий. — Да, но нет! Здорово! Дуся, вы что, со Славки пример берете? Он ведь тоже всю жизнь такой — уклончивый.

— Зачем же, Вячеслав Иванович — искренний человек, говорит что думает.

— Ого! — посерьезнел Турецкий. — Да у вас тут, я слышу, открыли дипломатический корпус?

— А как же? — рассмеялся Грязнов. — С одной только поправкой: все в этом корпусе уже давно на «ты», чего мы вам желаем.

— Пусть дама — первая. — Турецкий поднял руки.

— Дусенька, скажи-ка ему: «Не валяй дурака, Саня, а лопай, если еще желаешь успеть посостязаться со Славой. Времени-то — вон сколько уже! Добрые люди с рыбалки домой спешат!»

— Саня, лопай на здоровье! — весело сказала Дуся.

— Спасибо, Дусенька, ты — золото, — рассмеялся Турецкий. — Ну так что, Славка, принимаешь вызов?

— А ты хоть удочку-то захватил?

— А ты зачем? Сам отвалишь, от своих щедрот. Ты ж у нас — признанный, а я — так себе, примус починяю.

— Ладно, налажу я тебе хороший спиннинг. Посмотрю, на что ты способен, а потом решу: готов ли я принять твой вызов.

— Саня, одевайся легко, но плотно, иначе сопреешь или обгоришь, будет мне потом беда с вами, — подсказала Дуся.

— Нет, ты понял? — Грязнов весело уставился на женщину. — Только приехал, а уже сплошная забота! Мне она такого нет говорила.

— Как тебе не стыдно, — укорила Дуся. — Я ж тебе и вчера говорила, и сейчас — только что. Но ты ж дельного совета не слушаешь. Вон, надели бы майки, взяли ветровки, шляпы — на головы, чего еще надо?

— Ой! — Турецкий вскочил и ринулся к двери. — Совсем забыл, а ты вчера не напомнил! Стыдно, мой генерал! — Он убежал и быстро вернулся, забрав в машине пару цветастых зонтов с автоматикой. — Славка, самые красивые выбрал, лучше просто не было. На, вручай!

Грязнов раскрыл оба зонта, полюбовался при- чудливыми узорами — действительно красиво, и показал Дусе:

— Выбирай, какой больше нравится?

— Это вы что? — растерялась она. — С какой стати?

— А чтоб ты по улице ходила и не боялась сол- нца.

Он смотрел на нее и видел только красноватый круг загара на открытых плечах и груди, но мгно- венная вспышка памяти высветила ее широкую, ослепительно белую спину, блестевшую россыпью жемчужинок пота, по которой медленно скользила его широкая ладонь с расставленными пальцами. Видение было настолько предметным, что он даже помотал головой, будто отгоняя его. А Дуся восхи- щенно крутила зонт перед глазами, но смотрела только на Грязнова странным, пронизывающим его насквозь взглядом — все-то она чувствовала.

— Ну, спасибо, Слава, окончательно покорил ты мое сердце. А второй, надо понимать?..

— Правильно мыслишь, Зине подарим. Будете тут красоваться. Но это — так, мелочи. А то я вчера посмотрел, у вас тут на всю станицу — один зонт, и тот — черный, у сторожа на пристани.

— Так и не ходят у нас с ними, руки другим за- няты. Прямо и не знаю, выйдешь — засмеют, ска- жут: во, бездельница топает! С зонтиком прогули- вается, делать ей нечего! С ним только в город ез- дить... — Она печально вздохнула и закрыла зонт.

— Значит, зря мы? — огорчился Грязнов.

— Да что ты, Слава, не зря, очень красивые, и Зинка наверняка обрадуется. Я про другое...

— Я, кажется, понимаю тебя... Несмотря ни на что, мы здесь — приезжие, стало быть, чужие. А с этими своими заморочками — и подавно... Так ведь и мы не жить приехали, а в отпуск, отдохнуть для трудов последующих.

— Да не переживай ты, я не хотела тебя огорчать, прости, если так получилось. А зонтики замечательные. Только в огороде с ним делать нечего. — Она рассмеялась, чем и сняла возникшее напряжение. — Я вам чего посоветую? Если у вас нету подходящей одежки, я вам выдам — и солнце не зажарит, и ветер не продует. От мужа осталось, если не побрезгаете.

— Только спасибо скажем, — вмешался в минорную тему Турецкий. — Ну, пойдем, Славка, нам о многом поговорить, я думаю, надо. Дусенька, — он прижал ладонь к груди, — огромная тебе благодарность, очень вкусно было.

И они ушли, накинув легкие и непромокаемые суконные ветровки, принесенные Дусей, и прихватив с собой грязновские снасти. А она вышла на крыльцо и долго смотрела им вслед. Они неспешно шли по улице, к спуску у протоки, переговаривались. А потом Слава вдруг обернулся, увидел ее на крыльце и помахал рукой — так машут любимой женщине, уходя в дальнюю дорогу.

Странные и неожиданные для себя чувства испытывала сейчас женщина. Она до сих пор ощущала на себе жесткие руки Вячеслава, с такой безудержной требовательностью ласкавшие ее, будто она была его первой женщиной, а сам он — совсем молодым человеком, переполненным сумасшедшим желанием. Даже показалось в какой-то момент, что это у нее теперь навсегда — и жаркая сила его объятий, и покоряющая нежность поцелуев, и какое-то особенно трогательное внимание к ее собственным ощущениям. «Шесть десятков, — думала она, — ну и что, сама — не девочка, к сорока уже». И чувствовала, что все происходившее с ней этой ночью в самом деле было как в первый раз, настолько молодо и жадно откликалось ее тело на ласки. И до того стало сладко, что всплакнуть захотелось. А еще подумала: вот бы и жизнь наконец устроилась, да только куда ей до него, до генерала... И было очень жалко себя...

Всплакнула, конечно, по мгновенному бабьему своему счастью, которое словно порывом ветра — горячего и быстрого — взвихрилось и унесло все желания и мечты. А ведь было дело, мечтала стать учительницей. Потом врачом. Артисткой быть еще хотела, но дальше кружка художественной самодеятельности в замотаевской школе так и не двинулась. Учетчицей работала в артели, потом быстрое замужество и бесконечные пьянки мужа, подозревавшего жену во всех смертных грехах и даже пару раз поднявшего на нее руку. Но Алексей Кириллович, которому пожаловалась Дуся, быстро научил Мишку уму-разуму, и тот запил окончательно, пока не утонул на тоне, запутавшись в сетях. Вот и осталась ни с чем и не у дел. Огород, денежки за летнее гостеприимство, да помощь Алексея — вот и все, чем была богата. И только после вчерашней первой ласки, а потом уже и после бурной ночи вдруг подумала, что, может, повезет еще, может, добрым человеком окажется этот сильный не по возрасту мужик, который — она чувствовала это всем сердцем — способен был понять ее. Ах, если б он мог откликнуться на ее одинокую тоску, на душевную боль, если б захотел поверить, что ради него она готова да хоть душу дьяволу заложить. Она ж ведь чувствовала, что понравилась ему, не может мужчина так ласкать женщину, не разделяя ее душевного состояния. Не может... Молиться готова была, чтоб повезло ей, и знала, что никогда не сможет дотянуться до него со своей давно позабытой десятилеткой. Не такая женщина ему нужна. Вот в той тайге она обязательно стала бы для него и незаменимым другом, и самой отчаянной любовницей... Там, а не здесь и, тем более, не в далекой Москве, где она никогда не была и наверняка теперь уже не побывает... Горько это осознавать...

А вот друг Славы вызвал у нее неясные опасения. Вероятно, был он хорошим человеком, но что-то явное просвечивало у него от артиста. Слава — основательный, а этот — будто легкий, хотя и талантливый, по словам того же Славы. Но от него исходила непонятная опасность. Не злого обмана, нет, но чего-то очень близкого к тому. Вроде шутливого, но и жестокого в основе своей розыгрыша. Казалось, если Слава полюбит кого, то обязательно всерьез, а Саня — до следующего удовольствия.

Ну, может, так оно у мужчин и нужно? Не связывать себя ничем: ты довольна, вот и молодец, а я пошел, уж не обижайся...

Дуся погоревала немножко, посмотрелась в зеркало, припудрила из старой деревянной баночки красноту под глазами, но и полюбовалась-таки собой. Прошедшая ночь конечно же отложила на ней свой отпечаток. Глаза задорно блестели, как у совсем молодой, а губы беспричинно улыбались — тоже понятно почему. И она решила, пока рыбаки — на воде, сбегать к подружке, к Зине, и поговорить, если та свободна. В конце концов, не замуж ведь приглашают, двух и мнений нет, а там уж как получится, хоть ночка, а моя. И не надо строить несбыточных планов, никому от этого пользы нет, одни расстройства и разочарования...

— Малькова! — позвала Дуся, приоткрыв дверь в кабинет. — К тебе можно?

— А, Евдокия, заходи, пока никого нет!..

Зина, разумеется, и думать не мыслила о приглашении в гости, так, поболтать, о чем народ треплется...

— У меня сейчас поселились двое славных москвичей, — объяснила свой приход Евдокия. — Ну, и хотят провести добрый вечерок в компании. Они — хорошие люди, оба с законом связаны и оба — генералы, старые друзья. Я смеялась без передышки, слушая, как они разговаривают. Ну, прямо артисты. Я, между прочим, ты уж прости, рассказала им про Егора Петровича, ну и про тебя, конечно. Посочувствовали искренно. Я и подумала, что компания — компанией, но, может, они и совет какой полезный дадут? Люди-то грамотные по этой части, не то что мы с тобой — две наседки станичные. Приходи вечерком в гости, рады будем.

Зина подумала и согласилась. Действительно, чего теперь вспоминать и ворошить прошлое, если его не вернуть? Может, и в самом деле стоит хоть душу отвести с хорошими людьми. Дуся-то вряд ли станет обманывать, за ней такое никогда не водилось. А тут хвалит, расхваливает. Но осторожность все-таки притормозила ее окончательное согласие.

— Я уже слышала, рассказывали бабы в приемной, что твой братец важного какого-то к тебе на постой определил. А второй откуда взялся?

— Ну, бабы! — рассмеялась Дуся. — Все-то они знают! Тот, кого Леша привез, его Вячеславом зовут, Славой. А второй — друг его, он вчера ночью из Москвы прикатил. Поговорить им надо, о жизни посоветоваться, в городе-то, говорил, не удается, все дела да заботы, так хоть на рыбалке. Забавный он, этот Саня. Веселый, остроумный, знаешь, так анекдотами и сыплет, да и Слава от него не отстает.

— А ты уж больно их расхваливаешь! Ну-ка, признайся, подруга, сердчишко-то екнуло поди?

— Ох, Зинка, — призналась вдруг Дуся, — честно тебе скажу: екнуло, да еще как! А нынче был момент, так прямо хоть голову — в петлю, вон как себя пожалела...

— Ну, это ты брось! — забеспокоилась Зина. — Не стоят они все...

— Так это я только тебе, ты уж забудь сказанное, с подружкой поделилась.

— А думаешь, я что, по станице понесу? Плохо ты меня знаешь!

— Да ну, что ты! Я потому и пришла, что хорошо тебя знаю. И сама им предложила тебя пригласить, чтоб ты немного развеялась, ну и... что живем еще, почувствовала. Рано себя хоронить-то, подруга.

— Ты-то, я вижу, уже свое почувствовала, — засмеялась Зина. — Эва, как щечки-то раскраснелись! И глазки, и глазки! Ох, Дуська, доведешь ты своих гостей до греха! — И, отсмеявшись, сказала: — Ладно, спасибо за приглашение, зайду вечерком, с удовольствием новых людей послушаю, а то как в погребе живешь — одни соленья да вяленья, других и разговоров нет. Прихватить с собой чего-нибудь?

— Не надо! — Дуся замахала руками. — Полно всего, да и они постарались... Будем ждать.

А тут в дверь заглянула соседка Дусина — Катя Нефедова — и спросила, можно ли войти? Зина кивнула, а Дуся спросила у Кати, как там дела-то с ее дружком, а по правде — с гражданским мужем, с Антоном Сергеевичем Калужкиным? И маленькая Катя, сморщившись, отвернулась было, но пересилила себя и ответила:

— Никто не верит, что Тоша не виноват, что на него какие-то мерзавцы свои грехи повесили. И суда нет, и следствие тянется, и никто ничего толком не говорит. Видно, нет уже совсем справедливости никакой. — Катя пригорюнилась окончательно.

А между прочим, в убийстве доктора Усатова, как тут, в станице, многие считают, совершенно зря обвинили Калужкина, говорят, милиция просто на него хочет повесить все свои нераскрытые преступления, чтоб осудить одним махом, все равно, мол, нет других доказательств. Слышали об этом женщины, но не верилось как-то, хотя никакой уверенности и в обратном тоже не было. Вот и думай себе что хочешь. А которые не верят в то, что Антон Калужкин «навалял» столько трупов, так с ними никто из следственных работников даже и разговаривать не стал. Треп, мол, это все, ничего серьезного, ни одного стоящего факта для опровержения выдвинутой уже версии они не находили. Нету, говорят, веских доказательств невиновности Калужкина, вот и сидит человек в тюрьме. Народ уже и забывать стал, что здесь происходило, другие заботы людей одолевают. Рыбнадзор, вон, свирепствует, так и они же придираются не к тем, кто тоннами гребет, а к простым рыбакам, которые для себя и берут. Ну, может, немного и на продажу. Зимой ведь тоже надо жить на что-то, а где иначе денег заработать? Да и как же быть, на воде — и без рыбы? Вон соседям-то, калмыкам, ничего не делается, никаких, говорят, у них браконьеров нет и быть не может! У них же — своя власть, свое правительство...

Дуся уже наслушалась подобных разговоров и не стала задерживаться в медпункте, только кивнула медсестре и, дождавшись ответного кивка, подтвердившего ее согласие, отправилась домой.

К вечеру надо было подготовиться. Чего там, у гостей, было, она не знала, в чужие сумки не заглядывала, но в свой погреб залезла и долго выбирала среди банок с соленьями такие, чтоб и огурчики, и помидорчики выглядели попривлекательней. Понравились эти «пальчики» Славе, вот и угостить. Рыбки прошлогодней вяленой достала, чтоб порезать, арбузов парочку выкатила с холодка, прочей снеди с собственного огорода — зелени всякой питательной, которую многие мужчины любят пучками в соль макать, ну и так далее. Чтоб стол показался побогаче, пол-литровую банку черной икры с ледника принесла, проверила, не испортилась ли — это еще с ранней весны, когда мужики осетров потрошили, чтоб рыбнадзор не успел, а потом бабам соседским по дешевке продавали. Словом, было чем угостить. Да они и сами обещали и на добрую ушицу наловить, и на жаренье. Дуся говорила уже Славе, у кого можно лодку за денежки взять да на быстрину выйти, там и большая рыба попадалась. Наверное, так и сделали... Времени уже четвертый час, а рыбаков не видно, возможно, далеко забрались либо с уловом не торопятся. Вчера-то Слава с хорошей рыбой вернулся — тут тебе и лещи, и судачки, и парочка чебаков — совсем уже больших лещей. А сегодня вроде собирались и стерлядочкой заняться — вот тебе и уха царская. Если повезет, конечно, местные-то знают заветные места, да только вряд ли с приезжими поделятся. Хотя, кто их знает, там видно будет...

Они появились, наконец, после четырех, нагруженные разнообразной рыбой по самые плечи: все больше судаки и лещи, ну и с десяток «сопливых ершей» — в основу будущей ухи. Еще взяли пару неплохих стерлядей — это уж точно большая уха. Но о том, кто кого победил, речь не заходила. А Дуся все смотрела на них, улыбалась и ждала, чем спор наконец разрешится. Заметив ее заинтересованные взгляды, Турецкий ухмыльнулся и доложил, что конечно же проиграл вчистую.

— А чего ты хочешь, Дусенька? Я ж говорил, что дуриком против великого мастера попер, а когда это кончалось победой? Да я через десять минут уже понял, что не догоню, даже и пытаться не стоит. Зато удовольствия, скажу тебе, — он хитро зажмурился, — получил по самую макушку. Все-таки вода — великая вещь, счастливые вы тут, в таком раю живете! А курточка твоя — просто спасенье. Не знаю как и благодарить.

Хотела ему ответить Дуся, но промолчала, лишь покачала головой, заметив Славин совсем невеселый взгляд. Уж он-то, видно, понимал ее, и про рай тоже знал хорошо.

Пообедали они разогретой вчерашней ухой и жареной рыбой. Ушица за сутки настоялась, а под рюмочку — так и вовсе сплошное объедение. А потом отправились по своим койкам. Турецкий быстро захрапел — он обветрился, надышался, похоже, перебрал кислорода. А вот Грязнов пошел к себе и растянулся, поманив рукой Дусю.

— Сядь рядышком, посиди со мной, а?.. Ну, расскажи, чего делала, где была?

И Дуся стала рассказывать о посещении Зины, о твердом обещании той заглянуть вечерком, часам к восьми, когда жара спадет. А потом как-то само собой коснулась и разговора с Катей Нефедовой, соседкой через один дом. Дусю мучил один вопрос: почему следствию было наплевать на то, что думают местные жители? Уж кому, как не местным, и знать-то своего соседа, которого обвиняют нынче во всех смертных грехах. А вот Катя плачет и твердит, что ни в чем Антон ее не виноват. Прямо беспредел какой-то творится! И ведь не день, не месяц, а целый год тянется следствие, а человек — в тюрьме. И никому до него нет дела...

Грязнов внимательно выслушал, пообещал позвонить в Астрахань генералу Привалову и попросить того взять дело под личный контроль, мол, этого вполне будет достаточно, потом покивал как-то странно и обнял рукой Дусину талию. Притянул ее к себе и начал целовать склонившееся к нему раскрасневшееся лицо — губы, щеки, глаза, лоб, а когда его губы переместились к ней на шею, она не выдержала и со сдавленным всхлипом рухнула на него, уже ничего не слыша. Теперь она и сама старалась изо всех сил, боясь в миг просветления только одного: чтоб дружок Славин не проснулся нечаянно и не застал ее в таком положении. Отчего-то ей было стыдно, если он увидит. А вот Славы она совершенно не стеснялась, и, кабы не гость, храпевший на веранде, не удержалась бы и поскидала бы с себя всю одежду, как вчера днем. Ох, какое ж то было наслаждение! И Слава такой нежный, проснулся и так взглянул, так обнял, что сердце у нее зашлось...

Он и сейчас был нежным, но и осторожным — целовал, гладил, будто молча призывал ее потерпеть еще немного, дождаться ночи, и уж тогда ничем себя не сдерживать и ни в чем не отказывать. Голова кружилась, каждое движение Славиной ладони по ее телу томительно отдавалось у нее в животе, и грядущая ночь казалась ей отдаленной и недостижимой...

Последнее, о чем подумала: надо бы ключ от двери в эту комнату поискать, был ведь где-то. Это чтоб ночью закрыть дверь и никому не отворять до самого рассвета, до подъема на очередную рыбалку, если у них к утру сил достанет. Почему-то ей казалось, что и Зине после долгих душевных ее страданий должен обязательно понравиться веселый Саня — даже просто как сердечная отдушина. Ну а понравится, так и ждать нечего и нечего стесняться — все в доме свои, никто не осудит. Сама Дуся даже и не собиралась стесняться — на то она и ночь...

Вечерок, как заметил повеселевший, и не без причины, Саня, у них удался. Смех катался по дому безостановочно. Чего только не рассказывали мужчины, какие случаи из недавней своей жизни не вспоминали. Может, тогда это было и не смешно, а, скорее, горько, но теперь, по прошествии времени, любая мелочь веселила, особенно еще и потому, что рассказчики — что один, что другой — умели подать так, что у женщин животы разболелись от беспрерывного смеха.

После долгого воздержания Зина как-то довольно быстро захмелела. Не пьяная, нет, но ее смешно покачивало из стороны в сторону, и кончилось тем, что она чуть не свалилась со стула, хорошо, что в последний момент Саня успел подхватить ее, а она хохотала.

Дуся с удовольствием замечала, что Славин дружок полностью переключил свое внимание на подругу и усиленно ухаживал за ней, а Зина просто сверкала от удовольствия и не расставалась с подаренным ей зонтиком, и лицо ее было очень красивым, поневоле залюбуешься. Саня и любовался откровенно, подмигивая то Славе, а то Дусе. И это было тоже смешно. Конечно, ни о каком уходе Зины домой уже и речи не могло идти. Она парочку раз просто повисла у Сани на груди, обхватив его шею руками. Пробовала целоваться, но губы только чмокали, и она без удержу хохотала. Знать, отпустила ее боль окончательно, и чего теперь страдать по утерянному навсегда? Да пошло оно все!.. Жить уж мало остается, бабий век-то короток, полсотни стукнет — и, считай, старость на дворе, где ж там новую радость-то искать?

Попытались еще чего-то вкусного поесть, но уже в горло не лезло, и Дуся решила кое-что скоропортящееся убрать в холодильник и на ледник, в погреб, жалко же. Она принялась было уносить, но

Слава поднялся и стал ей помогать, а Турецкий, у которого на руках и на коленях вальяжно развалилась счастливая и улыбающаяся Зинка, пытавшаяся полностью открыть глаза, посмотрел-посмотрел да и поднялся вместе с женщиной, держа ее на руках.

— Ну, что? — торжественно вопросил он. — По-моему, мадам полностью готова к совершению дальнейших великих подвигов! При моем активном, разумеется, участии. Что скажете, друзья мои?

— А ты спроси у нее самой, — посоветовал Грязнов, ухмыляясь.

— Не могу, я в полном замешательстве, что делать с этим бренным телом? Нет, вообще-то, оно еще живое, дышит и даже, кажется, осторожно хихикает... — Он сделал вид, что прислушался и потом кивнул: — Точно, слышу тихий такой, русалочий смех. Ах, проказница!

— Да унеси ты ее к себе, и... отдыхайте. Поздно уже. Вы ж и поспать не успеете. — Дуся весело махнула рукой.

— И то верно, Саня, — подтвердил Слава. — Нельзя допускать, чтобы женщина так долго страдала от одиночества. Ты просто обязан хорошо утешить ее. Я прав, Дусенька? — Он проникновенно посмотрел ей в глаза. — А что поговорить по поводу ее... ну, трудностей мы не успели, так время ж у нас еще есть. Можно и завтра с утра либо вечерком, никто нас не торопит, не гонит, верно? Ты ж не прогоняешь?

— Какой разговор? По мне, Славушка, так живи, сколько душе угодно, я только рада буду. — Помолчала и тихо добавила: — И счастлива.

— Э-э, ребятки, — Турецкий покачал головой, — да у вас тут, гляжу, серьезно. Так мы пошли? Пошли, Зин? — обратился он к своей якобы безвольной ноше, но та ответила почти трезвым голосом:

— А чего еще нам надо? Разве танцевать больше не будем?

Все расхохотались, а она сделала вид, что захотела обидеться, но быстро передумала и заговорила чуть заплетающимся языком, из чего напрашивался вывод, что она на самом деле не так уж и пьяна, как представляется:

— И ничего смешного не вижу. Не будем, значит, и не будем, тогда сменим пластинку на... — Она повернула голову к Турецкому и спросила: — Слушай, кавалер шикарный, ты о чем думаешь, когда у тебя молодая и красивая девушка на руках... валяется?

Турецкий едва не уронил ее на пол, так стал смеяться.

— Я, Зинка, как тот несчастный солдатик, который при виде кучи битого кирпича все равно думает только о бабе!

— Ну, так и не тяни, — рассудительно заявила она, вызвав новый приступ хохота.

Ну, парочка! Грязнов кулаком вытирал слезы на глазах, а Турецкий продолжал стоять, держа Зину на руках, словно не зная, что с ней делать.

— Растерялся, Саня? — поддразнил Грязнов. — Так тебе и надо, не все коту масленица. Тебе ж сказано: не тяни кота за хвост. У тебя что, на веранде больше места своего нет?

— Место есть, — задумчиво ответил он. — Но я еще не решил...

— Чего ты не решил?

— Каким способом...

Грязнов икнул и подавился, повиснув на Дусе, а та, изнемогая от хохота, колотила его по спине кулачками и не давала рухнуть на пол, как Слава ни пытался.

Наконец, Турецкий унес Зину на веранду, они там о чем-то весело побубнили, пощебетали совсем не пьяными голосами и погасили свет. А Дуся, помогла Славе дойти до тазика на кухне и слила ему на руки. Он умылся, пофыркал, вытерся поданным полотенцем и обнял женщину.

— А пойдем-ка и мы? Знаешь, чего я больше всего ожидал весь вечер?

— Скажи, — тихо произнесла она.

— Вот этой минуты, — шепотом произнес он из губ в губы...

Конечно же, утро наступило очень скоро, и — никакого похмелья. Даже удивительно. Грязнов удивленно посмотрел на сиявшую от счастья Дусю, а она, поняв смысл незаданного вопроса, ответила:

— Пища здоровая, милый мой генерал. Никаких канцерогенов. Да и выпили-то — так, для удовольствия. И Зинка, я тебе скажу, не была пьяной, я думаю, она просто чувствовала себя не очень ловко с новым человеком, который ей, несомненно, понравился, я видела, ну, и просто немного притворилась. Мол, ты сам решай, а я ничего не вижу и не слышу. А потом: «Ах! Что это со мной?» Но, как говорится, поезд уже пошел, и остается ей теперь только одно — ехать и качаться, качаться и ехать.

— А ты — психолог, — с удовольствием констатировал Грязнов. — Смотри-ка, не ожидал такой твоей реакции.

— Да чего уж тут тайного? Все мы, бабы, одинаковые, все о счастье мечтаем — не навсегда, так хоть на время... которого у нас все меньше и меньше.

— Ну, ты еще очень молодо выглядишь, молодчина, крепкая, сильная... А волосы — просто чудо, ни единой сединки. Подкрашиваешь, поди? — он подмигнул ей.

— Да ни в жизнь! Я — натуральная.

— Это я уже успел заметить, — хмыкнул Грязнов и вздохнул. — Эх, Дусенька, тебе бы... да-а...

— Чего? — спросила осторожно она, не дождавшись окончания фразы.

— У-у-ух! — с удовольствием протянул Грязнов и покачал головой.

Так и не дождалась.

А другая пара все не появлялась. Грязнов забеспокоился, попросил Дусю осторожно заглянуть на веранду. Она пошла, попыталась слегка приоткрыть дверь, но та скрипнула, и Дуся увидела сидящих за столом на веранде друг напротив друга Турецкого и Зинку. И они были одеты и мирно беседовали. Но так тихо, словно боялись разбудить спящих в доме.

— Вы это чего? — удивилась Дуся. — Сидят, как мышки... Слав, да они давно не спят, иди сюда, посмотри! Вы чем занимались-то, друзья мои?

Вышел и Грязнов, руками развел: всего мог ожидать, но только не такой идиллической картинки.

— А вы за нас не беспокойтесь, — мягко объяснился Турецкий. — Мы ведь почти все успели, да, Зин?

— Конечно, — подтвердила она, улыбаясь, и многозначительно добавила: — но только далеко не все, Саня. Лично у меня в запасе еще много осталось. На будущее... Ладно, шутки в сторону. А я, Дусь, рассказываю вот Сане про наши беды... Ну, про Катюху там, про доктора моего... Вообще, про весь наш беспредел. Он попросил, я и рассказываю. Ах, если бы помог кто, — вздохнула она. — Только никому, я чувствую, это не нужно. На краю пропасти живем, и никто руку протянуть не желает.

— Ну, насчет пропасти это ты, Зинуля, зря. — Турецкий нахмурился. — А вообще, скажу тебе, Славка, ты бы напряг немножко своего дружка Привалова. А то ведь люди уже уверены, что никакой правды не существует.

— Напрячь — это можно, — озабоченно ответил Грязнов, — знать бы куда... Ладно, девочки, поговорим попозже. Мы ж никуда не бежим. Давайте сядем нынче да всерьез обсудим, что тут у вас было и куда кривая вывозит ваших правоохранителей. А пока пойдем и чего-нибудь перекусим. Не знаю, как вы, а мы с Дусенькой хотим жрать, как из пушки.

— Это, примерно, как же? — Турецкий наклонился в Зине и подмигнул. — Не знаешь? — Та, улыбнувшись, отрицательно покачала головой. —

Вот и я мучаюсь в догадках, — заключил он. — Но прислушаться к Славкиному совету, думаю, стоит, ты что думаешь по этому поводу?

— Да уж пора на работу бы...

— Успеешь, — решительно заявила Дуся. — Никто к тебе в такую рань не заявится. Прошу всех к столу!..

А за столом все будто забыли о вчерашнем веселье, и разговор теперь шел только о событиях прошлого года. Женщины тараторили, торопясь и перебивая друг дружку, а Грязнов с Турецким, который сидел с насупленным видом, только слушали. И Дуся видела, что слушают они оба внимательно, не формально, лишь бы отделаться. Иногда переглядывались и покачивали головами, так, будто многое им было давно уже известно. Но откуда?

Ей бы и в голову не пришла мысль о том, что все беды и мытарства, которые разворачивались в этой забытой Богом станице, были типичными для огромной и безалаберной в отношении законности страны. И похожие ситуации складывались настолько часто, что их можно было назвать типичными. Но в каждом доме — свое горе, и сколько бы жильцам этих домов ни повторяли, что так везде, кому от этого легче? Да никому, только привыкают люди к горю и перестают верить в справедливость, либо, как в этом конкретном случае, начинают мстить нерадивым законникам. И как их после этого осуждать? Вон ведь фильм «Ворошиловский стрелок» вызвал у зрителей весьма определенного рода чувства. А по сути, вот тебе и главный тезис:

правды ждать не от кого, поэтому сам берись за оружие. И ведь все, до последнего зрителя, сочувствовали именно старику, отомстившему за внучку, а не представителям закона. Все наоборот у нас получается... Устанавливай справедливость путем прямого нарушения закона. Так какая же она после этого справедливость? А конкретный вопрос прост: кто-то ж однажды должен сделать свой решительный шаг? Или уже перевелись на Руси честные мужики?..

Почти, можно сказать, пламенная речь Турецкого на эту тему вызвала понимание и сочувствие у женщин. Мрачный Грязнов только кивал, он тоже разделял Санину точку зрения. Ну и что толку? Похоже, такие вопросы теперь решаются не путем давления снизу, а лишь по получении строгого указания сверху. Если среднее звено все это не угробит на корню. Да к тому же известно, что проклятия и радостные гимны, как написал еще девять веков назад великий Омар Хайям, не долетают к синей вышине...

Ну и какая теперь рыбалка в таком настроении? Грязнов решил пропустить один день, чем несказанно обрадовал Дусю, а Турецкий, охотно согласившись с другом, отправился провожать Зину, чтобы поговорить еще и по дороге. Он, как быстро сообразила Дуся, имел желание встретиться с Зиной снова. И когда они вышли, Дуся пошепталась со Славушкой, и они решили всячески способствовать их следующей встрече. Зина после проведенной ночи, похоже, чувствовала себя прекрасно, явно была в приподнятом настроении, в отличной форме и плевать хотела на то, что станут обсуждать соседки. Вообще, она повела себя решительно и даже чуть вызывающе. Вот уж действительно: пусть хоть и час, да мой! Да что и говорить-то по поводу того, как заметно расцветала женщина, чуть было не забывшая о том, что она еще молода и красива? И ведь случилось так, что именно Саня Турецкий довольно решительно ей об этом напомнил, иначе, в самом деле, с чего бы это она вдруг так похорошела? И за одну только ночь, надо же! Короче, пускай думает тот, кому это непонятно.

А уж о Дусе, немедленно упавшей в объятья Грязнова, и рассуждать было нечего: у нее и у самой наблюдалась та же картина и с тем же душевным состоянием, правда, перемежаемым минутными вспышками непонятного смятения. А сильная страсть, безудержное желание любви и полнейшее смятение чувств — явления, в сущности, одного порядка...

Глава третья
ОТЪЕЗД

Чтоб хорошо погулять да не подраться — такого на Руси великой еще не видывали. Это — как обязательный ритуал. Забыл о нем в своих московских заботах известный сыщик Турецкий. И шел спокойно по длинной улице, вдоль порядка домов, фасады которых закрывали буйные заросли кустарников и фруктовых деревьев. Слушал Зину и смотрел по сторонам, отмечая все новые и новые детали сельского бытия. Давно не был он в селах — в основном посещал по служебной надобности города, пусть и сельского, как говорится, типа, а там совсем другая обстановка.

Редкие прохожие, которые встречались им, кланялись женщине, та отвечала тем же, кивал вежливо и Турецкий — словом, было так, как повсюду, где люди давно знают друг друга и каждый новый человек им в диковинку. Некоторые останавливались и глядели новоявленной парочке вслед. Турецкий улыбался, замечая, что Зина вела себя независимо, так, будто ее никакое чужое внимание не касалось. И это забавляло.

Уже на крыльце медпункта, когда она поднялась и открыла своим ключом дверь, а он остался внизу, они наконец простились. Она кивнула и подмигнула, словно смахнув с лица улыбку, а он с серьезным видом протянул и пожал ей руку, тоже не забыв подмигнуть в ответ. Как заговорщики, у которых каждый следующий шаг и действия были четко расписаны.

— До вечера? — негромко спросил он, и она, спрятав улыбку и едва заметно кивнув, исчезла за дверью.

Он обернулся, постоял немного, покачиваясь с носков на пятки и разглядывая неширокую станичную площадь — с магазинами, парикмахерской и автобусной остановкой, и отправился в обратный путь. Но когда проходил мимо почти безлюдного навеса остановки со столбом и желтым трафаретом расписания движения автобусов, ему навстречу, словно черт из-под пенька, явился определенно пьяный молодой парень. С утра — и уже? Это было серьезно, подумал Александр Борисович и хотел обойти его стороной. Но парень упорно мешал ему. Тогда Турецкий остановился и вынул руки из карманов брюк, неизвестно ведь, к чему над быть готовым.

— Ты чо? — выдавил парень, выпятив нижнюю губу, что, вероятно, должно было изображать его откровенно агрессивные намерения.

— А ничо, а ты сам — чо? — в тон ему, с вызовом спросил Турецкий, с трудом сдерживая желание расхохотаться. И подумал: «Вот бы Зинка увидела, посмеялась бы... Смех у нее красивый, серебристые такие колокольчики...» — Ты кто такой? — спросил уже строго.

— Гошка я! А ты чо к Зинке цепляешься? — И дальше медленно полилась совсем уже пьяная матерная брань. Ничего нового для себя в этом потоке Турецкий не обнаружил и просто сплюнул парню под ноги.

— Не твое собачье дело, мистер Гошка!

— Ах, ты так?! — И снова мутный поток. — Ну, так я тебя научу... — Поток продолжал изливаться уже стремительнее. Очевидно, давал заряд для храбрости.

Серьезной угрозы парень не представлял, но у него могли быть помощники — из собутыльников, а устраивать массовое представление на площади

Александр Борисович как-то пока не собирался. И он спокойно дождался, когда довольно-таки приличных размеров кулак парня вскинулся вверх, а затем стал описывать дугу в направлении носа чужака. Он на лету перехватил кулак правой рукой и резко крутанул его в сторону, отчего парень взвыл, скособочился, а затем нелепо откачнулся и рухнул пластом в ближнюю канаву.

Турецкий подошел к нему, наклонился и даже присвистнул от изумления: хулиган и матерщинник Гошка... спал. Немного ему, оказалось, нужно было для того, чтобы испытать всю полноту ощущений. Александр Борисович выпрямился, со смехом покачивая головой, и услышал за спиной очередной грубый возглас:

— Ты чего здесь нарушаешь?! Хулиганишь?! Драки устраиваешь?! Кто такой?! А ну, предъяви документ!

Турецкий посмотрел на стоявшего перед ним молодого милиционера в звании сержанта, лицо у которого было буро-кирпичного цвета, но Саня мог бы поклясться, что не от солнечного загара. Да и волна миазмов, долетевшая из открытого рта, любому понимающему человеку уверенно подсказала бы свое происхождение. Словом, бравый такой молодец в помятой милицейской форме, с раннего утра в меру пьяный и сверкающий разъяренными глазами, требовал от чужака соблюдения одному ему ведомой законности.

— Ты откуда взялся, козлик? — проникновенно спросил Турецкий у молодца. — И почему за порядком не следишь? — Голос его окреп. — Вон, всякая пьянь по канавам валяется, дрыхнет, а ты и не чешешься? Документ тебе?! — уже грохотал Турецкий на всю площадь, едва сдерживая рвущийся смех. — Вот тебе документ! — Он выхватил из заднего кармана брюк ярко-красное, с золотым тиснением удостоверение агентства «Глория», где на фотографии был снят в генеральской своей, прокурорской форме, раскрыл и ткнул прямо в нос блюстителю порядка. — Я — прокурор, ты понял?! Я сейчас скажу своему товарищу, а тот позвонит Лешке Привалову! И полетят с тебя, — Турецкий произнес крепкое словцо, — погоны, как осенние листья. Кто таков?!

— Сержант Брыкин! — скорее машинально, чем сознательно отрапортовал тот.

— Сержант Брыкин, слушать мою команду! Смирно! — рявкнул Турецкий совсем уже устрашающе, и парень мгновенно вытянулся. — Кругом! — Молодец послушно повернулся. — Шагом марш! — Сержант двинулся, но словно запнулся в шагу. Хотел обернуться, но Турецкий снова рявкнул: — Я приказал, шагом марш! — И тот теперь уже совсем послушно утопал за автобусную остановку. Вероятно, там у них был свой клуб, что ли... Проверять Александр Борисович не собирался.

Он повернулся, чтобы идти уже, но, кинув взгляд в сторону медпункта, увидел стоящую на крыльце и хохочущую Зину. Та даже сгибалась в поясе, так ее развеселила увиденная сцена. Вот тут уже и Турецкий не сдержался и, качаясь из стороны в сторону, тоже захохотал. Потом быстро пересек площадь, подошел и спросил:

— Видела?

— Ну, цирк! — Она обеими руками вытирала слезы.

— Откуда эти монстры, которые свято оберегают твою, надо понимать, девичью честь?

— Так из-за будки же, там у них — тенек.

— Ни хрена себе! А народ-то, вообще, где?

— Мужики рыбу тягают, жены помогают им, а по домам — старики да старухи, но те ближе к вечеру ко мне подтянутся.

— Так ты одна? — Она кивнула. — Не хочешь пригласить в гости?

— А ты не боишься? Страшной мести? — Она кивнула на остановку.

— Так один, самый опасный, тип уже спит в канаве, а ваш «законник» марширует. По моему приказу.

— Видела! — Заливаясь от смеха, она замахала руками. — Заходи, если дел нет.

— Вот и хорошо, полечи меня... чем-нибудь и от чего-нибудь. Я думаю, у тебя хорошо получится. Во всяком случае, ночной курс лечения оказался просто божественным. Ты — великий доктор.

— А давай проверим! — Она в смущении опустила глаза, но, когда он вошел, закрыла дверь на щеколду и повисла у него на шее. Ох и сладко же она умела целоваться! И очень тяжко было ему стоять, держа на весу страстно изгибающееся в его объятиях сильное Зинкино тело.

— Ты сегодня прямо светишься вся, — с трудом проглотив комок в горле, негромко сказал он, опуская на пол тихо постанывающую женщину.

— А кто виноват? — Она отдышалась и лукаво прищурилась. — Садись, хорошим чайком угощу...

— Я тебя, наверное, здорово компрометирую? В том смысле, что уже и пьянь всякая в курсе того, что я к тебе дерзко пристаю?

— Не обращай внимания. Это — деревня, им больше нечем заняться. Если бы ты только знал, Санечка, как все это мне осточертело!

«Вот она, наша «малая родина», — пронеслось в голове у него. — И вот как мы ее обожаем... Три березки под окном... ситцевый платочек — на калитке...»

— А закрыть ты не можешь эту богадельню?

— Ну а вдруг?..

— А ты объявление повесь. Профилактика, мол, уехала за лекарствами, еще чего-нибудь придумай.

— И что дальше?

— А дальше было раньше. Можем продолжить концерт по заявкам. Я, к примеру, заеду за тобой на машине, ты сядешь, и мы уедем... куда там тебе обычно надо? Где ваша главная аптека?

— В Замотаевке, пять километров отсюда.

— Вот мы и поедем... до Дуськиного забора, а там загоним машину во двор и вернемся сюда, когда ты скажешь. Тоже на машине.

— И что у Евдокии станем делать? — уже заинтересованно спросила она.

— Как — что, конечно, уроки учить! Пройденный материал. Повторенье — мать ученья, слышала?

— Слышала, — задумчиво сказала Зина. — Тогда знаешь что? Объявление я, пожалуй, напишу, но только и ты, Санечка, помоги мне немного. Давай съездим в Замотаевку, и я все-таки заберу там свой заказ. Не люблю врать, а так — какая-никакая, все же правда. Это полчаса, не больше, много не потеряем, но хоть причина будет. Да и езды тут пятнадцать минут, поможешь? А то от них не дождешься транспорта.

— Какой разговор! — обрадовался он. — Сиди, сейчас за машиной сбегаю... Объявление только напиши, что откроешь пункт часов... ну, скажем, в пять-шесть.

— Ну и хулиганы ж мы с тобой! — серебристо рассмеялась Зина. — Ох, Санечка, чую, собьешь ты меня с пути истинного!

— Знаешь, Зинуля, вот сколько живу на свете, столько и слышу: сойдешь, собьешься, уведут... с этого истинного пути! Но хоть бы одна собака показала, где он, этот истинный-то? И вообще, интересный он или нет? А может, там одна тоска зеленая? Так на кой он мне нужен? Не думала?

— Нет... — неуверенно сказала она, готовая в любую минуту рассмеяться.

— Вот и я тоже. А на нет и суда нет, значит, и не будем ломать себе головы. Короче, я уже в пути... Да, — он вернулся, — я думаю, что мы вполне можем сделать где-нибудь по дороге недолгую оста-

новку. Стекла-то у меня затемненные, благодать!
Ты — как?

— Ждешь возражений? А их не будет!

— Ай, молодец! — И он быстро пошел к Дуси-
ному дому.

— Ты далеко, Саня? — спросил Грязнов у Турецкого, который открывал ворота, чтобы выехать.
Вячеслав стоял на крыльце, а из-за его спины выг-
лядывала любопытная мордашка Дуси с растре-
панными волосами.

— Рядом тут, в Замотаевку, хочу помочь Зине
лекарства привезти. Скоро будем.

— А вы не шибко торопитесь, — посоветовал
Грязнов. — Но и к обеду не опоздайте, сегодня све-
жая стерляжья уха и судак по-польски. Как надо,
по-настоящему, сам прослежу!

— Ишь, гурманы... А когда обед?

Грязнов обернулся к Дусе, что-то спросил и
крикнул:

— Часа через два, так что можете даже и задержаться, покатайтесь по округе, тут места, говорят,
красивые. А еще лучше, на бахчу скатайте, мы и от
хороших арбузов не откажемся, да, Дусенька?

— Ох, не откажемся. — Она широко зевнула и
заразительно засмеялась.

— С вами все ясно. — Турецкий махнул рукой и
уселся за руль...

«Странное какое-то время, — думал он, неспешно катя по улице, чтобы не поднимать клубы

пыли. — Что это, подарок судьбы или очередное сумасшествие? Ну, со Славкой понятно, он — из тайги... А Зинка как же? Вот въехала в душу и улыбается, зараза... И рука не поднимается выпихнуть ее оттуда... А может, и не надо пока? Ведь не зло же творится, а, скорее, добро, — вон как она сразу ожила...»

Рассказанная ею утром история не выходила из головы. И чисто по-человечески он прекрасно понимал ее возмущение. Но, являясь не просто посторонним сочувствующим, а при этом еще и профессионалом, Турецкий понимал, что сам не может иметь к этой тяжкой, прямо надо сказать, истории никакого отношения. Есть, в конце концов, служебная этика. Есть здесь какие-то связи и у Славки, да хоть и с тем же генералом Приваловым, вот и пусть тот напряжет маленько местных товарищей. Которые уже с утра предпочитают напиваться, а не скучную службу нести. Как, впрочем, и повсюду. Одна и та же картинка-то.

Но, с другой стороны, он был опять-таки профессионалом, и это качество, помимо как бы его воли, уже само по себе делало его сопричастным событиям, в которых мучаются и страдают по-своему близкие уже ему люди. Они же знают, кто он и на что способен, если только захочет. И когда он ловил на себе заинтересованный и даже восхищенный взгляд той же Зины, он, естественно, меньше всего решился бы отнести его смысл на счет своих мужских качеств. Все-таки котлеты — отдельно, и мухи — тоже. Не надо путать французское и коричневое. Конечно, Дуся уже что-то рассказала Зине о нем, а той — разумеется, Славка, иначе откуда такая прямо-таки восторженная встреча? А уж Славка живописать умеет. И вот это раздвоение между «не хочу» и «надо бы» очень беспокоило душу Александра Борисовича.

Браться? А как? С какой стати? Кто разрешит, в конце концов? Кто захочет отдать ему материалы предварительного следствия? Это же чистый абсурд...

Но снова всплывал перед глазами почти умоляющий взгляд Зины, и просто так отринуть ее невысказанную просьбу, сославшись на свою занятость или там непричастность, было бы очень сложно. Да она и не поверит. Как не поверит и та же Дуся, готовая поверить, кажется, всему, что ни скажет Славка. Но там — другое дело, там женщина завязла в своих чувствах уже по уши, как муха в банке с вареньем. И сладко, и выбираться не хочется, а надо... Да у нее все на лице написано.

Он вдруг подумал, что по крупному счету именно такая вот Дусенька вполне могла бы составить Славке самую достойную пару. В принципе, ведь Грязнову совсем не нужна какая-то эффектная и сильно образованная красавица, которая «представляла» бы его, скажем, в высшем свете. Да Славка и сам никогда туда не пойдет, если нужда сыщика не заставит. А куда нужда заставляет, туда женщин не берут с собой, там иногда даже стреляют. Значит, ему необходима другая женщина, такая, которая оказалась бы рядом с ним не в театре, куда Славка тоже не ходит, и не в библиотеке-читальне, а дома — на кухне и в мягкой постели, в жарких объятиях... А как она влюбленно, без всяких дураков, смотрит на него! Как при этом забавно шевелятся ее губы, когда она будто повторяет про себя каждое сказанное им слово! Да тут же все абсолютно ясно...

Одно неясно: насколько Славка сам созрел для принятия, наконец, кардинального для себя решения. Годы-то идут, и все быстрее, а остаться однажды в полном одиночестве — друзья-приятели не в счет — это, наверное, страшное испытание. Особенно для человека, прожившего в ярком кругу почитания лучшие годы своей жизни — в славе и почете, в веселых подначках, но и в серьезных испытаниях.

С Дениской пока история смутная, когда он появится на родине и появится ли вообще, остается только гадать. Служба у него такая проклятая, что — ни семьи, ни потомства. Значит, Славке остается лишь надеяться, что однажды появится человек, который станет ему самым близким, и — тьфу, тьфу, тьфу! — хоть глаза закроет в последний раз.

И сейчас же перед внутренним взором появлялась Дуся — роскошное создание, о котором человеку с самыми простыми жизненными запросами, — а Грязнов именно такой, — остается только мечтать. Так, может, не стоит и огород городить, а поговорить с ним наедине всерьез? Турецкий не любил вмешиваться и вникать в интимные подробности жизни даже самого близкого друга — а Славка и был именно таким, — чтобы еще и советы давать. Но, наверное, иногда это надо делать. Хотя, с другой стороны...

Он же помнил, сколько раз Грязнов уверял, будто нашел себе такую подругу, что уже до конца жизни. И где они все? Правильно, Славка не создан для спокойной семейной жизни, но они-то, любимые женщины, и не хотели этого понять. Оттого и конечный результат таков. А если подумать? А что, может, с Зинкой посоветоваться, так, без передачи? У нее ум острый, суждения любопытные, вообще, самостоятельная женщина, правда, потерявшая главный свой ориентир в связи со смертью действительно, наверное, любимого человека. Но она избегала о нем говорить, только в третьем лице — «он был...». Наверное, боль еще не прошла, но жизнь убеждает, что жить с одной только болью нельзя, глупо.

Вот, кстати, если подумать, то ведь Дусенька — как это здорово звучит у Славки! — представляет собой именно ту женщину, которая и останется с ним до последнего. А может, — какие ее годы, сорока еще нет! — и дите мужу родит. И тогда Славка просто обязан будет дожить до глубокой старости, чтобы поднять на ноги свое драгоценное потомство, о котором он, кстати, всю жизнь мечтал. А это еще лет двадцать, никак не меньше... Тем более что и тайга по-настоящему и его самого поставила снова на ноги. Вот и считай теперь, что лучше — гордое, понимаешь ли, одиночество или медленное, мудрое старение в объятиях любимой женщины?.. Ну и в окружении, как говорится, будущих маленьких сыщиков, или «активисток и просто красавиц».

А как к появлению Дуси в Славкиной жизни отнесутся друзья-товарищи? Да все равно. Зато когда Славка ее оденет, как надо, — а уж помочь есть кому, — да на высокие каблуки поставит, все наверняка ахнут: уж чем-чем, а здоровьем, крепкой фигурой да статью женской она всем Славкиным знакомым москвичкам сто очков даст! Всем носы утрет. И это будет правильно. Видно же, как у Грязнова тут за какие-то день-два круто «поехала крыша», как каждую свободную минуту он ловит, чтобы прикоснуться к этой женщине. А она? Да она уже, похоже, душу за него заложить готова...

Интересно, как быстро думается, когда ты кровно заинтересован в своих действиях... Не успел доехать до медпункта, а в голове уже сложился приблизительный план наступательной операции. Только бы не перегнуть, не показать Славке, что ты так настойчив по каким-то своим собственным соображениям, а, в принципе, не испугать его, ибо он тут же начнет напряженно думать и все испортит. Сомнения, возражения, а в результате — трусливый откат на прежние холостяцкие позиции. Тактика теперь нужна правильная, если уж в голове сложилась реальная стратегия...

Зина ожидала его на крыльце с целой охапкой сумок в руках, на двери белел приколотый бумажный листок. Глаза Зины искрились. «Ой, братцы, не доедем мы, кажется, до аптеки...» — растерянно подумал Турецкий и вышел из машины, чтобы открыть правую дверцу и помочь женщине забраться в салон. Почему-то захотелось еще и подтолкнуть ее аккуратненько этак под попку — вот прямо зачесалась ладонь, и все тут. Но она поняла его хулиганские намерения и, показав кончик языка, сама взлетела в салон. А он бросил ее сумки на заднее сиденье и разочарованно вздохнул. Она загадочно захихикала, поглядывая на него искоса. Здорово это у нее получалось!

Решили не пылить, а выехать на большую трассу и двигаться по ней.

— А там есть хоть какие-нибудь укромные местечки? — как бы нейтрально спросил он, но мысли его были настолько однозначны, что не заметить их было невозможно, и, конечно, она заметила.

— Ты разве не торопишься?

— А что, видно?

— Да мне еще со вчерашнего вечера было все прекрасно видно. Не умеешь ты скрывать своих чувств. Или не хочешь.

— Второе правильнее...

И он вдруг решился поделиться с ней своими недавними мыслями. Но предварительно взял с нее самое честное-пречестное слово, что она даже и во сне не подумает нечаянно проговориться Дусе.

Зина заинтересовалась. Но ей и в голову не могло прийти, о чем заговорит Турецкий. А услышав только преамбулу, она в полном изумлении уставилась на него, так что ему даже пришлось прижаться к обочине и остановить машину.

Выключил двигатель, повернулся к женщине всем телом.

— Либо ты — мне помощник, либо нет. Подумай. Но в любом случае то, что ты услышишь, должно умереть, иначе случится беда, и два человека, которые, по моим наблюдениям, друг в друге души не чают, никогда больше не встретятся.

Выслушав потом его пространную речь, Зина спросила:

— Ты это сейчас придумал? Ну, сегодня, я имею в виду?

— Какая разница? Ты не разделяешь моих мыслей?

— Боюсь, Санечка, что ты придумал себе новую сказку про Золушку. А Дуся — не Золушка, а живой и очень ранимый человек, я-то знаю. И любой ее нервный срыв может привести к трагедии.

— Так нужно, чтобы не было трагедии. Думаешь, если я был бы полностью уверен, я бы обратился к тебе за советом?

— Ты — храбрый человек.

— Это ты, что ли, пьянь имеешь в виду?

— Нет, дорогой, твое вмешательство в чужие чувства. Что ты о них знаешь?

— Не-а, здесь я вовсе не храбрый. Скорее, слабый, наверное. Видишь, вот и тебе заморочил голову, хотя... — Он не закончил, потому что Зина перебила его:

— К тебе у меня нет никаких претензий, наоборот, я сама знала, на что шла. И благодарна тебе, и впредь буду благодарна, ты мне свободно вздохнуть, наконец, помог... Но ты подумал, что может случиться, если Дуся не приживется у вас в Москве? Ну, не сложится у нее? Одно дело — погулять в охотку, одиночество с хорошим человеком скрасить, развеять, и совсем другое — кинуться головой в прорубь.

— Это я тоже понимаю, думал уже. Но что-то ведь делать надо. Я же знаю Славку, дай бог, добрых три десятка лет, если не больше. А Дусю — совсем не знаю, только первые впечатления. Но — очень хорошие. Не знаю, Зинка, может, я и не прав. — Он откинулся на спинку сиденья и закрыл глаза. — Другое предполагаю. Станет гораздо хуже, если они действительно влюбятся друг в друга, а потом, из каких-то «Золушкиных» соображений, расстанутся. И уже навсегда. Не подумала об этом?

— Хочешь подтолкнуть?

— Ну конечно, вот как тебя — под попку, да не успел, больно шустрая ты оказалась.

— А я это поняла, — рассмеялась она. — Ишь, какой быстрый, а если б кто увидел? У нас же в каждом окне по перископу! Поехала медсестра за лекарствами и привезла — это одно, а когда отъезжает женщина, подсаженная в машину, как ты говоришь, под попку, ни у кого не возникнет сомнений, куда она едет и зачем. Все же вы вернетесь домой, а нам с Дусей тут дальше жить. Вот о чем подумай... А свернуть мы можем вон подальше, направо, съезд в лог, там густой кустарник, деревья высокие, тень есть, птицы поют... Если хочешь, конечно... — Она улыбнулась одними губами.

— Знаешь анекдот? В купе едут грузин и прекрасная девушка. Он напряженно наблюдает за ней, а она читает книгу. Наконец, он не выдерживает. «Дэвушка, пачему ти молчишь?» Она: «Хочу и молчу!» Он кричит с восторгом и возмущением: «Хочет! И молчит!»

Зина рассмеялась и показала пальчиком:

— Во-он там съезд...

Вернулись они домой, разморенные жарой и словно измочаленные, к трем часам. В машине лежали сумки, набитые лекарствами, и картонные ящики. Все-таки и на это хватило времени. Грязнов посмотрел, подозвал Дусю и что-то забавное прошептал ей на ухо. Она заулыбалась, но тут же убежала на кухню и притащила на стол в большой комнате целый чан наваристой, золотистой ухи. Сели есть. Дуся долго молчала, и видно было, что это ей давалось с трудом, а потом все же спросила нейтральным таким тоном:

— Про лекарства-то хоть не забыли?

— Целую машину, — не обратив внимания на интонацию, ответил Турецкий. — Вот пообедаем и разгружаться поедем. А что, уже надо чего-нибудь? — И сам испытующе посмотрел на хозяйку, да так, что та невольно вспыхнула. А Зина, с трудом подавив смешок, быстро, искоса, кинула взгляд на

Саню, но тот проявил максимум хладнокровия, ничего якобы не понял, и все успокоились...

Все оставшиеся дни отпущенной Турецкому недели они с Грязновым удили рыбу и приносили домой достаточно хорошую добычу. Хватало не только на еду до отвала, но и на вяленье Дусе уже для грядущей зимы. Зина прибегала теперь каждый вечер без приглашения, едва темнело, и оставалась с Саней до рассвета, изнывая от счастья и едва не плача от скорой разлуки. Как-то уж так получалось, что она стала неотъемлемой участницей Дусиных застолий.

Но все, к сожалению, однажды кончается, закончилась и неделя отпуска. Слава с каждым днем становился мрачнее. Очевидно, жалел, что Саня должен был уезжать, привыкли к постоянным разговорам, что называется, по душам, да и сама компания с Саниным отъездом, естественно, разрушалась. Зина усиленно делала вид, что ей весело, а по глазам было видно, что на сердце у нее кошки скребли. И ночами она стонала не то от наслаждения, не то от навалившейся душевной боли. К недавнему разговору в машине они с Турецким больше не возвращались.

И наконец настал день, когда в джип Турецкого были погружены «волжские дары» — пара банок икры, купленной у рыбаков, завернутые в промасленную бумагу крупные куски копченой осетрины, несколько стерлядей, обложенных льдом, и прочее жареное и вяленое многообразное рыбное ассорти.

Прощаясь с Зиной, с которой Турецкий уединился на веранде, он сказал, стараясь быть предельно мягким и нежным:

— Пожалуйста, не забывай о нашем с тобой разговоре, а я тебе дам знать, как развернутся дальнейшие события. А по поводу Калужкина ты держи меня в курсе, ладно? Может быть, не все так угрюмо, как кажется, мы ж с Приваловым все-таки сумели поговорить, и он обещал разобраться, так что пусть Катя не вешает носа. Но если случится что-то непредвиденное, все равно звони или напиши в агентство, адрес знаешь. Да и Славка скоро вернется домой. А лично тебе я вот что хочу сказать. Зина, эта неделя, прожитая с тобой, верь мне, не забудется, и кто знает, как сложится жизнь, может, еще и увидимся. Но я тебе благодарен за твой смех серебряный и сердце твое золотое. Ты — очень хорошая женщина, таких на свете мало, дай тебе Бог счастья, раз уж я не могу.

— А хотел бы?

— Очень.

— Ты считаешь, — помолчав, сменила она тему, — что у Антона все-таки еще что-то может повернуться в лучшую сторону? Помогут ему эти ваши коллеги, или дело безнадежное?

— Послушай, ему же выдвинуто обвинение, в числе прочих, и в убийстве твоего... доктора. Как же ты можешь проявлять столько беспокойства о таком человеке?

— Да не убивал он, Санечка! И соседа своего тоже не убивал! И милиционера! Ну, как ты не хочешь понять?

— Но ведь факты против него? Или я просто ничего не понимаю.

— Конечно, не понимаешь, — убежденно сказала Зина и насупилась.

Турецкий ласково обнял ее плечи. И снова удивился, какой она смотрелась тоненькой и нежной, словно десятиклассница, а ведь ей уже около сорока, ровесница Дусина. Но та казалась крепкой и устойчивой и в жизни, и, вероятно, в любви, а Зина, хоть и была на самом деле тоже сильной и энергичной во всех своих проявлениях, все равно выглядела вчерашней школьницей, юной светловолосой девушкой с золотистыми глазами, красивой статуэткой, — вот ведь как сумела себя сохранить! Для кого, славный ты человечек?..

И почему этот Калужкин, о котором еще неделю назад Турецкий и слыхом не слыхивал, ее так волновал? По причине явной несправедливости его судьбы, или она все еще надеялась, что друзья-генералы действительно способны кардинально повернуть ход событий, стоит им только захотеть? А они почему-то не хотели? С земли-то всегда видней, как любят повторять сыщики, но только они со Славкой знали то, что было ей, увы, недоступно, как человеку, не отягощенному профессиональными знаниями. Да и что бы он ответил, по правде говоря? Что Бог поможет?

Он, в конце концов, так и сказал. Но в глазах ее не прочитал ответной уверенности...

Время для субботнего отъезда выбрали такое, чтоб Турецкий к вечеру мог остановиться в Воронеже — это примерно половина пути, — а с утра без всяких трудностей, по холодку добраться до Москвы.

Доехали с ним до околицы, там вышли из машины, расцеловались, у Зины на глазах стояли слезы, а Дуся и не скрывала своих чувств, всхлипывала прямо совсем по-детски и терла глаза кулачками. Грязнов все кивал, словно прощался надолго, и бережно прижимал женщину к себе. Никогда еще Александр Борисович не уезжал в таком подавленном настроении и с такими проводами, наполненными искренней горечью расставания. Он чувствовал себя неловко, будто в сапогах ворвался в чужую, размеренную и привычную жизнь, наследил в ней и теперь бежит без оглядки. Ну, женщины — понятно, а Славка-то? Он же через неделю будет тоже в Москве. Нет, значит, что-то очень важное и совсем близкое сердцу Сани оставалось здесь, в отдаленной станице, пронизанной жаркими ветрами из заволжских пустынь. Такое, что потом будет сниться как сладостное, но так и несбывшееся предсказание.

Турецкий, отъезжая, посмотрел в зеркальце заднего обзора и увидел две уверенные в себе фигуры, стоявшие обнявшись, и чуть поодаль — стройную женщину в простеньком синем платье с белым воротничком школьной отличницы, слабо машущую ему вслед приподнятой рукой...

Впереди, через сутки, будет Москва, Ирка и работа. Все... пора переключаться на новый ритм жизни...

Глава четвертая
ГОСТИ

Грязнов предложил женщинам вернуться к столу и еще раз пожелать Сане удачного пути, тем более что завтра — воскресенье, приедет домой, отдохнет, душ примет, и покатятся трудовые будни. В агентстве народу мало, большинство — в отпусках, так что Турецкому наверняка предстоит самому в срочном порядке решить немало накопившихся вопросов. Но Зина, сославшись на головную боль, да оно и понятно было, отправилась домой. Надо маме помочь с ее огородными делами, поскольку всю последнюю неделю только собой да своими чувствами и занималась, а дому — никакого внимания. Конечно, ее подавленное настроение можно было понять, и дело не в головной боли, а в том, что теперь каждый предмет в Дусином доме, включая старую кровать на веранде, будет напоминать ей об упущенном, потерянном счастье. Видела Дуся, что творилось в последние два дня с подругой, как ненормальная цеплялась она за свою любовь, все готова была отдать, зная заранее, что расстанутся они обязательно, но, наверное, хоть капелька надежды оставалась. До той минуты, пока Саня не сел в свою машину уже там, на шоссе.

— Ладно, подруга, отдохни от переживаний, только ты не забывай, заходи, ты — всегда желанная гостья.

И Грязнов энергичными кивками подтвердил ее слова. Но Зина лишь печально и как-то болезненно улыбнулась и молча кивнула в ответ.

— Сильно переживает, — пожаловалась Дуся на ухо Славе. — А знаешь, какой она славный человечек?

— Да уж видно... Но что поделаешь? Через голову не прыгнешь, это — жизнь, дорогая моя, а она вся сплошь — из встреч и расставаний.

— Ты прав...

Дуся тоже загрустила, думая теперь о своем. И к ней скоро подкрадется минута, когда она вот так же, подобно Зине, будет с тоской смотреть вслед отъезжающему в аэропорт автомобилю и сознавать, что, увы, жизнь действительно представляет собой бесконечную череду встреч и расставаний. Только вот встреч — ненадолго, а расставаний — навсегда... Плакать хотелось. И Грязнов, почувствовав ее тягостное настроение, обнял ее прямо посреди улицы, и, уже никого не стесняясь, так они и пошли дальше. Со стороны посмотреть: немолодые люди, очевидно, искренне полюбившие друг друга...

Дома Вячеслав вдруг оживился. Дуся посмотрела на него с удивлением.

— Слушай, Дусенька, а что у нас поделывает твой замечательный братец? Мы с ним днями говорили по телефону, я его пригласил, хотел с Саней познакомить, но у него была какая-то важная комиссия из Москвы. А я знаю, что это такое: сплошные капризы, недовольства, дурацкие вопросы, которые и умного поставят в тупик, а в результате — охота, рыбалка и баня с приятной обслугой женского пола. Знакомые дела. Но ведь праздники и выходные руководящий народ, помню из опыта, предпочитает проводить в домашних условиях. Так что, если они уже отчалили, в чем не сомневаюсь, Леша, вполне возможно, тоже освободился и, если ты не будешь возражать, может подъехать к нам? А мы ему стерляжью или осетровую ушицу, соленья твои замечательные... Вот и выпадет нам, наконец, возможность поговорить без всяких там... И без посторонних. Не люблю, понимаешь, экивоков. А рыбку-то, если сам не наловлю, у рыбаков ваших куплю, я с ними уже перезнакомился, есть и неплохие ребятки. Так как?

— А почему у меня должны возникнуть возражения? С удовольствием приму. Если он только захочет, ты ж знаешь, он этот... ну, как их?

— Трудоголик, что ли? — засмеялся Грязнов.

— Вот, он самый! — радостно приняла она его смену настроения, а то у самой было пасмурно на душе, все никак скорбный образ Зины не выходил из поля зрения. Терпела, держалась, а теперь, небось, бедная, кусает подушку и трясется от рыданий. Как это было знакомо и понятно Дусе и в ее одиноких, вдовьих ночах... А то ли еще будет? Будь они прокляты, эти ночи!

— Ну-ну, не грусти... — Грязнов понял ее настроение, обнял за плечи, развернув лицом к себе, и сказал из губ в губы: — У всякого минуса есть и свои плюсы, никуда не денешься. Зато теперь тебе не будет нужды сдерживать свою сумасшедшую страсть, я правильно подумал?

— Ах, Славка! — Она кинулась его целовать.

— Ну хорошо, хорошо, милая, только дай я сперва позвоню, а то у него могут найтись неотложные дела, — воскресенья все-таки для таких лентяев, как я... А уж потом мы с тобой займемся подготовкой. На пристань схожу, посмотрю, вернусь пораньше, а то я уже успел соскучиться. Ты как?

Она радостно засмеялась, задорно встряхивая черной гривой своих роскошных волос, и Слава с воплем «Ух!» зарылся в них носом...

Он позвонил, и Привалов неожиданно легко согласился навестить и отведать домашней ухи, приготовленной специалистом. Уж ему-то было ведомо, что Вячеслав слов на ветер не бросает. Договорились на утро. Поговорить, пообедать всласть, отдохнуть и — обратно: приятное совместить с полезным. Кстати, поговорить есть о чем...

После этого Грязнов отправился к рыбакам. Он знал, что все они помаленьку браконьерили, если это дело можно было так назвать, — брали осетра без шума и хвастовства: мол, во, гляди, какого осилил! И также икорка у них всегда водилась, Сане-то на дорожку где взяли? Все у них же. Но когда Вячеслав Иванович заходил к кому-нибудь из них в дом — не на улице же торговать! — опытным носом чуял запашок конопляный. Кто покуривал травку, кто пыльцой баловался, а кто и кололся — этих по внешнему виду можно было узнать, по глазам, речи, походке. Ох, губят себя люди, оправдываясь тяжелой жизнью. А кому нынче легко?..

Слушок по станице уже прошел, что у Евдокии какой-то знатный москвич поселился, раз его к ней на постой ее брат, большой милиционер, определил. И поначалу к Грязнову, когда он арендовал лодку либо просто беседовал о том, где лучше клюет и на что, отношение у людей было настороженное, но когда народ понял, что он — мужик свой, без городских закидонов, перестали опасаться. А потом дружок приехал — веселый, не вредный, так чего ж не поговорить за жизнь? Потому, когда он попросил рыбаков ему соорудить знатную ушицу — раз, другой, каждый второй готов был продать ему за недорого все, что Дусин гость просил. И вскоре уже Вячеслав Иванович, предусмотрительно прихватив у Дуси пару больших кошелок, возвращался нагруженный всем тем, чего сам добыть не мог, — с везением, ввиду Саниного пребывания, дело обстояло непросто. Но Алексей мог бы быть довольным — и на уху, и на шашлык, и на закуску к главному застольному продукту всего было вдосталь. И то верно: угощать — так угощать.

Вечером он приготовил маринад для шашлыка, уложил разделанного осетра в подходящую емкость и принялся отбирать по всем правилам рыбу трех сортов, чтоб прямо с утра и приступить к «действу», а к приезду Алексея сразу подать на стол... А там уже и ночь наступила, засверкали горячие от нетерпения глаза Дусеньки, и куда ж ты от них денешься?..

Они были чем-то неуловимо схожи, эти милицейские генералы, будто профессия накладывает отпечаток на людей схожих должностей. Только Алексей был моложе Вячеслава на добрый десяток лет, и лысина на его голове только начала намечаться, а у Грязнова она оставила только забавное кольцо пушистого ежика от прежней буйной рыжей шевелюры. Но выглядел Вячеслав Иванович, даже и в его возрасте, внешне малость помощней молодого коллеги. Можно сказать, генерал старой школы — когда грудь у них кончалась выше брючного ремня, а не переваливала на верхнюю половину живота. Алексей же был вынужден носить брюки на подтяжках и явно позавидовал Славе, обнаружив у того втянутый сильный живот под расстегнутой до пупа рубахой.

— Как удается? — спросил он, когда скинул на руки Дуси китель и завернул рукава сорочки.

— Тайга-матушка, — отшутился Грязнов. — Версты да ноги, вот и все лекарства.

— Завидую...

— Не стоит, Алеша, хотя, по большому счету, там тебе было бы гораздо легче, чем здесь.

— А разве там нет своих уголовничков?

— Были и есть, куда без них, но там проще: характер на характер. К тому же большинство из них в общем-то известны — и методы их, и способы. По почерку узнаем. Они ж ведь масть редко меняют. Попадались и беспредельщики, но и они — особые. И опять же, тайга кругом, ушел человек и не вернулся. Иной раз даже свои искать не хотят.

Но это — не для нашего брата, сам понимаешь. А здесь у вас, вижу, не единицы, как там, а явление становится массовым, особенно в том, где дело касается наркоты, да? Я смотрю на наш народец и диву даюсь: в каждом доме конопелькой пахнет. Привыкли?

— Есть у нас такая забота. — Алексей поморщился и вздохнул. — Боремся, конечно, крупную рыбу отлавливаем, как можем, а мелочевка успевает просачиваться сквозь ячейки невода. И до главной рыбы добраться не можем, хоть и подозреваем, — покровители больно высоко сидят, рыбьим царством правят. Да, по правде сказать, и сеточки-то наши слабоваты для такой добычи...

— Значит, никак?

— Пока, выходит, никак... А что ты-то разволновался? Или унюхал своим старым носом чего-то и от меня скрываешь? — Алексей взглянул на Вячеслава с иронией.

— Да я все по старой просьбе... — Грязнов поморщился, услышал скрип калитки и обернулся.

Они сидели за столом в саду, под развесистой старой яблоней, ветви которой представляли собой своеобразный шатер над столом и какую-никакую, а тень давали. Дуся шустро накрывала на стол. Проследив за взглядом Славы, она отошла в сторону и тоже увидела робко входящую во двор Зину. Та наверняка заметила стоящую под деревом в тени белую «Волгу» у Дусиного забора, и теперь озиралась, выглядывая хозяйку. И увидев наконец, призывно замахала рукой. Дуся улыбнулась, подмигнула Славе, а он ответил утвердительным кивком, после чего направилась к воротам.

— Доброе утро, как спалось? — подходя, громко спросила Дуся.

— Тише, — словно испугалась Зина. — У тебя, вижу, гости? Извини, я только один вопрос, можно?

— Конечно. Да чего ты стесняешься? Брат приехал, все свои. Ты про?..

— Ага. Как он, доехал? Ничего не случилось по дороге?

— А с чего должно было случиться? — удивилась Дуся.

— Ну... — Зина помялась. — Сон приснился... Или, может, не сон... Будто душа у него не на месте... Не говорил?

— Не знаю, может, Славе сказал. Да ты сама спроси, чего стесняешься? Идем!

— Нет, нет, что ты?! — испугалась Зина.

— Вот глупая!.. Слава! — крикнула она. — Тут Зина...

— Зови, зови к столу! Зина, иди, не бойся, чужих нет! — Он засмеялся. — Это соседка и подруга Дусина, — сказал он Алексею. — Хорошая женщина. Ты, надеюсь, не станешь возражать?

— Да какой разговор! Зина, идите к нам!.. А потом, мы же, по-моему, знакомы?.. Ну конечно! — будто обрадовался он, увидев женщину. — А вы меня не помните? А ведь даже однажды... давно было... танцевали здесь, забыли?

— Да, — смущенно засмеялась Зина. — Проигрыватель был старый. С пластинками.

— Ну вот, садитесь. — Алексей придвинул ей стул и вернулся на свое место, а Дуся поставила еще одну глубокую тарелку и водрузила на середину стола большой закопченный чан. Открыла крышку, и все вздохнули с наслаждением, учуяв вкусный запах свежей ухи...

Поздний завтрак, он же ранний обед, проходил в молчании — уха требовала почтения. Лишь звякали рюмки да стучали о края тарелок ложки. Облегченно вздыхали генералы, и хихикали, переглядываясь, женщины. В общем, не скучали. Генеральский водитель не счел необходимым для себя сидеть за общим столом, и Дуся накрыла ему на веранде. И когда, наконец, дошли до осетра, разговор возобновился на той фразе, на которой и закончился перед подачей ухи на стол.

— Так чего скрываешь-то, колись, старый дружище? — с улыбкой сказал Алексей. — Какой свой-то интерес, говоришь, имеешь?

— Да я все по поводу того Антона, соседа Дусиного. Не надоел тебе еще?

— А-а... ты про Калужкина? — немного помрачнел Алексей. — Не забыл я, Вячеслав, твою просьбу. Сказал ребятам, чтоб проверили повнимательней те факты, о которых ты говорил по телефону. Ну, просьба начальника, сам понимаешь... Разобрались-таки довольно быстро. И, скажу тебе, к великому моему сожалению, ничего нового не обнаружили. Кроме твоих слов. Но слова, даже и твои, Слава, при всем моем к тебе уважении, сам знаешь, к делу не пришьешь, посколь-

ку ни один из твоих фактов не нашел подтверждения. А те улики, которыми следствие располагает,
так все они указывают против него. Не хочу аппе-
тит портить и перечислять, ты и сам наверняка
знаешь. Ни один факт, Слава, — по слогам произнес Алексей. — Увы! Не за что зацепиться. И рад
бы... в рай...

— Не может того быть, Алеша, — помотал головой Грязнов. — Они ж их тебе на стол не выклады-
вали? — Дождавшись отрицательного жеста, он
продолжил: — Не будем проводить собственное
следствие, но вот тебе первый факт, который мне,
человеку непричастному, но... как ты понимаешь,
и не от сохи все-таки, представляется серьезным.
Давай я скажу, а выводы ты сделаешь сам, ладно?

— Давай, так и быть, — улыбнулся Алексей и
похлопал себя по животу, — пока уха уляжется.

— Факт первый. Ты ведь сто лет здесь живешь и
местные обычаи прекрасно знаешь, да и обычаи
твоих соседей. Убит карачаевец, балкарец, лично
мне сейчас все равно, не в конкретной национальности дело. Все улики, а их кот наплакал, такие:
поругались из-за пчельника, богатый сосед в самом
деле, как я слышал, потравил пчел Калужкина.
Случайно, нарочно — нам тоже все равно. Калужкин грозил этому... Дадаеву, да? Ружье показывал.
А убит тот предприниматель из автомата, это тоже
известно. Представляешь, сыскари даже гильзу от
автомата обнаружили где-то во дворе у потенци-
ального убийцы. Я правильно излагаю?

— В общем, правильно, если без нюансов.

— А мы как раз с тобой к ним и подходим, Лешенька, дорогой мой. Ты ведь должен понимать Дадаевых, когда им следствие прямо на убийцу главы семьи показывает? Но тогда позволь, а куда же девалась их вековая кровная месть? Или я чего-то не понимаю? Вы, что ль, ее из Астрахани отменили? Больше того, я опять-таки слышал, что сами Дадаевы очень недовольны арестом Калужкина и о мести ему даже не помышляют. Я оставляю этот факт тебе. И без комментариев. Но с одной просьбой личного характера: подумай над причиной такого мирного поведения Дадаевых. Хотя сами они тебе вряд ли что скажут. А твоим сыскарям — тем более. Но уверяю тебя, что очень скоро вы найдете труп, возможно, хорошо известного вам человека. И, как, возможно, покажет расследование, он окажется недругом Дадаевых. Это — не факт, а моя догадка.

— Слушай, Слава, — недовольным тоном заговорил Алексей, — вот ты все одно и то же: я слышал, кто-то говорил... Кто, назови, и мы его допросим.

— А он, понимаешь ли, друг ты мой хороший, ничего вам не скажет, и именно по той причине, что вы станете его тягать на допросы. А ему или его семье за это — полный кирдык. От никому не известных людей. И чем станешь оправдываться? Кстати, насчет семьи... — Грязнов посмотрел на Зину. — Я могу?

Зина насупилась, подумала и, наконец, кивнула.

— Спасибо. Очень надеюсь, Леша, что ты не станешь вызывать для допроса эту женщину только за то, что она сказала правду?

Алексей неопределенно пожал плечами, а потом с иронией посмотрел на Зину и кивнул, подтверждая, что не будет.

— Очень хорошо. Так вот, вторая улика утверждает, что Калужкин застрелил участкового уполномоченного Грибанова. Поругались они вроде бы, как убеждают опять же слухи. Пуля в его затылке и найденная гильза выпущены из того же АКМ. Далее. Третья улика указывает на то, что Антон застрелил еще и доктора Усатова, и снова из известного уже, но так и не обнаруженного автомата, — все найденные гильзы, кстати, идентичные, об этом вся деревня знает. А вот от кого, остается улыбаться прозорливости сыскарей. За что же его-то застрелил Калужкин? Это ведь там, — Вячеслав кивнул в сторону условной Астрахани, — доподлинно известно. И никаких иных версий нет, как говорится, по определению. Или по понятиям, как угодно. Причина? Тоже «уважительная»: доктор не смог — или не захотел — спасти жизнь дочери Калужкина, сбитой рядом с постом ГАИ неизвестной машиной, а «скорая» пришла, когда помощь была уже не нужна. Она из Замотаевки ехала, так пока то, другое... Что мог сделать доктор, ничего не имея под рукой? А ничего. И Калужкин определенно это знал. Но слышали — я подчеркиваю: слышали! — что он грозил страшной местью нерадивому эскулапу. Это следствие и записало. А через три месяца у сына Калужкина обнаружился гнойный аппендицит. И опять доктор ничего не мог сделать. И этот факт следствие приняло к обвинению Калужкина как важнейшую улику. А между тем вот Зина — помни, ты обещал! — сама слышала и даже видела, как накануне ночью к доктору приходили неизвестные люди и грозили расправиться и с ним, и с его семьей, если он... А вот дальше, за что конкретно грозили, этого Зина не смогла услышать. Но доктор на другой день ходил как потерянный, а тут беда с мальчишкой. Ну, ошибся доктор, не смог поставить точный диагноз, и никто другой тоже не смог бы, а до Замотаевки опять не довезли. Вот доктор после всего этого в тот же вечер до безобразия напился, вышел во двор, тут его и... Это так было, Зина?

— Так, — она кивнула. — Сама видела своими глазами. И слышала угрозы этих людей, дом Егора Петровича рядом с моим, а окна у него были открыты настежь. Ночь была жаркая, все пооткрывали. И выстрел на другую ночь я тоже слышала — громкий. А случилось это уже на другой день после смерти Васи Калужкина. Нину-то сбила машина еще год назад, недалеко от поста ГАИ. Кстати, гаишники даже искать не стали ту машину, которая ее сбила, сколько ни ходил к ним Антон Сергеевич. Он даже с одним из них подрался, так ему потом год условно дали...

— Леш, — хмуро сказал Грязнов, — я глубоко уважаю твою работу и тебя, ты знаешь. Поэтому скажи мне честно, куда мы катимся? Разве ты сам, будучи когда-то классным сыскарем, позволил бы себе вот так, спустя рукава, вести расследование?.. Молчишь? Все, дорогой, больше у меня нет для тебя подходящих аргументов, хотя есть одно пред- положение. Хочешь?

— Ну, давай уж...

— Я могу только догадываться, в чем мог прови- ниться перед неизвестными деревенский доктор. Сейчас я и выскажу это свое предположение, а Зина, если она согласится со мной, может подтвер- дить. Скажи, Зинуля, у вас в медпункте всякие ре- цептурные лекарства имеются?

— Ну а как же?

— А кто обычно возил лекарства из Замотаевки?

— Да сам Егор Петрович и договаривался с ним о транспорте. У него же раньше была своя машина-пикап, старенькая, но она уже фактичес- ки не ходила.

— И наркотические средства тоже заказывал?

— Не так чтобы очень, но... Без них не обходит- ся ни одна медицинская точка.

— А кто проверял то, что он привозил?

— Да никто, он сам знал, что нам нужно.

— Я вот уже слышал от рыбачков, да и сам успел увидеть: с наркоманией-то у вас тут не просто. Ко- ноплей каждый второй балуется. Видел и тех, кто уже явно на игле сидит. Не мог ли твой Усатов снабжать по своим каналам любителей анаши или кокаина, марихуаны?

— Нет, что ты, Слава, он был очень честный и глубоко порядочный человек! — Зина понурилась.

— А я верю. Но тогда по какой причине на док- тора могли наседать неизвестные люди, угрожали ему, после чего он был, извини, Леша, вскоре благополучно расстрелян, и, повторяю, заметь, из того же автомата, что и Дадаев. И участковый уполномоченный — тоже. И повсюду были обнаружены стреляные гильзы — на тех местах, где, по прикидкам твоих сыщиков, должен был бы стоять очень меткий убийца. Соответственно и пули, надо понимать, извлекли идентичные. Ну надо же, какой упорный этот Калужкин! Какой настойчивый: пообещал, пригрозил, и — труп! Мне он представляется идеальной находкой для тех, кто тщательно скрывает подлинных убийц. И добавлю последнее: они, эти убийцы, господам следователям хорошо известны. Или я за сорок лет службы так ни черта и не понял! Ничему не научился! — Грязнов разгорячился и закончил совсем уже почти на крике.

— Ну, ты нервы-то побереги... — пробурчал генерал Привалов. — Вот видишь, тебе, оказывается, на месте виднее. Но я-то всего ж этого просто не знал. Так чего ж ты от меня-то хочешь? Приказать, чтоб пошли по-новому? Ну, прикажу, а дальше что, если дело уже, по сути, в суде? Прокуратура вряд ли согласится с моими жидкими доводами. К тому же там ведь — не одно и не два убийства, а чуть ли не пять. И все нити снова сходятся на Калужкине. На его угрозах и гильзах проклятых. Других-то фактов нет...

— Так об этом народ и судачит, Алеша. Но почему-то никто из следственных групп, что расследовали все эти убийства, не удосужился поговорить с семьями погибших. Те, мол, рвались дать показания, а от них попросту отмахивались, считая доводы родных ничтожными. А это как тебе нравится?.. В общем, друг дорогой, давай-ка есть шашлык, а то он остынет...

— Да нет, — произнес Привалов с полным ртом, пережевывая румяный кусок осетрины с шампура, — в принципе, я тебя понимаю... И с наркоманией этой у нас тоже...

— Слушай-ка, мне здешние говорили, что на островах в Ахтубе — непроходимые заросли конопли, это так?

— А что мы можем поделать? Сжечь острова? Вместе с домами и людьми в них?

— Съездить-то туда можно? Просто посмотреть на эту идиллию...

— Кто тебе мешает? — уже недовольно пробурчал генерал. — Только ничего путного там не увидишь: приезжие отдыхающие, рыбаки да темные люди. Всех не переловишь... Но мы, тем не менее, все-таки берем жирных карасей.

— А рыбью мелочь — между пальцами, да? Сил никаких не хватит подмести? Ну и до главной рыбы, как ты говорил, не дотянуться? Классная картина... Алеш, а что, если я в приватном, так сказать, порядке найду возможность переговорить с родственниками? Вдруг чего новое нароем? Или на Калужкине уже крест поставили?

— Ну, какой крест? Есть прикрепленный адвокат... Может протест принести. Дело, чую, еще потянется... А если хочешь прояснить картину, что ж, я ведь только благодарен тебе буду. Да и не было еще у меня настоящего сыщика уровня генерала

Грязнова! Вот уж соседи завидовать будут!.. — Привалов натянуто рассмеялся. — Только ты, Слава, не очень... не рискуй. Конечно, дело, вижу, непростое... темное дело...

— Ну так помоги маленько, — улыбнулся Вячеслав.

— Чем, дружище?

— А ты вот что, возьми-ка для меня напрокат в Астрахани машинку попроще. Я оплачу немедленно. И пусть ее пригонит какой-нибудь твой оперок, которому ты доверяешь... как мне, скажем. И побудет он со мной, только в полной тишине и без огласки, несколько деньков. Вот и будет толковая помощь. Или — никак?

— Ну почему же? Не возражаю. И человека найду, пусть отдохнет немного, ушицы твоей поест. Классная, между прочим, скажу тебе, — он указал кивком на рыбные блюда. — Умеешь ты, Слава... Не печалься, — сказал уже бодро, — подумаем, подумаем... Все в наших руках...

Грязнов решил не откладывать дела в долгий ящик и уже на следующее утро отправился к жене и дочери покойного доктора, прихватив в качестве помощницы Зину. Женщина оценила возложенную на нее миссию и написала в записке на двери медпункта, что выполняет специальное задание районного отдела здравоохранения. Это чтобы Гошка либо Ленька Брыкин не рвались спозаранку к ней на прием. Известно зачем. Девяностопятипроцентный медицинский спирт, совсем недорогой, можно было купить в медпункте в качестве дезинфицирующего средства для медицинских процедур — компрессов там, притираний и прочего. А прием некоторой дозы вовнутрь, по их убеждению, способствовал быстрому очищению организма от последствий частого употребления дешевых «паленых» водок из местного «маркета». Многочисленные неизвестного происхождения ликероводочные ООО поставляли эту продукцию для легальной реализации в торговой сети в изобилии. И Грязнов уже имел возможность наблюдать у пристани эти «последствия». Очевидно, лишь изумительная природная стойкость российского организма да жизнь на реке удерживали местное население от полного вымирания.

Приглашая с собой «к доктору» Зину, Вячеслав Иванович полагал, что ее присутствие, как первой помощницы покойного врача, поможет и вдове с девочкой каким-то образом «развязать языки». Все ж чужой он здесь, да и разговоры о Дусином госте нужного авторитета ему в глазах жителей злосчастного Ивановского не прибавляли. Алексей — большая милицейская власть, стало быть, уже изначально опасная для нарушителей-соседей, ибо ничего не нарушает в этой жизни лишь фонарный столб у дома сельской администрации. А гость Евдокии — приятель этой власти, и наверняка с ним нельзя быть до конца откровенным. Вот Зина и станет тем смягчающим буфером, который поможет установлению хотя бы какого-то доверия.

Елена Григорьевна оказалась относительно молодой, но уже растерявшей свою первозданную яркость женщиной. Про таких обычно говорят: была красивой. Одевалась она простенько, да и с каких доходов? Так подумал Грязнов, ясно представляя себе, как бы она могла одеваться, если бы ее муж был «завязан» на наркотиках. И обстановка в доме тоже была соответствующей — непритязательной и обыкновенной для любого деревенского дома, где проживают хозяева весьма средней руки. А вот книг по медицине было много, они занимали все три полки старой этажерки в углу. Доктор был ведь, конечно...

Хозяйка не обрадовалась приходу гостей, но дверь молча отворила и первой прошла в комнату, откуда сейчас же вышла в соседнюю, поменьше, девочка лет двенадцати, одетая как и мама. Небогато живут, еще раз констатировал Вячеслав Иванович. Нет, права Зина, не занимался темными махинациями покойный теперь Усатов. Вот и семье, видно же, так ничего после себя не оставил. Господи, несчастные люди! И за что им выпало такое тяжкое испытание?..

Пока шли сюда, Зина успела рассказать Славе о том, что было ему неизвестно по прежним разговорам. Может, она жалела память о докторе, к которому, по ее же словам, была неравнодушна. Даже более чем. Но никогда бы не решилась разрушить его семью. Да это стало сразу заметно по тому, как встретила их появление Елена Григорьевна — сдержанно, неохотно, но без враждебности. Так даже бывшую теперь соперницу не встречают. А равнодушие ее — это холод от неизбывного до сих пор горя...

Она и рассказала более подробно, чем те же станичные слухи, о другой, не менее тяжкой вине «невезучего» доктора перед Калужкиным. А произошло-то все оттого, что не в себе был в тот день врач. Ну, как раз после той ночной встречи с неизвестными гостями. Младший сын Антона Сергеевича — Вася, нормальный парень, не пьяница, как другие, правда, и помощник отцу слабый, — то ли малокровием страдал с детства, то ли еще какой-то болезнью, Зина не углублялась, вдруг почувствовал себя плохо. А было это уже чуть ли не через полгода после гибели Ниночки. Ну, и снова вынужден был прийти Усатов, уже виноватый перед Калужкиным, посмотрел, пощупал. Подозрение его пало на язву, очень уж явные симптомы. Парню стало совсем плохо, и врач сделал ему обезболивающие уколы, инъекции пантопона и анальгина, вызвав предварительно «скорую помощь», чтобы отвезти больного в Замотаевский стационар. А по дороге, хотя и ехать-то было совсем близко, парень скончался. И ничем нельзя было ему помочь, при вскрытии обнаружился перитонит — гнойный аппендицит. Первая и последняя врачебная ошибка Егора Петровича Усатова, вскоре, как оказалось, стоившая ему жизни. Так посчитало то же следствие.

Доктор был застрелен всего одним метким выстрелом из автомата, принадлежавшего, как показал свидетель Руслан Эренгенов, пожилой калмык, бывший до ссоры с Калужкиным приятелем и соседом Антона Сергеевича. Мол, прятал пчеловод автомат свой в сарае у Руслана. А приобрел он его якобы в Астрахани, чтобы пасеку от лихих людей охранять, были уже случаи грабежа. Но с Русланом Калужкин поссорился с полгода назад вдрызг из-за того, что Эренгенов без согласия соседа перенес ограду на их смежном участке, чтобы пристроить к сараю навес для вяления рыбы. И при этом как бы немного потеснил ульи пчеловода, хотя даже и близко не подошел к ним. Кстати, Калужкин и ему также угрожал, народ слышал. Словом, опять эти пчелы...

А Руслан, по его показаниям следствию, и дальше прятал бы у себя в сарае чужой автомат, но после первого, потом второго и, наконец, третьего убийства вдруг «прозрел» и решил явиться в милицию с чистосердечным признанием и добровольно выдать оружие, принадлежащее Калужкину. И оно оказалось весьма кстати. Короче, своим признанием Эренгенов снял с себя подозрения в соучастии и одновременно сильно облегчил расследование причин ряда убийств в Ивановском.

Однако дальше вышло так, что на другой день на пустынной ночной трассе Руслан был сбит неизвестной машиной, и труп его, очевидно отброшенный ударом радиатора неизвестной автомашины, нашли утром в придорожном кювете. Так, во всяком случае, показало следствие, проведенное второпях, как и все остальные в Ивановском. Что делал Эренгенов один в такое позднее время на трассе, никого не заинтересовало. Да и спрашивать, оказалось, не у кого, один жил Руслан. Правда, молва доносила, что замечали, будто он в позднее время нередко к соседке заглядывал — женщине весьма невзыскательной и неразборчивой в связях, о чем всем в станице было известно. Следователь, который проводил обыск в доме Калужкина, взял эту женщину понятой, она и сообщила, что Руслан обычно по прохладе, в вечернее время торговал на трассе копченой и вяленой рыбой, выставляя на большом фанерном стенде свои богатства, и стенд этот после его смерти пропал. Зато в доме Калужкина она сразу указала на рыбу, которую, по ее словам, коптил именно Руслан, уж ей-то не знать ли? Вот и выдвинули версию, что это Калужкин, поссорившись с соседом, который потом выдал его автомат милиции, решил его убрать. Что и сделал с помощью своей машины. Этот старенький автомобиль немедленно погрузили на эвакуатор и увезли в отдел милиции, чтобы изучить, и больше о нем ничего не было слышно. А после этого подлинного убийцу-автомобилиста даже и искать не стали. Один жил пожилой калмык, связь с которым беспутная Дарья, вопреки станичным слухам, категорически отрицала, и некому было стараться ради его памяти. Да никто в Ивановском, даже и она сама, толком не знал, чем еще, кроме рыбы, мог заниматься этот странный человек. Иногда, правда, — это было известно — он навещал, помимо Дарьи Степановны, еще и огороженный высоким железным забором дом-особняк Энвера Дадаева.

Словом, понял Грязнов, сплошные темные истории и, куда ни ткни, одни вопросы без ответов. И это — следствие?! Ведь вот же, явно напрашивается прямая связь между этими событиями! Но это обстоятельство никого не взволновало, гораздо более важными для следствия оказались выводы относительно виновности Калужкина — этакого, понимаешь ли, яростного мстителя за своих погибших «от рук врача» детей, а также за своих «обиженных» соседями пчел.

Однако, если это все так, в чем доктор был виноват перед Калужкиным?

Вячеслав Иванович извинился по поводу своего прихода и попросил хозяйку по возможности подробно рассказать ему про все, что ей было известно относительно тех угроз, которым подвергался доктор со стороны «ночных гостей». Он, мол, заинтересован в том, чтобы не обвинили невиновного человека в убийствах, которые тот не совершал, но отыскать подлинных преступников. И помощь Елены Григорьевны, о разговоре с которой он никому не скажет ни слова, а факты употребит лишь для личного расследования, будет для него просто неоценимой. Словом, еще с прежних времен умел Грязнов располагать к себе людей своим мягким и искренним подходом и сочувствием их горю. Да и у Зины на лице тоже было написано искреннее сострадание, отчего вдова словно немного помягчела.

История-то эта случилась почти уже год назад, подробности и частности стали забываться, поскольку никого они до сих пор не интересовали.

Правда, когда приезжала целая группа из милиции, и следователи, так они себя называли, обходили все, без исключения, дома, собирая данные, зашли, разумеется, и к Усатовым.

Елена Григорьевна, еще не отошедшая от тяжелого удара, лишившего семью единственного кормильца — самой ей в станице делать было абсолютно нечего ввиду отсутствия какой-либо работы, кроме огородной, — готова была обвинить в смерти мужа любого, на кого указывали эти следователи. А они говорили уверенно, назвали преступником именно Калужкина, хотя и напомнили ей, что фактически именно доктор оказывался причастным к гибели обоих детей Антона, а значит, и месть со стороны пчеловода имела под собой почву. И вдова не могла с их доводами не согласиться. Наверное, вот так, трагически ошибся Егор, спутав симптомы, да и откуда ему было знать об аппендиците парня, если тот никогда до этого не обращался в больницу? Отец сам всегда и возил его в Замотаевку, слабый же был мальчик. В общем, поделилась с официальными людьми тем, о чем знала. Что они и записали у себя в протоколах.

Но она рассказала им также, что накануне той последней страшной ночи, когда муж зачем-то вышел во двор, и там прогремел выстрел, Егор Петрович ходил мрачный, неразговорчивый и даже выпивши. А причину она видела в ночном посещении незваных гостей, которые кричали на Егора, что сотрут его в порошок, сам же он после их ухода велел ей молчать, будто ничего она не слышала. А на следующий день случилась беда с мальчиком. Об этом она и вспомнила. Но следователь — капитан милиции с красным лицом — отнесся к ее словам без доверия. Просто отмахнулся: мол, это все — ее собственные догадки, а свидетелей тому нет и подтвердить никто ее слова не может, а стало быть, и никакого значения для следствия ее немотивированные предположения иметь не могут. Зато у него уже имеются твердые улики против преступника.

Грязнов внимательно выслушал, взглянул на Зину, и та лишь молча развела руками: сам видишь, как тут расследовали... И он задумчиво покивал.

— Скажите, Елена Григорьевна, а вы не смогли бы припомнить хоть какие-то фразы либо просто слова, которые кричали те «темные люди»? Вот вроде «порошка»? Не очень понятно, чего они требовали-то от вашего супруга. И вообще, такие посещения до того случая были?

— Нет, не помню... Правда, Егор... Петрович однажды признался мне, вдруг, ни с того ни с сего, что самое дорогое, что у него есть, это мы с Танечкой, и он сделает все, чтобы мы не пострадали. Я думаю, наверное, у него была на то причина, да, Зина? — Она посмотрела на гостью. — У вас же с ним были добрые отношения, я знаю, может, он тебе говорил?

Грязнов заметил, как напряглась Зина, но, помолчав, она тихо ответила:

— Он вас очень любил, я это знаю. Но у меня есть подозрение, что его кто-то настойчиво хотел использовать в качестве... Как это называется? Курьера, да? Который наркотики перевозит, причем на законных основаниях. Как врач. Я говорила, Слава, — тихо добавила она.

— Нельзя исключить... А что касается вины вашего мужа перед Калужкиным, Елена Григорьевна, так это по воде вилами писано. И в первом, и во втором случае, уж поверьте мне, старому сыщику, он ничего и не мог бы сделать. Отсутствие «скорой помощи» — вот причина гибели девушки. А во втором случае ему потребовались бы совсем другие средства для определения состояния больного. У меня подобных случаев в практике было немало. Так что и винить его не в чем. Правда, разъяренный Калужкин вполне мог и сорвать свою ненависть на докторе, на ком же еще, если его дети фактически погибли в руках Усатова?.. Ну, ладно, предположим, что это именно он застрелил Егора Петровича...

— Да никогда! — воскликнула возмущенно вдова.

— А я не спорю, я говорю: предположим. Тогда за что же он убил Дадаева? За потравленных пчел? Но почему он не застрелил также и своего соседа Руслана, с которым, как слышали, вдрызг ругался? Опять же пчелы пострадали. А этот милиционер, который не имел ни к его детям, ни к пчелам отношения? Странно мне это все. Что он, убийца-маньяк? Сорвавшийся с тормозов мститель? Не верю. Здесь явная натяжка следствия. Вам не кажется, Елена Григорьевна?

— Да я была уверена, и сейчас повторю, что не мог Антон застрелить Егора. Даже в помутнении разума. Ему ж подробно объяснили в замотаевской больнице суть трагического происшествия. Не мог Егор здесь определить, что у парня перитонит, физически не мог. И не уколы тут причина, а надо было отцу раньше думать, почему парень мучается, почему жалуется на живот. Другое тут. Одинокий волк — этот Антон. От него и жена в позапрошлом году сбежала, детей взрослых бросила. За границу уехала...

— Вон как? — Грязнов покачал головой, с укоризной взглянув на Зину.

— Я не считала это важным, — ответила та на его незаданный вопрос.

— А зря. Это обстоятельство, между прочим, кое-что объясняет и в характере Калужкина.

— Так ты теперь считаешь, что он мог? — Зина с тревогой уставилась на него.

— Ничего я не считаю, — недовольно отозвался Вячеслав Иванович. — Фактов у меня мало. И все свидетельства расплывчатые, Алексей тут прав. Одними предположениями дела не прояснишь... Ну, так вы вспомнили хоть что-нибудь, Елена Григорьевна?

— Нет, пожалуй, ничего, — вздохнула та.

— А обыск у вас в доме производили?

— Да чего ж у нас искать-то? — Женщина печально улыбнулась. — Тряпки наши с Танечкой? Так вот они все — открой шкаф. Лекарства какие-то он домой не приносил, запасов никаких не делал, медпункт же рядом, зачем? Да и случай с Васей исключительный. Трагический, ужасный, но... не типичный.

— Можно мне посмотреть его бумаги, книги?

— Смотрите, только вряд ли чего найдете...

Грязнов подошел к книжной этажерке и стал снимать книги, быстро пролистывая страницы. Вдруг что-нибудь между ними окажется?

Зина подошла ближе и сказала:

— У нас в медпункте кто-то его стол перрыл. Утром, когда я еще не пришла и не знала про убийство. Я сказала следователям, а те отмахнулись. Вроде как, если чего у доктора и хранилось, значит, уже унесли, и теперь все равно искать больше нечего. Так сказал, будто знал наперед. Тот самый молодой парень в форме капитана милиции. Морда квадратная. И смотрит так, что в животе противно становится.

— Бывают и такие, — снисходительно заметил Вячеслав Иванович, но слова Зины запомнил, чтобы при случае поинтересоваться у Алексея, и отошел от книг: ничего достойного внимания он в них не обнаружил. Справочники, труды по диагностике — серьезно, видать, относился к своей работе покойный доктор, да вот не повезло: увы, врачебная ошибка, стоившая ему собственной жизни. Да и мог ли он в таких условиях поставить точный диагноз? Об этом только опытный специалист рассказать может...

— А выстрел, говорите, был громкий? — обратился он к вдове.

— Треснуло так, будто большую сухую доску сломали. А ночью ведь тихо, машин не слышно. Страх божий...

— Все правильно. Мне и Алексей сказал, узнал по моей просьбе: автомат, что предоставил следствию тот Руслан, был без оптики и без глушителя. Обыкновенный АК-74 под патрон калибра 5,45. Армейский. Тут же у вас, надо понимать, Северный Кавказ под боком, а этот ареал, как говорится, — постоянный источник поставок и оружия, и наркотиков. Кстати, Егор Петрович никогда не упоминал слова «наркотики», «наркоторговля»? Или там — «кока», «гера», «соломка», «эфедрин», «марихуана», «конопля» и прочее?

— Господи, да кто ж у нас этих слов не знает? — Зина всплеснула руками. — Поезжай на острова — там всего вдоволь. Ну, может, с героином еще не повезет, а так...

— Послушайте, женщины, сам-то он не употреблял?

— Категорически нет, — твердо ответила вдова.

— Впрочем, это уже не имеет значения... — вздохнул Грязнов. — А на острова мы еще посмотрим...

— Знаете, что он однажды сказал? — вдруг словно опомнилась Елена Григорьевна. — Это было задолго еще до того происшествия с Ниной Калужкиной, больше года назад. Он сказал: «Давай уедем отсюда, не дадут жить спокойно». Печально сказал. А я спросила: «Куда, кто у нас есть? Кто нас примет?» Он говорит: «Врачи везде нужны... Только куда-нибудь подальше от этих...» Помолчал и добавил: «Соседей, будь они прокляты». Я тогда не обратила внимания на «соседей». А сейчас думаю, уж не от Дадаева приходили-то? Тот ведь последние месяцы стал проявлять интерес к медпункту. Как, мол, работается? Хватает ли нужных лекарств? Егор поначалу думал, что Дадаев помочь хочет, ну... как это? Меценат, да? А потом только морщился, будто не нравился ему такой интерес. Одни, мол, разговоры, а помощи никакой. Даже собственного транспорта нет, чтобы домчаться до Замотаевки в таких вот трагических случаях, когда все минута решает... Но об этом разговор с Дадаевым не заходил. А у него ведь несколько машин. Без дела во дворе стоят. Вот и не знаю теперь, что думать...

— А кто он вообще, этот Дадаев? — Грязнов поморщился. — Если он такой хороший, тогда зачем пчел калужкинских потравил? Месть, что ли, за какие-нибудь грехи соседа, у которого жена сбежала?

— Я спросила Егора, чего Дадаеву от него нужно? Ведь наверняка не простой интерес? Так муж посмотрел на меня долгим таким взглядом, вздохнул и ответил нейтрально: «То, что ему нужно, меня не интересует. И тебя не должно интересовать, спокойней спать с Танюшкой будете...» Неприятно было слышать, но Егор не любил распространяться о своих трудностях. А в последние дни он просто водкой стал глушить свое жуткое настроение. Я испугалась. И вдруг такой ужас...

— Сам по себе Дадаев, — вмешалась Зина, — баранов разводит. У него в степи несколько больших отар. Свои станы, чабаны. Но главный его доход непонятен, потому что такую домину у нас отгрохать просто так, без очень больших денег, невозможно. А он стал подбираться и к соседским участкам, отодвигать ограду, увеличивать свой двор. Где уговорами, деньгами, а где — как вот с пчелами Калужкина. Нечаянно, говорил, в сахарный песок, рассыпанный кем-то из работников во дворе, какая-то отрава попала, пчелы, мол, и нажрались сладкого. А когда Антон вскинулся, тот и говорит: «Давай я тебе компенсацию сделаю. Много не дам, но по-соседски помогу». А Антон уже озверел, на всю станицу орал, что сам потравит Дадаева со всеми его холопами. У того ведь вроде как даже своя охрана имеется.

— А чего это он такой храбрый, ваш Дадаев? Ну, был, конечно?

— Так у него же брат старший в Москве живет, — вступила в разговор вдова. — Большой пост, говорят, занимает. А по нашим понятиям, так чуть ли не у самого президента служит, кто ж посмеет тронуть младшего братца ответственного работника? Вот этот и старался, греб под себя. А меценатом он только представиться хотел, поглядели бы вы, Вячеслав Иванович, как он шел по станице! Прямо бай какой-то! Султан, не меньше. И здоровые парни его окружали постоянно. Так говорили, я не знаю, — она пожала плечами. — Другие, говорят, видели. Нет, у нас тут каждый себе — хозяин, и нет ему дела до других... А вот Антона мне и самой жалко. Ну, злой, так ведь есть отчего. Угрожал там, мог бы и морду набить, он же сильный мужик. Но чтоб стрелять в человека?.. Да еще ночью? Как из-за угла... Нет, не мог бы.

— А в Дадаева? — Грязнов испытующе уставился на вдову.

— Тоже, думаю, нет. До того же надо было как-то добраться. На ограду не залезть, там во дворе учуют собаки злющие, овчарки кавказские, один страх божий... А сам он по улице вообще, по-моему, пешком не ходил, всегда на машине гонял, черной такой, большой.

— Вот и я так считаю, — подтвердил ее слова Вячеслав Иванович. — Этот Калужкин в спецназе, насколько мне известно, не служил. Оптическим прицелом не пользовался, глушителем — тоже. А выстрелы такие мог произвести настоящий профессионал. Причем всякий раз одной пулей, выпущенной из одного и того же ствола. И гильзы идентичные там, где стрелок, или стрелки, стояли. И пули, извлеченные из тел убитых. А больше никаких следов. Не искали. Или не хотели. Но, в общем, девушки, кое-что мне проясняется, спасибо вам. И о нашей беседе, Елена Григорьевна, пожалуйста, никому не говорите, а то народ-то у вас тут, гляжу, лихой, расспрашивать станут с пристрастием, что да почему. А вы, если спросят, так и говорите — правду. Интересовался, мол, москвич, за что доктора убили. А вы не знаете, вот и весь разговор. Еще раз спасибо, пойдем, Зина...

И когда они вышли на улицу, заметили несколько голов, торчащих из-за оград и провожавших их любопытными взглядами, Грязнов продолжил:

— Плохие мы, чую, гости. Но все равно, надо и эту гражданскую жену Калужкина навестить. Поговорить с ней. Я вот только думаю, что, может, не нам бы к ней, а ей к нам лучше заглянуть? Она с Дусей — соседка, вот и по-соседски. Как считаешь?

— Она ко мне в медпункт заходила, вот когда Саня приезжал. Может, ей лекарство какое понадобилось? Зайду и спрошу, ладно? А она вечерком заглянет.

— Неплохо.

— Ну и хорошо, пойду-ка я к себе, а после навещу ее с сумкой своей. — Она улыбнулась. — Ее у нас уже все знают. Докторша, говорят, дай на опохмелку!

— Даешь?

— Ну да, как же!

— Заходи на ужин, может, узнаем чего новенькое?

— Да зачем я-то вам? — Она снова улыбнулась и вздохнула. — Вам и без меня хорошо... Не обижай Дусю, Слава...

— Зачем же я буду это делать, глупенькая? А с Саней поговорить не желаешь? Или из дома — прочь, из сердца — вон?

— Как не стыдно? — Зина пригорюнилась. — Да и о чем я буду говорить?

— Понятия не имею. Я-то, к примеру, знаю, про что сам скажу. Попрошу срочно проверить в Москве того братца Дадаева. Может, как это иногда бывает, именно на нем все убийства и завязаны? Тут, милая, думать надо, а не как эти... сыскари дерьмовые... — Он презрительно сплюнул в сторону. — В общем, появился у меня план, попробуем провести его в жизнь. Пойду звонить. — Он лукаво подмигнул, и Зина пошла за ним.

Глава пятая
ПО СЛЕДАМ

— Саня, привет! Ну, что у нас там творится? Введи маленько в курс ваших проблем, если таковые имеются.

Грязнов выслушал краткую информацию о том, какие дела в «Глории» будоражили умы сыщиков, усмехнулся: ничего чрезвычайного. Лето — обычный «мертвый сезон», повторяющийся, сколько помнил Вячеслав Иванович, создавший свое агентство еще в самом начале девяностых, из года в год. Может, оно и неплохо. Раз ребятки свободны, могут и помощь нужную оказать.

— Саня, если есть свободная минутка, помоги немного. Мне необходимо выяснить как можно полнее о некоем господине Дадаеве, имени его пока не знаю. Но у него тут, у нас, был брат Энвер, которого убили больше полугода назад. Это все с соседом Калужкиным связано, понимаешь? Я копнул было тут и такое обнаружил, что век разгребать. Известно только, что Дадаев-старший, как ты понимаешь, «ба-альшой человек» в Москве, самого президента знает! Ну и тот, видимо, соответственно... А братец его покойный, по некоторым прикидкам, местный олигарх. Бараны и... подозреваю, наркотики. Вот мне бы и хотелось нащупать связь. Думаю, таковая имеется.

— Фамилию повтори.

— Да-да-ев! — по слогам произнес Грязнов.

— Минутку, Слава... Ты, надо понимать, газет центральных не читаешь, телевизор не смотришь, вечерами у тебя другие интересы. Я не ошибся?

— Не ошибся. Нет, смотрю, конечно, но не туда. — И Грязнов выразительно поглядел на Дусю, сияющее лаской лицо которой вдруг почему-то кинуло в краску. С чего бы это, интересно?

— Смотри, твое дело отпускное. Но вот читаю тебе заметку из «молодежки», уголовная хроника... Сегодняшний номер, по дороге купил. «Вчера в столице, около одиннадцати вечера, прямо у подъезда сверкавшего призывными огнями и праздничной иллюминацией ночного клуба «Одеон», что расположен на Можайском шоссе, двумя выстрелами из пистолета Макарова, произведенными фактически в упор, был убит известный предприниматель Эдуард Дадаев. На месте преступления убийца оставил оружие и скрылся на черном автомобиле японской фирмы «Тойота», лишив таким образом охрану господина Дадаева возможности изловить и покарать убийцу». Во, фразочка, ничего?! Дальше... как обычно. «Объявленный план «Перехват» результатов не принес. Однако оставленное на месте совершения преступления оружие, пистолет Макарова, а также ловкость, с которой преступник ушел от преследователей, указывает на то, что данное убийство вполне можно считать заказным. По сведениям, полученным редакцией из разных источников, господин Дадаев подозревался правоохранительными органами в организации транспортировки и распространения наркотических средств, однако прямыми доказательствами преступной деятельности господина Дадаева следствие не располагает, в то время как сам фигурант входил в группу советников ряда депутатов Государственной Думы от республик Северного Кавказа. Как нам сообщил также источник в правоохранительных органах столицы, убийство носит явный политический характер». Вот так, Слава. Как тебе этакий поворот событий? И еще вопрос: тебе по-прежнему нужны связи и контакты покойного в столице нашей Родины либо, скажем, в окружении Самого? Или сказанного вполне достаточно?

— Знаешь, а ты ведь меня удивил. Хотя и не очень. Но что-то сегодня траура в окрестных домах я пока не замечал. Может, весточка не долетела еще? Хочу навестить семью младшего брата покойного, вдруг чего всплывет?

— Ну, валяй, коли есть охота. Но только, подозреваю, это все — одна ниточка. И дурак Калужкин к ней не имеет ни малейшего отношения.

— А почему дурак?

— Потому что подставиться таким образом мог только полный дурак, и никто иной. Или у него крыша поехала. Вы бы там лучше с психиатром посоветовались. Может, мужика не в тюрьму, а к врачу надо отправить?

— Ты понимаешь, у меня уже мелькала такая мыслишка. Но пока не вижу веских оснований. Доктор-то ныне покойный, оказывается, еще и младшему сыну Калужкина установил неверный диагноз, и тот помер от перитонита. И опять на руках у врача. И жена от Калужкина сбежала! Так что крыша вполне могла и поехать. Во всяком случае, исключать нельзя. Но вот всю цепь убийств на него повесить трудно. Никак, Саня, не стыкуется.

— Ну-ну... Ты бы лучше отдохнул как следует, неугомонная душа, покатался по реке с одной красивой женщиной, рыбку бы ловил, а не преступников. Уж этих-то на наш с тобой век хватит.

— Ладно, Саня, на всякий случай попроси Макса, пусть тот побродит по биографии старшего братца, а материалы мне слейте. Я попрошу Алексея, чтобы он меня на время ноутбуком обеспечил. А машинку с помощником он вчера уже обещал предоставить. Я включусь, а вы постарайтесь, ребятки. И еще. Тут тебя очень хочет послушать одна симпатичная женщина, которая много мне помогает. Я уже и заглядываться стал, но Дусенька, похоже, ревнует. На, передаю трубку...

Зина неожиданно робко взяла трубку мобильника, приложила к уху и вытянула губы, словно для поцелуя. А потом молча слушала, и на лице ее то появлялась, то исчезала быстрая улыбка. Очевидно, Саня был в кабинете один и позволил себе заговорить открытым текстом. Грязнов посмотрел-посмотрел, а потом обнял за плечи Дусю и подтолкнул ее к двери:

— Ты только погляди... Похоже, речи нашего Сани ложатся на хорошо взрыхленную его же стараниями почву... Пошли, пусть они тут без нас с тобой поболтают... Ты ж видишь, что с девушкой творится... Ишь как, даже в лице изменилась... М-да, дела!

— А что случилось-то, Слава? — не успокаивалась Дуся, пока еще мало что понявшая из его разговора с Саней. Но видела по выражению лица Грязнова, что он озадачен. Хоть и «громкий» телефон у Вячеслава, но Турецкий говорил тихо, а Грязнов его почти не перебивал наводящими вопросами.

— Что, спрашиваешь? А вчера вечером, у дверей одного московского борделя, именуемого ночным клубом, в упор расстреляли старшего брата Энвера — Эдуарда Дадаева. Говорят, был крупным предпринимателем. Да к тому же еще и политикой интересовался. Газеты об этом сегодня пишут, телевидение наверняка показывает. И я думаю, что мне самое время навестить этих здешних Дадаевых. Пока они в полной растерянности, взволнованы и не успели взять себя в руки.

— Один пойдешь? — с тревогой спросила Дуся.

— А как же! Я ж только узнать хочу, не больше. Ну, в том смысле, нужна ли им кровь Калужкина? Ведь старшего братца уже не он в расход пустил. Значит, другие силы были заинтересованы, чтобы расправиться с обоими братьями. А наша доблестная милиция, скорее всего и как всегда, убийц не найдет.

— Так ты что, хочешь сам, что ли, искать их? — совсем уже испугалась Дуся, вцепившись в рукав Грязнова.

— А чем черт не шутит? Вдруг помогу? Может, отсюда нам как раз виднее? Да и Алексею, пожалуй, такой поворот должен больше понравиться, чем жертва пешки. Партия-то, вижу, только начинается.

— Ой, Славушка, — почти простонала Дуся, — боюсь я за тебя...

— Не надо бояться, — спокойно ответил он. — Это работа. Для нас — обычное дело...

На звяканье старинного кольца калитки немедленно отозвались два грубых рыка и грозный, усиливающийся лай, как минимум, двух приближавшихся с той стороны псов. Знал Грязнов эту породу сторожевых собак и, мягко говоря, не очень уважал вызывающих откровенный страх полудиких животных. Охраняют отары от волков и прочих бродячих разбойников, но при этом верно служат своему хозяину. Встречи с ними не желал для себя Вячеслав Иванович. Но понимал, что там, где есть такие сторожа, живут люди, считающие, что полностью обеспечили свою безопасность.

Однако если человек постоянно думает и заботится о своей безопасности, значит, ему и на самом деле есть чего, или кого, опасаться. А еще это говорит о том, что, как ты ни заботься о себе, чего ни выдумывай для своей защиты, рок, когда он уже занес топор над твоей грешной головой, все равно тебя достанет. Что, собственно, и произошло здесь более полугода назад, а закончилось — или, опять-таки, только продолжилось — минувшей ночью в Москве, у порога борделя с дорогими проститутками. Воистину, коли уж судьба чего решила, можешь не сомневаться, она своего добьется...

Интересно, знают ли об этом те, кто отгородился от своих соседей двухметровым рифленым железом? Вопрос прозвучал, скорее, риторически: это Грязнову было не до телевизора, зато российское население повсеместно предпочитает всяким другим интересам смотреть, как люди убивают друг друга, обворовывают, насилуют и гибнут в автокатастрофах. Как же пропустить такой соблазн? Впрочем, уровень информированности жителей этой крепости будет виден в глазах того, кто отгонит псов и откроет калитку, чтобы узнать, кто посмел нарушить уединение хозяев дома.

— Кто? — раздался грубый, как у сразу смолкнувших собак, мужской голос.

— Здравствуйте, — спокойно ответил Грязнов. — Я пришел, чтобы выразить вам свое соболезнование и поговорить с кем-нибудь из хозяев по очень важному как для них, так и для нас вопросу. Надеюсь, вы меня понимаете. — Последняя фраза прозвучала не вопросом, а утверждением.

— Зачем сочувствие? — недружелюбно спросил открывший калитку человек средних лет, бородатый и с откровенной «кавказской» внешностью. — Хозяина давно нэт уже с нами. — Букву «е» он произносил как «э» — типичный акцент.

— Здравствуйте, — еще раз, повторил Грязнов. — Я не вашего хозяина имел в виду, а его старшего брата Эдуарда.

— Что с ним? — Беспокойство вспыхнуло в глазах мужчины.

— Его убили. Вчера вечером, в Москве. Из пистолета. Утверждают, что убийство заказное.

Мужчина почти не изменился в лице, только глаза его сощурились.

— Откуда знаешь? — грозно спросил он.

— Иди и включи телевизор. Со вчерашнего дня сообщают.

Тот рысью метнулся к дому.

— Эй, подождите! Я могу поговорить с кем-нибудь?

— Успеешь, слушай!.. — И человек скрылся в доме.

Не стал Грязнов заходить во двор, так и остался у открытой калитки. А две здоровенные лохматые собаки тоже стояли поодаль и неотрывно смотрели на него, не делая, однако, угрожающих движений. Вымуштрованы.

Пока двор был пуст, Вячеслав Иванович внимательно оглядел его. Дом, пристройки, одна похожа на большой гараж, если судить по широким, как ворота, железным дверям. К такому дому и захочешь, не подступишься. Однако хозяина-то достали, как он, видимо, ни прятался за стенами! Надо бы узнать, как его убили — подробности. Чтобы потом определить почерк убийцы, — местные, небось, и думать об этом не пытались. Зачем, когда рабочая версия уже была у них готова заранее?..

Наконец, во дворе появились двое — уже другой бородатый, не тот, что открывал, и с ним мужчина помоложе, но, вероятно, главный в доме. Они подошли.

— Ты кто, откуда и зачем пришел? — с таким же явным акцентом спросил молодой мужчина. Был он тоже небрит, но не заросший волосом, словно ваххабит какой-нибудь, вроде стоявшего рядом с ним, а как после третьего дня «воздержания» от бритвы.

— Грязнов моя фамилия. Генерал милиции в отставке. Прилетел из Москвы к друзьям отдохнуть, а они мне про убийства у вас тут рассказывают. Вот и попросили помочь узнать, кто настоящий убийца и зачем невиновного человека прокуратура в тюрьме держит? А вчера вечером мне друг позвонил, тоже сыщик, как и я. И рассказал, где и как убили Эдуарда. Вот я и решил высказать родственникам свои искренние соболезнования, — Грязнов приложил ладонь к груди, — и попытаться узнать у вас, в чем же был перед вами виноват сосед Калужкин, который вот уже больше полугода на нарах парится? Конечно, если вам известно что-нибудь об этом. Ну и... мне хотелось бы узнать, где и как погиб Энвер Дадаев, не исключаю, что такие сведения могли бы помочь найти все-таки преступника.

— Я нэ знаю, кто тебя прислал, и надо ли мне отвечать на твои вопросы. Так что ты мне скорбь выразил, да? Ну и тогда извини, иди себе, отдыхай. Я принимаю твои соболезнования. А кто убил братьев, мы как-нибудь сами разберемся. Без тебя, уважаемый.

— Вряд ли у вас это получится. Но тогда, если позволите, последний вопрос. А как же быть с Калужкиным, которого милиция обвиняет в убийстве Энвера? Это правда, что он — убийца?

— Слушай, зачем ты лезешь в эти дела? У тебя одна жизнь?

— Как и у тебя, уважаемый. А я бы и не лез, как ты говоришь. Я отдыхать приехал, рыбку половить. А генерал Привалов — слышал о таком? — говорит мне: как было бы хорошо, если бы ты, Слава, помог мне разобраться с этими убийствами! Ты — москвич, всю жизнь такими же тяжкими уголовными преступлениями занимаешься, поговори с народом, посоветуй, что делать? А я — ему: сами, что ль, не можете? А он отвечает: не всегда можем. Не веришь, позвони ему, спроси, номер телефона подскажу. Алексей его зовут, Алеша.

— Я знаю, кто такой генерал Привалов, он вчера здесь был.

— Ну да, ко мне и приезжал, я его ухой угощал. Вот и разговорились за столом. Да и вдовы убитых плачут, не верят, что Калужкин — убийца. Тем более — из-за каких-то пчел! А ты тоже, как они, считаешь? Или, наоборот, помогаешь гробить невиновного человека тем, кому правда жить мешает? Опять же, ты знаешь теперь, кто я, а я не знаю, с кем разговариваю.

— Я тоже Дадаев, только Рахим, самый младший был, теперь старший, — мрачно сказал мужчина.

— Вот видишь, Рахим уважаемый, вы вовремя-то не остановили убийцу, и теперь старший твой брат погиб. Разве это справедливо? Или вы ждете, когда весь ваш род под корень изведут?

— Что ты понимаешь, уважаемый? — вспыхнул Рахим.

— Потому и пришел. Думал, вы поможете. Нам бы в ситуации разобраться, а ловить-то мы еще, к счастью, не разучились. Это тут у вас слишком много бездельников и прохвостов.

— Ладно, заходи. — Рахим кивнул бородатому, чтобы тот увел собак, и показал рукой Грязнову: — Проходи в дом...

Обычный богатый дом, разве что обилие ковров, но это уже — кавказский обычай. Пока шли в большую комнату, в конце коридора тенями проплыли две женские фигуры с закрытыми черными платками лицами.

Уселись перед низким большим столом на диванах, так что колени возвышались над ним. Появился первый бородач и принес блюдо с фруктами. Поставил стаканы и полный графин. И тут же вышел. Дадаев налил в оба стакана до половины — Грязнов по запаху определил коньяк — и, подвинув один гостю, сам взял второй.

— Давай Эдуарда помянем... — Он молча поднял стакан, несколько секунд смотрел в пол, а потом выпил и отщипнул от лиловой кисти большую виноградину. Стал ее разглядывать, наконец сунул в рот и стал жевать. Смотреть на него было неприятно.

Вячеслав Иванович тоже выпил, но закусывать не стал.

— Не могу я тебе рассказать, кто конкретный стрелял. Но это был... профессионал, — почти по слогам произнес он это слово. — Наверное, в спецназе служил, у них все такие.

— Они — это кто, Рахим?

— В этом и весь вопрос. Большое дело затевал Энвер. Эдуард знал и помогал из Москвы, большой человек был.

— Да, я знаю.

— Видишь, и ты знаешь! Его все знали! А кто убил? Разве вопрос? Конкуренты! Которым Энвер давно в печенке сидел...

— Но они ж ведь известны, эти конкуренты?

— Их все знают. Они — власть в Астрахани.

— Да не может быть! — прямо-таки изумился Грязнов. Совсем искренно.

— Мы все им поперек горла, — печально ответил Рахим. — А что ты сделаешь? Что твой генерал сделает? Вот и нашли козла... Этого, соседа... Говори не говори, им и так все ясно. А с нами вообще никто не разговаривал, ты — первый.

— Вот где, оказывается, надо искать убийц... — сокрушенно вздохнул Грязнов. — Скажи на милость, что на земле творится!..

— Вот так, уважаемый... — с таким же тяжким вздохом ответил новый хозяин дома.

— А где погиб Энвер?

— Я сам не видел, Ахмет с ним был. Который тебе калитку открывал. Старший в охране. Сказал, они вдвоем под вечер по улице домой шли. В Управу ходили. Два шага, зачем машину гонять?..

— Ну и где это произошло?

— Дальше, в проулке, где к дому поворачивать. — Рахим неопределенно ткнул пальцем в сторону окон. — Ахмет впереди шел, ему показалось, выстрел сзади был. Обернулся, а Энвер упал. В затылок, тварь, стрелял... Ахмет сказал: автомат был, он знает... Потом менты набежали, стали искать. Во дворе соседа гильзу нашли. А самого не было дома. Автомата тоже не было. А откуда гильза взялась, кто знает? Вон там, подальше, полигон есть, стреляют часто. Дети могли принести...

— Ну и чем кончилось?

— Ничем. Два месяца ничего не делали. Пока сам автомат не нашли. Тогда соседа увезли. Менты сказали, что стрелял он. Злой он был, детей потерял, ссорился со всеми. Но лично я не верю. У конкурентов надо смотреть.

— Значит, ты считаешь, что Эдуарда в Москве тоже они убили?

— А кто еще? Больше некому. Он в Москве большой человек был, много здесь помогал... — Рахим стал повторяться.

Они еще посидели, выпили немного, помянув теперь и Энвера. Вячеслав Иванович поднялся и сердечно поблагодарил Рахима за оказанную им неоценимую помощь. Но если бы Грязнов был повнимательней, он бы непременно заметил, как блеснули мгновенной хитростью глаза последнего в роду Дадаева, уверенного, что он ловко провел московского сыщика, а сам полностью очистился в его глазах. Вячеслав Иванович ничего и не заметил, и, только выйдя за ворота и отойдя подальше от крашенного зеленью забора, хмыкнул, матюгнулся негромко и завершил свою мысль:

— Вот же сученыш!

Из чего следовал логичный вывод, что хитрозадый — кто он там, карачаевец, балкарец? — не сумел обвести вокруг пальца старого и опытного сыщика...

Время было еще не позднее. Вячеслав Иванович вернулся домой и спросил у Дуси, как ему найти вдову погибшего милиционера Грибанова. Та немедленно вызвалась проводить Славушку на другой конец станицы, в сторону медпункта.

— А ну как Нефедова подойдет, пока нас не будет? — усомнился Грязнов. — Чего подумает? Сами позвали и исчезли? Хорошо ли это?

— Так я только доведу тебя и вернусь, — с готовностью отозвалась женщина.

Как же понятна была ему эта решительность Дуси! Ведь ей лишний раз пройти по улице под ручку с ним — уже великая радость. Мужчина в доме! И не какой-нибудь пьяница, а москвич и даже генерал! А что потом будет, когда он уедет — ведь случится же это однажды, и не так уж нескоро, — о том она, видно, не заботилась. Говорят? Ну и пусть говорят...

— А чего ты будешь бегать туда-сюда? Ноги пожалей. Ишь, какие! — Он, будто с завистью, посмотрел на ее тугие икры.

— Эх, да кому до них дело! Кому они нужны-то? — Хотела добавить «кроме тебя», но промолчала, хотя мысль была сразу понята Грязновым.

Он улыбнулся поощрительно и в который уже раз подумал, что из Дусеньки вполне могла бы получиться славная хозяюшка там, в Москве, в его трехкомнатной квартире на Енисейской улице. Там, правда, временно проживает сейчас бывший коллега из МВД, тоже генерал, Снегирев, но он уже в курсе, что Вячеслав Иванович возвратился в Москву, и сам позвонил, выразив при этом тщательно скрываемое недовольство тем, что ему придется подыскивать себе другую квартиру. А ведь на Енисейской ему было куда как вольготно: плати за коммунальные услуги и живи себе, ибо денег с коллеги Грязнов брать не собирался, когда уезжал из столицы, думая, что навсегда.

Словом, понял Снегирев, что лафа кончается, и выпросил для себя еще месяц на устройство. Вообще-то у генерала была своя хорошая квартира в центре, но там проживало столько родни жены, что он счел за лучшее переехать на окраину, лишь бы отделаться от шума. Увы, все когда-нибудь кончается. Вячеслав Иванович сочувствовал коллеге, но и снимать для себя «угол», имея отличное жилье, не собирался. Правда, он не знал еще, даже и не побывав ни разу в своей квартире после возвращения с Дальнего Востока, что теперь и въехать в собственную квартиру без предварительного ремонта у него не получится. Но все это было еще впереди, хотя сроки, отпущенные Снегиреву, истекали. Грязнов и по этой причине придумал себе летний отпуск на Волгу, не хотелось ему висеть над душой коллеги, тот и сам должен был понимать ситуацию. Пока же невеликое личное имущество Вячеслава Ивановича, привезенное из тайги, спокойно умещалось в кладовке агентства «Глория».

Думая о дальнейшей своей, осточертевшей уже порядком холостой жизни, Грязнов все больше приглядывался к своей хозяйке, отмечая новые ее достоинства. И только давняя привычка его принимать и друзей, и гостей в хорошо обставленной квартире заставляла его не торопиться с принятием окончательного решения. Ведь наверняка после отъезда Снегирева придется делать ремонт.

Впрочем, так уже бывало не раз. Нравилась женщина, возникали взаимные чувства, а потом в созревающие отношения грубо вмешивалась «оперативная действительность», и вместе с нею словно бы возникало неясное, но все усиливающееся отчуждение. И благие мысли и желания таяли, как предрассветный сон, оставляя в памяти лишь смутные воспоминания о том, что могло бы случиться, если бы... и так далее.

Очень пришлась по душе ему бойкая и щедрая на ласки Дусенька. Да и генерал Привалов, вспоминая застолье, тоже поглядывал на них как-то по-особому, будто с прицелом на будущее. Да оно и понятно: столица, как ни верти, столицей и остается, а там — совсем другие и связи, и отношения, следовательно, и возможности. А иметь в родне генерала, хоть и отставного, было не так уж и плохо. К слову, и Дуся не скрывала в последнее время своих уже откровенно любовных отношений к «ее Славушке». Ничего не поделаешь, думал он, сам виноват, раздразнил, раззадорил женщину, а ведь давно известно, что ни одно доброе дело на свете не остается безнаказанным. Впрочем, он не очень и жалел о том, что у них завязались такие доверительные, почти родные отношения. А о будущем пока старался не думать. Тем более, квартира... В «Глорию» ж ее не пригласишь! Дальше думать надо...

Так, за размышлениями, он и дошел до конца улицы и, как наставляла Дуся, свернул налево, в длинный переулок, параллельный тому, что вел к автомобильной трассе. Казалось странным, что на всем протяжении пути он не встретил ни одного любопытствующего лица. Будто никому здесь не было до него дела. Прошел он мимо дома покойного доктора и углубился под унылую сень чахлых деревцев, посаженных вдоль разбитого асфальтового тротуара. Когда-то здесь было, очевидно, как в «лучших домах», но теперь былое так и осталось в прошлом, не оставив ничего, кроме тоски. Зеленой, между прочим, и тягучей, словно давно известный «змий». Который, по наблюдениям Вячеслава Ивановича, был в большой чести, судя по разбросанной по кюветам стеклотаре.

Во дворе дома участкового уполномоченного ссорились двое детей — мальчик и девочка. Тот с криком отнимал у сестренки какую-то игрушку, а она молча дралась. Их разнимала, брызгая на них водой, молодая и симпатичная на вид босая женщина в длинном переднике, стиравшая белье в цинковом корыте. Грязнов сто лет уже не видел таких, и вот — на тебе, свидетель середины прошлого века. Богатством в доме, видать, и не пахло. Стало быть, и майор Грибанов, как некоторые его коллеги, еще умевшие сохранять чистоту своих погон, не оставил в этом «раю» ничего такого, что указывало бы на его умение ладить со своими станичниками. А по словам и Дуси, и Зины, Андрей Захарович далеко не отличался покладистым характером, чем и вызывал у многих жителей Ивановского откровенное недовольство.

Что еще было известно? Пытался, по словам Дуси, гонять «наркошей», составлял протоколы и отправлял в округ. А там и не чесались, кидали, поди, в корзинку. И получалось, что все старания участкового никакого удовлетворения ему не приносили. Наверное, поневоле озлобишься.

Еще известно, что он якобы имел серьезный компромат против некоторых покровителей сборщиков конопли на островах.

А после дерзкого убийства Энвера Дадаева он, видели свидетели, заходил во двор к Калужкину и пробыл там довольно долго. Ходили слухи, что он первым высказал подозрение, что именно Антон и застрелил соседа. Но беседы и признательных показаний у них вроде бы не получилось, потому что — это тоже многие слышали — рассерженный Калужкин кричал вслед уходящему Грибанову, что тот — паразит на шее простого народа и занимается не своим делом. Ему бы, мол, зэков по лагерям охранять. С собаками! Поскольку и сам собака. Ну а это уже запомнили: не всякий день такими словами оскорбляют представителя правоохранительной власти.

А буквально через несколько дней — меньше недели прошло — как был убит и участковый Грибанов. Поздно вечером, уже по темноте, в двух шагах от своей калитки. И снова стреляли сзади, будто убийца боялся посмотреть в глаза своей жертве. На том месте, где мог стоять предполагаемый киллер, израсходовавший опять, как и в случае с Дадаевым, один патрон, гильзу и нашли. А когда извлекли пулю из головы покойного майора, экспертизе стало ясно, что она была выпущена из того же самого автомата. И гильза была от этой пули.

Грешить на Калужкина можно было сколько угодно, но у следствия не имелось никаких доказательств и даже косвенных улик его вины. Да, обнаружили гильзу от пули, пробившей голову Дадаева сзади, во дворе Антона. Но никаких следов ног рядом не было. Как не имелось в наличии и самого оружия, кроме ружья. На которое, кстати, имелось разрешение.

Точно таким же способом был убит и Грибанов — сзади и одним выстрелом. Но расстояние от стрелка до «мишени» было довольно велико — около тридцати метров. Учитывая при этом темноту, можно было сделать вывод, что стрелял хороший специалист. Однако Калужкин никогда в спецназе не служил, а в его ружье было столько пыли и прочей нечисти, что говорить о том, будто он применил неизвестный автомат, казалось абсурдным. Но следствие, тем не менее, посчитало именно так, вопреки всякой нормальной логике. И вот ведь, какая удача для следствия! Висели бы убийства и висели дальше, но сразу после убийства третьего — доктора — автомат неожиданно обнаружился у соседа. После чего сдавший автомат милиции сосед был грамотно убит на трассе, это и сомнения не вызывало. Чистая, казалось бы, работа. Только автомата и не хватало, чтобы сразу повесить три нераскрытых дела на шею строптивого пасечника, одним махом избавиться от «висяков»...

Правда, были слухи, что и «раскаявшегося» грешника калмыцкой национальности «приделал» тот же Калужкин с помощью собственной автомашины. Как он это сумел сделать, никто не знал, но машину спешно увезли для исследования аж в Астрахань, где она и находится по сей день — вот уже полгода. И что там с ней делали, одному Богу известно. И астраханской прокуратуре.

А ведь и на самом деле, не окажись все люди вокруг такими недоверчивыми олухами царя небесного, как, вероятно, считало большое начальство, доказательств вины Антона — выше крыши. Или, как говорили в молодости Грязнова еще в Барнауле, «выше сельсовета», поскольку это прибежище власти всегда оказывалось самым высоким зданием в деревнях и поселках.

И вот уже полгода прошло, как тянется следствие, а народ все сомневается, не верит следствию, подтасовку кругом видит. Причем видит именно народ, а не те, кому и поручено само расследование, и не те, кто расследование контролирует. Не заинтересованы или наоборот? Так в чем же дело? Ответ понятен: кому-то очень надо, чтобы сел именно Калужкин, и лучше, чтоб навсегда. Никого в его семье не осталось уже. Даже жена, говорят, сбежала. И незачем теперь новому Дадаеву, последнему уже, договариваться с соседом о переносе забора, старый можно просто снести и поставить новый вокруг бывшей теперь усадьбы Калужкина. А что, красивое и скорое решение вопроса. Вот только не дождался Энвер Дадаев своего торжества. И если хорошенько подумать, то и младший может тоже ничего не дождаться... В этой-то ситуации, когда пошла большая зачистка...

Мелькнула было у Грязнова такая мыслишка, и растворилась в не остывшей еще жаре уходящего дня. Почему-то так ему показалось. А вот почему, не мог пока понять Вячеслав Иванович...

Один вопрос сидел занозой: почему поругались Калужкин с Грибановым? Ведь мог же участковый заговорить на эту тему с женой? Если пришел домой рассерженный или расстроенный? Иной раз обида сама с языка срывается. А тут — на всю станицу! И кругом — свидетели, как нарочно...

— Здравствуйте, Лидия Ивановна, — степенно произнес Грязнов. — Позвольте представиться вам и попросить вас ответить на несколько вопросов, касающихся гибели вашего супруга. Я объясню свое присутствие здесь, если разрешите...

— Здравствуйте, Вячеслав Иванович, — просто ответила женщина и стала вытирать руки фартуком. — Заходите, пожалуйста...

— Откуда вы знаете меня? — удивился Грязнов.

— Слухи... — печально улыбаясь, ответила женщина. — Народ говорит: какой-то важный чин из московской милиции гостит у Дуси Мамонтовой. И, мол, опрашивает потерпевших родственников. А зачем — известно. Вот уже, видно, и до Москвы наш беспредел докатился...

— Смотри-ка, что языки творят! — усмехнулся Вячеслав Иванович. — Вы — третья, к кому зашел, а уже говорят бог знает что. Нет, Лидия Ивановна, Москва тут ни при чем. И вашего супруга, как я могу предположить, вовсе не Калужкин убил. Но кто-то очень умный ловко сработал под него. Вот кто — это и есть главный вопрос. Так я могу кое о чем спросить вас?

— Конечно, проходите в сад. Извините, ничем вкусным угостить не могу, потеряли кормильца...

— А что же начальство по этому поводу думает?

— Да что оно думает? Я вот узнала, что к Дусе братец пожаловал, хотела было подойти, поплакаться, а потом раздумала. Человек отдохнуть приехал, усталый, а тут — я со своими бедами... Про пенсию-то пока одни разговоры...

— Но это же форменное безобразие! — всерьез рассердился Грязнов.

— Ничего не поделаешь, — устало отозвалась женщина, садясь на табуретку напротив у садового столика и пряча руки под фартуком. «Красные, после стирки, стесняется, — горько подумал Вячеслав Иванович. — Да что ж мы с нашими женами-то творим?!» Чуть слеза не прошибла. Нахмурился, голову опустил.

— Я обещаю вам, Лидия Ивановна, сегодня же позвонить генералу Привалову. Это ж, черт возьми, что такое! — воскликнул с гневом. — Погиб-то ведь Андрей Захарович, как мне сказали, девять месяцев назад! Неужели, до сих пор?!

— Как видите... Ну, спрашивайте, скажу, что знаю. Со мной ведь те следователи, что приезжали на труп, не соизволили даже и словом перекинуться, не то что снять какие-то показания. Да им и не нужно было ничего. Они заранее все знали...

— М-да... — Грязнов покачал головой. — Так если можно, я спрошу у вас. Не знаете, почему поругался ваш муж с Калужкиным? Что там за угрозы были и насколько они серьезны? Он не говорил вам?

— Да он и не сказал бы, оберегал семью. Сам по ножу ходил... А чего знаю? Слышала, он по телефону разговаривал. С Замотаевкой, с отделом милиции. Какие-то Андрюша списки имел. Я не лезла, но теперь, думаю, он компромат по наркотикам собирал. Помню, несколько раз прозвучало имя Ахмет, а других он не называл.

— Ахмет? — Грязнов вспомнил бородатого слугу, или кто он там, старший охранник в доме Дадаевых, который «хорошо знал» автомат.

Но это было то, что лежало на поверхности. И, кстати, если посмотреть на Ахмета посерьезнее, то этот тип, похожий на ваххабита, вполне мог и сам держать в руках АК. Нельзя исключить, что о нем как раз и получил какую-то информацию участковый уполномоченный. Или доктор ему в чем-то конкретном отказал? Или, наконец, служит этот похожий на боевика бородатый Ахмет толковым «казачком» у некоторых лиц, не заинтересованных в том, чтобы процветала «империя Дадаевых»? Но тогда следующим трупом наверняка станет младший брат Рахим. Правда, свалить уже и это преступление на Калужкина им не удастся, на нарах тот парится. Ничего, значит, найдут следующего козла отпущения. Так что теперь, размышлял Грязнов, стоит ли подождать дальнейшего развития событий или поделиться соображениями с генералом? Можно ж ведь и пробить этого Ахмета по соответствующим службам. Фамилию бы только узнать. Наверняка где-нибудь засветился. А кадр, между прочим, очень любопытный...

Однако почему все же так громко, на всю улицу, поругались Грибанов с Калужкиным? Вот что надо обязательно узнать. Есть же у Антона адвокат, Алексей говорил. Правда, таким вот, назначенным или прикрепленным судом адвокатам верить не приходится, но было бы очень важно узнать, какую цель преследовали эти двое поссорившихся? И не у кого, кроме самого Калужкина. Алексею надо звонить, вот что... пусть-ка тот опер, которого он обещал, поговорит с задержанным...

Это была хорошая идея. И повод, кстати, есть. Надо же думать о судьбе осиротевшей семьи участкового уполномоченного!..

Ничего более важного вдова так и не припомнила. Мельком сказала еще про браконьеров, иногда открыто угрожавших участковому, но Грибанов на такие угрозы обычно внимания не обращал, они, мол, в порядке вещей. Да и не стали бы убивать человека за какую-нибудь рыбину, все ж не чужие люди проживали в станице. Казалось бы, ничего путного не добился сегодня Грязнов, но даже и одного упоминания Ахмета из дома Дадаевых ему пока хватало. Итак, есть уже три повода для телефонного звонка Алексею...

Можно было отправляться домой, имея в виду, что там уже наверняка его дожидалась гражданская жена несчастного Калужкина, строптивого и обиженного, на которого было так удобно вешать всех собак...

Лидия Ивановна, прощаясь, посмотрела с такой надеждой, что Вячеславу Ивановичу стало просто стыдно за то, что он — здоровый мужик и далеко не дурак, ничем не может прямо сейчас помочь этой усталой, но еще сохранявшей свое обаяние женщине с двумя шумными ребятишками...

Выйдя на пустынную еще улицу, Грязнов почувствовал, как потекли по спине струйки пота, — неистовую жару сменила вечерняя духота. Чувствовалось, что где-то в стороне, в предгорьях Кавказа, скапливалась духота и скатывалась по отрогам гор на равнину, неся за собой грозу и ливень. Последнего давно уже не хватало кирпично окаменевшей и растрескавшейся земле. Но пройдет ливень, и дороги превратятся в лужи, наполненные липкой, жидкой глиной. И тогда в туфлях-сандалиях здесь делать станет нечего, и придется натягивать на ноги высокие, с пиратскими раструбами, рыбацкие сапоги, — мельком видел их в закутке у Дуси Вячеслав Иванович.

Усмехнулся: «Вот я уже и одежонку ее мужа потихоньку приспосабливаю... А что дальше будет, один Бог знает...» Он и сам не знал толком, но одни мысли о Дусеньке, старательно хлопочущей вокруг него, вызывали у Вячеслава Ивановича теплые и нежные чувства. «Неужто в самом деле втрескался? — удивлялся он. — Надо же!..» Да вот и Санька-хитрец так поглядывал и подмигивал, что даже ничего не значащие слова в разговорах с женщиной неожиданно приобретали для них обоих важное значение... «Ишь, как забрало...»

Дома Грязнова ожидала маленькая и худенькая, словно девушка-подросток, Катя Нефедова. Вячеславу Ивановичу показалось, что даже условная какая-то связь крепыша и драчуна Калужкина с этой гражданской женой выглядит насмешкой над здравым смыслом. Ну куда уж ей, этой малышке, да защищать своего «мужа»! Что она может, кроме как заплакать?.. А с другой стороны, если уж все станичники и с ними злая и неуступчивая, несправедливая власть поставили на ее Антоне жирный крест, то именно для нее особенно важно, чтобы этот крест не превратился в могильный. Ибо «эти» все могут...

«Да, — подумал Грязнов, слушая ее приглушенные скорбные причитания, — тяжко ей искать справедливость. Тут и сильные люди пасуют...» Казалось ему, что в его душе давно уже тихо скончалось бесполезное сочувствие к терпящим крах, невозможно со всеми без исключения сопереживать, сердца не хватит. Но вот поговорил с одной вдовой, теперь с другой, пусть и не вдовой пока, но, очевидно, что все дело к тому идет, и на душе так смутно и мрачно, будто ни просвета впереди.

Словно обрадовавшись, что московский гость готов внимательно ее выслушать, Катя — ее и Екатериной-то называть было бы странно, а ведь у нее — восьмилетний сынишка, — всхлипывая и сбиваясь, пыталась подробно пересказать все мытарства, которые пришлось пережить несчастному Антоше, Тошеньке... Надо же, как...

И еще одна человеческая трагедия замаячила перед внутренним взором Вячеслава Ивановича.

Катя давно знала соседа Антона, еще в те времена, когда тот был женат на своей Розе, родившей ему двоих детей — дочь и сына. Красивая она была — жена Калужкина, а судьба словно по-своему распорядилась. Не стала вдаваться в подробности Катя, но Грязнов понял, что не было в семье Антона Сергеевича нормальных отношений. Родить-то Роза родила, но, пользуясь вечной занятостью мужа, стала погуливать налево. Однажды он поймал ее не на самой, правда, измене, но на полной готовности изменить ему, и поступил сугубо по-мужски: любовнику так начистил морду, что тот после неделю отлеживался, синяки замазывая, а женушку ударил один только раз, но его хватило, чтобы между супругами вспыхнула непреходящая ненависть. Роза перестала обращать внимание даже на детей, как позже выяснилось, ненужных ей. Дети росли с отцом, пока не случилась трагедия — и в один год. А Роза пошла работать в «маркет», и скоро прославилась своими гулянками среди посещавших магазин станичников. Калужкин замкнулся в себе, а жена его однажды заявила, что работа в местной торговле ее не устраивает и она поедет искать себе место в Замотаевке. Но там она, как говорится, замечена не была. И вскоре одна из бывших подруг Розы получила весточку, в которой беглянка сообщала, что поехала в тур по Европе, познакомившись аж в Москве с одним «приятным» иностранцем. Сообщила и пропала с концами. Кем был тот иностранец, никто не знал, но потом в разных газетах и по телевидению стали сообщать, что в России раскрыта целая сеть преступников, вербовавших девушек и женщин якобы для работы в заграничных ресторанах, в домах богатых людей, а на самом деле отправляемых в публичные дома Турции, Греции и других стран. Подобные сообщения, естественно, вызывали нездоровый интерес у станичников. А когда подруга Розы высказала предположение о том, что и симпатичная, разбитная Роза с ее авантюрным характером вполне могла попасться на удочку вербовщиков и сгинуть в чужих краях, в станице начали горячо обсуждать и этот, совершенно справедливый слух. Калужкин, и без того не проявлявший доброжелательности к соседям, вовсе замкнулся в себе, и каждое нарушение его «прав» принимал в штыки, обостряя накалявшуюся обстановку вокруг его имени. Вокруг имени человека, от которого жена предпочла сбежать в публичный дом, так ей осточертел муженек. Народ отворачивался от бедолаги.

И только одна соседка Катя, сознавшаяся как-то по случаю близкой подружке, которая тут же растрепала новость по всей станице, что ребенок ее на самом деле от Тоши, а не от случайной связи, пыталась защищать его. Но уж лучше бы не бралась. Ничего, кроме насмешек, ее возражения не вызывали, — народ умеет быть жестоким, даже когда он — не толпа. И произошло неожиданное: Антон принял ее и назвал своей гражданской женой, поскольку с первой своей супругой по известным причинам разведен не был. И Катя старалась теперь для троих детей. Дом ее, оставшийся от покойных родителей, опустел, она с сыном перебралась к Калужкину. С детьми она не ссорилась, нашла общий язык, хозяйкой была доброй и заботливой. И, казалось, мрачный здоровяк Антон Калужкин действительно полюбил эту маленькую, хлопотливую женщину.

А потом, фактически одно за другим, с разницей в четыре месяца, случились несчастья: погибли двое детей Антона. Отец совсем потерял над собой контроль. Он всех считал виноватыми в своей трагедии. Да ведь и были причины.

Катя рассказала Грязнову, что была в машине Калужкина в тот день, когда Антон подрался с гаишником, лейтенантом Савкиным у поста ДПС, когда тот, вместо того чтобы хотя бы по-человечески подойти к горю отца потерявшего дочь, открыто и нагло нахамил тому, заявив, что даже и искать не станет того, кто сбил Нину, хорошую, чистую девушку, направлявшуюся домой с автобусной остановки. Нечего, мол, шлюшек всяких «на охоту» к трассе выпускать! Знаем, мол, чем они тут занимаются с проезжими водителями-дальнобойщиками. Не вынес Антон такой пытки и набросился на Савкина с кулаками. Тому здорово досталось. Естественно, Антона немедленно арестовали, но на суде Катя выступила как свидетельница и все рассказала про Савкина. И только это спасло Антона от тюрьмы, суд ограничился условным наказанием сроком на год. Все ж таки отлупил он представителя власти, находящегося «при исполнении».

А потом разгорелся скандал с Дадаевым, который захотел нагло потеснить Антона с его ульями, расширяя свое владение. Но когда Калужкин отказался, пчелы его были отравлены. Да, сыпались угрозы, это было, но чтоб Антон поднял на человека ружье?! Да это — чушь, которой невозможно поверить нормальному человеку! По зубам дать мог, крепкий ведь мужик-то, обиды не терпел, но чтоб убить — никогда!

А с Грибановым что? Так участковый заходил, чтобы поговорить с Антоном о чем-то. Они и заперлись в маленькой комнате, чтоб никто их не видел и не слышал. Но уж Катю-то учить не надо было, она и нечаянно могла услышать. И хоть разговаривали они тихо, все же имя Ахмет мелькало несколько раз. А потом они вышли, посмеялись, участковый выпил кружку холодного кваса, поданного ему Катей, подмигнул еще ей и, выходя наружу, кивнул призывно Антону. А тот вышел следом за Андреем, после чего они устроили громкий ор во дворе, будто отчаянно ругались. Грибанов, махая кулаками, ушел, а Антоша вернулся в дом и негромко сказал Кате, что так было надо. А если кто спросит у нее, любопытных-то много, то чтоб сказала, будто они ругались из за какой-то гильзы, которую нашли в саду у Калужкина. А еще лучше — вообще молчать: ругались мужики, их дело. И уж вовсе потрясло и ее, и Антошу утром известие о том, что той же ночью Андрей был убит прямо возле своего дома. Застрелен точно так же, как месяц назад убили Энвера.

Антон ходил смурной, ни с кем не разговаривал, огрызался на каждый вопрос. А к ним зачастили следователи, обыск в доме устраивали, искали чего-то, а чего — сами, видать, не знали. Только сообщили как бы по секрету, что гильза от автомата, из которого застрелили Грибанова, идентична той, что была найдена во дворе Антона... Его тягали, расспрашивали, даже в Замотаевку возили, откуда он вернулся на автобусе.

А потом произошла трагедия с Васей. И ничего доктор сделать не мог, это понимали и Антон, и она. Но — нервы! Кто такое испытание жестокое выдержит?! И Антоша орал на доктора, сам понимая, что сына не вернуть, а виноват вовсе не доктор, а он сам, Антон, упустивший из внимания участившиеся в последнее время жалобы сына на то, что у него живот болит. Все собирался машину свою починить, у нее что-то в моторе случилось, и отвезти Вася в Замотаевку. Не успел...

И надо же было так случиться, что на другой день застрелили и доктора. И снова автомат, гильзы... Ну, а дальше вообще уже пошел полный беспредел. Сосед-калмык заявил, что, мол, Антон прятал у него на сеновале свой автомат и не велел никому говорить об этом.

Но той же ночью его сбила какая-то машина и пропала рыба вместе со стендом. И утром следующего дня, сразу после того как этого Руслана нашли в канаве мертвым, милиция примчалась во двор к Калужкину. Они привезли с собой Двужильную Дарью Степановну, сорокалетнюю соседку Эренгенова, которая вдруг заявила, что рыба, которая вялилась под стрехой в сарае Антона, на самом деле была украдена у Руслана, как раз с того пропавшего стенда. Она сама видела, как Эренгенов вялил ее и готовил к продаже.

Ох как обрадовались менты! Кучей навалились на Тошу, будто тот — страшный разбойник, государственный преступник. Руки связали, ногами пинали. А когда Катя кинулась защитить мужа, ее просто выкинули из дома, пригрозив, что если станет орать или еще раз выступать свидетелем на суде, она лишится своего выблядка. Избитого и связанного Антошу увезли. А потом утащили на эвакуаторе и старенькую «Ладу» Антона, двигатель которой он так и не успел починить. Они мельком осмотрели стоящую на приколе машину и записали в протоколе, что это было именно то самое транспортное средство, с помощью которого и был сбит ночью пострадавший Эренгенов, который умер, не приходя в сознание. Будто, не случись этого, он мог бы опознать наехавший на него автомобиль? Абсурд же! Да и как бы это могло случиться, если «Лада» уже две недели стояла на приколе из-за поломки в моторе?..

Рассказав все, Катя разрыдалась, как ребенок, — горько и отчаянно...

Грязнов молчал, беспомощно глядя на Дусю, пригорюнившуюся в уголке, и Зину, которая сидела с ней рядом, поглаживая подругу по голове и успокаивая. У обеих в глазах тоже стояли слезы...

Глава шестая
СВИДЕТЕЛИ

Жуткая ночная гроза, которая желто-красным закатным нарывом быстро вызревала в предвечерней, тяжелой духоте, разразилась наконец и пролилась обвальным ливнем. Сплошная стена воды, испещренная пронзительными зигзагами молний, казалось, вздрагивала от обвального грохота, который долго катился над станицей, медленно затихая и взрываясь новым раскатом грома.

Евдокия каждый раз вскрикивала от страха, крестясь и прижимаясь к сильному и надежному мужчине, лежащему рядом с ней. А Грязнов ласково поглаживал горячее и влажное плечо женщины, глядел в беленый потолок и мягко улыбался.

— Это Господь нас наказывает, — суеверно шептала ему на ухо Дуся, тихо ойкая после каждого грома.

— Ну, тебя-то ему наказывать не за что... — Он чуть сильнее прижал ее.

— Ой, Славушка, кабы не за что... Все мы виноваты... А Кате-то за что горе такое?..

— Ничего, разберемся, спи пока... отдыхай...

И Евдокия, истомленная ласками, поеживаясь от грозовой свежести, вливающейся через приоткрытые окна из сада, наконец заснула под самое утро. А Грязнов, машинально рассматривая медленно возникающие из полутьмы узоры побелки, размышлял о превратности судьбы человеческой.

Не впервой ему было вот так же по ночам, разве что только без неровно дышащей рядом, у самого сердца, женщины, анализировать собранные факты, из которых затем вырисовывались причинно-следственные связи происходящих событий.

Он прекрасно знал, что происходило в правоохранительных органах в последние годы. Являясь, по сути, одним из важнейших направлений государственной политики, они были и непосредственным ее отражением. Или, возможно, отражением «отдельных издержек» этой политики, поскольку прибегать к таким куда более мягким утверждениям было гораздо проще и комфортнее представителям руководства этих органов. Борясь с бандитизмом, милиционеры нередко и сами становились бандитами. Углубленное изучение методов действий преступников подвигало борцов с ними использовать те же средства для камуфляжа и аналогичной собственной деятельности. Невозможно перечислить, сколько их, таких оборотней, пришлось брать в своей жизни Вячеславу Ивановичу! Иной раз, очевидно уже от обыкновенной человеческой усталости, ему казалось, что конец борьбы близок, но поднималась новая поросль, и ожесточенная битва, то стихая, то разгораясь, так и не прекращалась. И эта вековечная игра в казаки-разбойники, которую дети впитывали в себя с дворового малолетства, потом продолжалась и во взрослой их жизни, обретая совсем уже изощренные и жестокие формы. «Мафия вечна», — так, что ли? Шутка кинематографиста оказывалась горькой правдой.

...Что было, то и будет; и что делалось, то и будет делаться, и нет ничего нового под солнцем...

Умом Грязнов понимал, что так оно, конечно, и есть, а сердцем не хотелось верить, ибо перед его внутренним взором по-прежнему стыли в стеклянной неподвижности утомленные горечью глаза трех немолодых женщин. Но что нового они могли сказать ему? Давно знал Грязнов, что если власти надо найти крайнего и потом, списав на него все свои грехи и преступления, убрать его, посадить, такой человек всегда найдется. А уж если исчезнет человек, как говаривал в свое время один из великих учителей народа, вместе с ним исчезнет и проблема...

Наутро Вячеслав Иванович старательно, не пропуская ни одного дома, обошел соседей пострадавших, которые могли хоть что-то видеть. Скользя по размытой глине уличных луж и оттирая о мокрую траву рифленые подошвы, он с усмешкой вспоминал заботливую Дусеньку, которая настояла, чтобы он надел старые резиновые Мишкины сапоги — тяжелые, зато сухие. А вместе со старой штормовкой и далеко не новыми спортивными шароварами такая одежда придавала Грязнову вид местного жителя, своего, который, во всяком случае, не вызывал бы немедленного подозрения. Да и знали его уже — слухи-то быстро разбегаются — как нормального мужика, без столичных закидонов, с которым некоторые рыбаки и хозяева лодок уже имели дело и не остались внакладе. Его и встречали без настороженности: пришел — заходи, коли дело есть. Но когда возникал первый вопрос, собеседники, видел Вячеслав Иванович, напрягались, испытывая явное отчуждение. Не желали они высказывать свое мнение по поводу событий полугодичной давности. Мало чего было? Тут и не такое случалось, всего не упомнить...

Но Грязнов был спокоен, ненавязчив и терпелив. Ему «всего» и не надо было. Один вопрос был важен: почему менты с такой зверской настойчивостью привязались к Антону Калужкину? Чем он им мог так насолить, что они на него всех собак навешали? Разве это по закону? Да какой там закон! Это ж даже и не по-людски!

Искреннее возмущение всегда вызывает либо протест, либо согласие твоего собеседника. И вот получалось, что особых-то протестов вроде и не было, но и с согласием поначалу тоже было туговато. Хотя умению «разговорить» человека в милицейских академиях, может, и пытаются научить, эти знания приобретаются главным образом с помощью немалого личного опыта. А уж его-то Вячеславу Ивановичу хватало с избытком. И люди постепенно, под ненавязчивым натиском его аргументов, «развязывали» языки. Кто-то видел, но как бы забыл, чтоб менты не приставали, а кто-то слышал, да сразу не понял, а когда понял, решил молчать — так оно спокойней и тебе, и семье твоей. И в результате кое-что Вячеславу Ивановичу удалось-таки собрать. Особенно любопытным оказался факт с рыбой вяленой. С машиной — это уже второй вопрос, он позже возник, под занавес, как говорится.

Конечно, большинство женщин осуждали гулящую Дашку Двужильную. У нее, возмущалась одна из моложавых женщин, и в натуре на всех без исключения беспутных станичных мужиков этих жил хватило бы. Знали ведь в округе, кто она, как и с кем живет. А этот калмык — он из ее последних уже. И на него, старика, позарилась, когда поняла, что никто из прежних хахалей смотреть на нее не желает, все отвернулись от шалавы. Вот она на месте почти и не сидела, все моталась куда-то, везде у нее были родственники, так она говорила. И в Воронеже, и в Саратове, и в Астрахани. Да и здесь, в Ивановском, только слепой не видел и глухой не слышал про ее похождения. А когда «маркет» работал еще не двадцать четыре часа в сутки, как нынче, именно у нее всегда могли алкаши да и всякая проезжая братия достать бутылку, а то и, как говорится, «картошки дров поджарить», — никому, по свидетельству ее посетителей, не отказывала крепкая и жадная даже в свои тридцать с чем-то там лет, и поистине двужильная Дашка. Другая бы посовестилась, не девка уже, а этой — хоть бы хны. Небось, и менту тому «мордатому» дала, который больше других ярился и орал на Калужкина, — то-то ж она с ним все переглядывалась, когда обыск у Антона в доме и во дворе производили. И чего они все в этой курве находят?! А потом капитан отправил Антона со своими псами в «газоне» с решетками, а сам к Дашке отправился, обедать, видно. Это с утра-то. Многим здесь хорошо известны ее «обеды». Ух, мужики, чтоб им пусто было!..

Так при чем здесь рыба? А при том, что Калужкин не только с пчелами своими возился с утра до вечера, он и с рыбаками хорошо ладил. А те ему за мед его прекрасный всегда от своего улова отстегнуть готовы были. Как же иначе-то? На реке и без рыбы? К тому же мед у Антона ценился, чистый был, нарочно пчелу сахаром не прикармливал, трудиться заставлял, оттого и товар его от каждой травки, от любого цветка, как говорится, свой вкус и цвет имел. А некоторые даже издалека приезжали, уважая труды пчеловода. Потому и болел Антон Калужкин за своих пчелок, возился с ними, и буквально ярился, когда им наносили урон. Теперь и понять можно было, почему зверем бросался Антон на своих соседей, один из которых, нечаянно якобы, потравил его пчел, а другой передвинул ограду и залез на чужую территорию так, что ульям стало тесно. Нет, неспроста, видно, обрушилась на Антона беда. А тут еще и смерть обоих детей! С ума сойдешь от горя... И все равно, не смог бы поднять руки Калужкин на человека, тот, кто постоянно с живой жизнью, с чистой природой имеет дело, тот в ее заклятого врага не превратится... И уж тем более застрелить троих людей и задавить насмерть четвертого? Глупая выдумка это все, дурней не придумать. Но тот, кто выдумал, имел, конечно, свой грязный резон...

Вот такой вывод напрашивался у Вячеслава Ивановича после того как он — где успешно, а где и зря — обошел семьи станичников, которые могли что-то рассказать ему об Антоне.

И наконец, злосчастная «Лада». Да если б она у Калужкина была на ходу и если бы пикап докторский, на котором тот возил лекарства, завелся, может, и не случилось бы трагедии с Васей! Сумел бы, успел довезти Егор больного парня до больницы. Но тогда как же можно обвинять в наезде человека, чья машина стояла в сарае с полуразобранным двигателем? Они что, полные идиоты, эти следователи, которые зверски избивали мужика за то, что тот якобы нарочно наехал на своего врага? Отомстил, видишь ли, за то, что тот выдал его оружие милиции! Дураку ж понятно, что это все было подстроено! И как Кате они угрожали, тоже многие слышали. А вот подтвердить... да ну их, зверей, связываться опасно, самих упекут, придумают преступление, неизвестно, что ль, как они это делают?..

Плохая слава у местной милиции, очень плохая... Морщился болезненно Вячеслав Иванович, словно бы перенося обвинения людей на свою собственную шею. И не виноват сам-то, а все одно будто в дерьмо по уши окунули...

Но так или иначе, а услышанное им, если бы свидетели захотели подтвердить свои слова письменно, определенно изменило бы ход судебного разбирательства. Да только не желают люди связываться с «родной» властью — поганой и продажной, — помня о женах и детях своих... Ужасный итог.

Пафос, разумеется, вполне достойный, да пользы от него... Впрочем, испортить настроение генералу Привалову можно. И что тогда? Сдвинется дело? Повернется в сторону справедливости? А кому она нужна, эта твоя справедливость-то? Она ведь, как говорится, неоднозначна и даже бывает кое для кого очень опасной... Вот, например, можно прийти к больному и сказать: ты, мол, завтра умрешь, и не надейся. Это справедливость — сказать правду, чтоб тот морально хотя бы приготовился к отходу? Конечно, он же действительно завтра умрет. Да только с этой своей справедливостью шел бы ты куда подальше, сукин ты сын! Ибо, по-своему «справедливо» отнимая у человека последнюю надежду, ты сам становишься убийцей. И сколько вокруг подобных примеров!

Но здесь, в Ивановском, вообще не идет речь ни о какой, даже зачаточной справедливости — сплошные подтасовки и прямой обман! Ложь, помноженная на жестокость! И как с этим мириться? Вот и показалось Вячеславу Ивановичу, будто сидит он, как та старуха, перед разбитым корытом, и никаких перспектив не видит. Дуся, у которой от его слов было так же гадко на душе, старалась, тем не менее, успокоить, утешить Славушку, будто обещая в промозглый и пасмурный день скорое тепло и солнце. И Грязнов слушал ее, проникаясь к терпеливой и все-то понимающей женщине уже не простым уважением и естественным мужским желанием, но чем-то гораздо большим, что люди понимают скорее интуитивно, даже и не пытаясь до конца сформулировать свои слова и чувства...

А вот с Дарьей ему в этот день не повезло. Дом ее был заперт на висячий замок. Соседка сказала, что Дашка еще с раннего утра отправилась автобусом в Замотаевку, и когда вернется, никто кругом не знал. А еще шли разговоры, будто она опять намылилась к каким-то своим дальним родственникам в Астрахань — то ли по делу, то ли, как обычно, развеяться от соседей подальше. Везде у нее были свои кавалеры, — вот же ненасытная! — которые непонятно что, однако же все-таки находили в ней. Говоря об этом, женщина, с которой беседовал Грязнов, похоже, скорей по привычке, основанной на слухах, осуждала соседку, но в интонациях ее сварливого голоса он различил и нотки зависти. А что, может, не так уж и плоха собой была эта Дашка, если мужики к ней так охотно тянулись, несмотря на ее, прямо скажем, далеко уже не девичий возраст, да и характер якобы вздорный?

— Ну ладно, это все понятно, но почему ж мужики-то к ней липли как мухи на мед? — по-прежнему настаивал на своем Грязнов.

— А кто вам сказал, что на мед? — удивилась женщина. — Мухи и на дерьмо охотно садятся! А от этой вашей Дашки так и несет развратом да пошлостью...

Дуся, узнав от Славы об этом разговоре, долго смеялась, сгибаясь в поясе и весело хлопая себя ладонями по бедрам. Ну, сказанула! А отсмеявшись, нарисовала перед Славкой совсем иной портрет Дарьи, с которой училась еще в школе.

В классе та была середнячком, ничем особо не интересовалась и не увлекалась. Разве что мальчиками, вокруг нее всегда мальчишки хороводились — на зависть другим девчонкам. Оттого, наверное, и утвердилась еще с тех пор за ней слава девки развратной и доступной. А в двадцать пять лет она, переборов глупые и вредные слухи, вышла, наконец, замуж за известного мужика из Замотаевки, и после смерти Дашкиной матери она возвратилась с мужем в родительский дом в Ивановском. Хороший был дом, его еще отец Дарьи поднимал, известный в округе плотник. Его бревном ударило, он долго потом болел и помер. Дарья еще маленькой была. А муж ее Степан Двужильный был мужик здоровенный и сильный, а в пьянстве — опасный. К тому, поговаривали, что он промышлял продажей «травки», вроде даже возил ее куда-то в центральную Россию, бизнес такой имел, говоря по-современному. Но однажды, напившись, он так избил собутыльника, что тот отдал Богу душу. Степку судили и приговорили к семнадцати годам заключения. Наверняка припомнили и другие его прегрешения, те же наркотики, например. С той поры прошло уже десять лет, и вон еще сколько сидеть оставалось! Дарье надоело бесконечное и бесцельное ожидание, все равно, сказала, со Степаном даже и в лучшем случае жить не стану, всю молодость мою загубил, паразит! Это будто каждый день голой задницей на раскаленную плиту садиться. Страх и боль несусветная! Она поездила к нему на зону поначалу, а потом перестала. На развод подала и стала разведенкой. А отсюда и новые слухи пошли. Говорили, что она самогон гнала, и его у нее охотно брали мужики. И качество — что надо, и цена подходящая, куда полезнее здоровью, чем магазинная «паленка».

Рассказывая о беспутной своей соседке и наблюдая пристальное внимание Славы к незнакомой ему Дарье, Дуся отчего-то стала хмуриться. С чего бы это? И вдруг ему почудились в голосе Дусеньки мимолетные ревнивые нотки — неужто она сама себя довела до ревности? Надо же! Ну, значит, и с дальнейшими расспросами можно было пока погодить...

Основательно подустал он за целый день ходьбы по домам. К середине дня лужи высохли, затвердела скользкая земля, и сапоги стали раздражать своей нелепой тяжестью, заныли потные ноги, натертые грубыми шерстяными носками. Хотелось сбросить эти проклятые вериги и пошлепать по травке босиком. Но... не мог, да и не должен был ронять своего достоинства Вячеслав Иванович, которого, как он позже узнал, народная молва уже накрепко связала с Евдокией, счастливой сестрицей астраханского генерала. Вот ведь несправедливость-то: кому — все, а кому — ничего! И вид у нее веселый да сытый, и под ручку они прогуливаются — другим бабам на зависть! И ухажер щедрый, платит при случае не торгуясь. Конечно, у этой Дуськи и без того в доме достаток, так теперь еще и кавалер видный появился. Он хоть и заметно старше ее, зато даже в плохонькой одежонке молодцом смотрится. Ничего не скажешь, повезло бабе... Ну, зависть людская! Плохо — оно всегда плохо, а ежели хорошо — так еще хуже...

А собственно, что еще мог узнать у Двужильной Вячеслав Иванович, кроме того, что уже знал? Ей уже близко к сорока годам, а это, понимал он, пора бабьей безысходности, если нет видимых надежд и перспектив. И что ей делать, кто ее судить-то может? Пусть бы даже и привечала она у себя пожилого и некрасивого калмыка, так это разве преступление? Ну, выдал ее любовник, или кем он там ей приходился, властям автомат, якобы принадлежавший Калужкину. А кто доказал, что автомат на самом деле не принадлежит Антону? Есть же еще и обязательная экспертиза, без подтверждения которой ни одна улика таковой не становится. И если на оружии имеются пальцевые отпечатки владельца или еще какие-то уличающие преступника факты, то о чем тогда можно спорить со следствием?

Опять же эта история с машиной. Наверняка эксперты установили, что именно она явилась орудием убийства, а мотор испортить — для показухи — ничего не стоит, если умеешь, потому что в противном случае эпизод с убийством Эренгенова наверняка был бы изъят из обвинительного приговора Калужкину. А другие убийства — их мало разве? И ведь так можно пройти по всем пунктам обвинения, что, кстати говоря, и продемонстрировал Алексей Кириллович Привалов, не особо вдаваясь в детали выдвинутых против Калужкина обвинений. Да ему и незачем, вообще-то говоря, это делать, не его забота, на то есть прокуратура, есть, в конце концов, Генеральная прокуратура, есть Верховный Суд. И наконец, есть право обжалования приговора на любом уровне. Адвокат осужденного по закону обязан об этом позаботиться.

Так что, Вячеслав Иванович, уважаемый, ты предлагаешь наплевать на все эмоции и прекратить собственное расследование? Можно, конечно, сослаться на объективные причины. Но как после этого смотреть в глаза Дусеньке? Той же Зинке или Кате с ее мальчиком, обретшим в кои-то веки отца родного? Вот и думай после этого...

Ничего иного не придумал Грязнов, как снова обратиться к помощи Алексея. Но уже в другом плане. К слову, где обещанный опер? Где машина? Где ноутбук? И кроме того, есть еще один заманчивый ход. Вот о нем-то и решил проинформировать начальника Астраханского ГУВД генерала Привалова его друг, отставной генерал Грязнов. И этот ход мог бы при удаче оказаться самым важным во всем расследовании, поскольку он, как считал Вячеслав Иванович, поспособствует вскрыть подноготную многих совершенных в Ивановке преступлений. И тех, что были, и тех, которые обязательно будут...

Володя Климушин, так представился Грязнову молодой рыжеволосый человек лет тридцати, явно спортивного телосложения, прибыл на взятой для Вячеслава Ивановича напрокат «девятке» с московскими номерами ранним утром следующего дня. Ивановское еще не просыпалось, когда он подъехал к дому, а перед тем позвонил Вячеславу

Ивановичу, разбудил его и попросил аккуратно встретить машину. Ну, понятно, и номера на машине, и все остальное — это уже оперативная необходимость при дальнейшей работе с местным населением. Очевидно, Володя и ознакомит его с планом, который они разработали там у себя, в Астрахани, вместе с генералом Приваловым.

Из багажника оперативник достал ноутбук в чехле и приставку для выхода в Интернет. А еще он привез «горячий привет» от генерала — в отдельном целлофановом пакете. Там находились две бутылки хорошего коньяка и приличный кусок ветчины. Сверху лежала записка: «Долг платежом красен!» Ишь как разгулялся генерал!..

— А он не собирается еще разок ушицы испробовать? — хитро сощурившись, спросил Вячеслав Иванович.

— Боюсь, что в ближайшие дни — нет, но он настойчиво предложил мне опробовать за него блюдо, приготовленное, как он сказал, мастером высшего класса. Я не знаю, что мой шеф имел в виду, но твердо пообещал ему четко выполнить это указание, — без тени улыбки доложил гость.

— Ай, молодец! — Грязнов захохотал, по-приятельски хлопнув Климушина по плечу и приглашая Дусю присоединиться к его радостному настроению. — Придется выполнить указание твоего начальника, Володя, можно тебя так называть? Я, наверное, ровно вдвое старше тебя?

— Так точно!

Климушин наконец широко улыбнулся, и Грязнов с юмором подумал: «Вот уж воистину отыскал Леша для меня неприметную фигуру!»

— И звездочка у вас ровно вдвое больше, — продолжил молодой гость. — Поэтому можете без всяких стеснений. Я, в общем-то, в курсе вашей миссии и постараюсь помочь, располагайте мной.

— Прекрасно, Володя... Дусенька, а где мы устроим нашего молодца? Может, на веранде?

— Отчего же нет? Сейчас постелю вам чистое белье, и располагайтесь, Владимир?..

— Просто Володя. Алексей Кириллович сказал мне, что вы — прекрасный и добрый человек... в смысле, — он запнулся и смутился, — женщина. Но дело в том, что он попросил вас порекомендовать мне, у кого из ваших соседей может устроиться на короткое время находящийся в трудовом отпуске Владимир Сергеевич Иванов, гендиректор строительной фирмы «Феникс» из Подмосковья? — Он ткнул пальцем себе в грудь. — Вот, есть и визиточки на случай недоверия, — он показал пачку своих визитных карточек, на которых были даже отпечатаны его фотографии — высший класс! — И желательно, Евдокия Григорьевна, чтобы на первых порах не вызвать лишних пересудов, поскольку он, этот ваш отдыхающий, — Климушин снова с улыбкой ткнул себя пальцем, — предпочитает одиночество.

— Конечно, конечно, устрою, если... ему, этому вашему гендиректору, так надо! Ну а меня можете звать просто Дуся.

Раскрасневшаяся от комплимента хозяйка лукаво улыбнулась и, многозначительно поведя плечами, посмотрела на нового гостя. И Грязнов — он мог бы поклясться — вмиг почувствовал и у себя в душе довольно-таки ощутимый укол ревности, причем, кажется, впервые с момента его знакомства с Дусенькой. Он даже немного растерялся от этого ощущения. И помрачнел, что немедленно отметила Дуся и быстро спрятала мелькнувшую на губах хитрую улыбку.

Вечером он, разумеется, не удержался и, стараясь скрыть ворчание, все же напомнил женщине об ее несколько вызывающем поведении с молодым человеком. Но она не только не возмутилась его вмешательством в ее «личную жизнь», а радостно засмеялась:

— Ага, сообразил, наконец? Да это ж я нарочно, милый, чтоб тебя немножко помучить. Ну, совсем немножечко, как... ну, как... самого близкого и... родного мне человека.

Последние слова она буквально выпалила и смущенно опустила голову, отведя взгляд. И он конечно же понял, что она хотела этим сказать, а кто бы не понял? Это ведь почище любого объяснения в любви, которого, кстати, между ними так еще и не произошло, словно они, стремительно и жадно отдаваясь друг другу, тем не менее остерегались спугнуть накатившееся на них сильное чувство, не будучи еще уверенными в том, что у этого чувства есть реальная перспектива. Грязнов почему-то побаивался всерьез думать об их будущем, словно бы стараясь оттянуть свое объяснение. На самом же деле он тоже был растерян, и растерянность его нарастала, требуя какой-то ясной и откровенной определенности. Но душа, как встарь, продолжала, вопреки его желанию, искать лазейки, заранее зная, что дело может закончиться, как всегда. Ну да, вот она — расхожая истина: хотели, как лучше, а вышло, как всегда... И от этого понимания его душевное раздвоение только усиливалось. И вместе с тем все жарче и отчаянней становились их объятия. Поглощенный ее страстью, он шептал ей на ушко: «Милая моя, сладкая...», и слышал в ответ сдавленный стон: «Желанный мой...» Но Вячеслав Иванович, считая это естественными эмоциональными проявлениями момента, все чаще по ночам замечал блестевшие в лунном свете беглые мокрые дорожки на милых Дусиных щеках, отчего на сердце образовывалась давящая тяжесть. А утром она беззаботно смеялась и глаза ее лучились нежной лаской. Однако до прямого объяснения в любви дело никак не доходило. Грязнов, конечно, понимал, что надо было приходить к какому-то решению, это — факт. И не мучить женщину, вскипающую всякий раз от восторженной к нему любви, которую он воспринимал уже как само собой разумеющуюся. И огорчался по поводу своей словесной немощи и нерешительности. Это он-то, битый-перебитый волчара, первым входивший в дом вооруженного преступника! Потому и уколы ревности, понимал Грязнов, это у него — более чем серьезно, значит, пора выбирать себе и берег с причалом, чтобы не болтаться на волнах собственной нелепой неопределенности...

Иногда наплывала трезвая мысль: а чем, в конце концов, черт не шутит? Но ей на смену спешила другая: так ведь было уже, было, и ты прекрасно помнишь, чем все твои попытки заканчивались? Как всякий раз острил Санька, полным недопониманием сторон. И это обстоятельство угнетало, не давало полного душевного покоя. А в таких случаях, и это тоже прекрасно знал Вячеслав Иванович, ясность появлялась только в работе, в привычном противоборстве мыслей и мнений и в поисках решений запутанных загадок человеческих судеб...

— Пошли, поговорим? — сказал Грязнов, глазами показывая Климушину в сторону сада. И когда они отошли подальше от дома, Володя достал удостоверение и показал Вячеславу Ивановичу. Все верно: старший опер Управления собственной безопасности Астраханского ГУВД, как и предлагал Привалов, обеспечив своего посланца соответствующими правами и полномочиями. А должность гендиректора подмосковной строительной фирмы — она для прикрытия.

— Давай-ка, Володя, насчет жилья что-нибудь придумаем завтра, а сегодня тебе появляться на улице нет никакого резона, надо обсудить ситуацию, и потом уже сделать соответствующие выводы...

Всю первую половину дня сыщики — старый и молодой — посвятили тому, что Грязнов подробнейшим образом ввел Климушина в курс тех вопросов, которые возникли при его собственном расследовании. А Володя в свою очередь проинформировал Вячеслава Ивановича о тех фактах, с коими он успел познакомиться за два прошедших дня, по указанию и при поддержке генерала, то есть выловить в многостраничном обвинительном заключении по уголовному делу всякого рода нестыковки и явные натяжки. Оно в настоящее время еще изучалось стороной защиты, которая не торопилась, будто выжидая каких-то указаний сверху, поэтому и до начала судебного разбирательства было еще, очевидно, далеко. Пока судья назначил только сроки предварительного слушания. Надо полагать, и у судьи могли возникнуть вопросы, которые потребуют от следствия дополнительных подтверждений самих фактов преступлений, инкриминируемых Калужкину. А возможно, еще и адвокат, после ознакомления с обвинительным заключением по уголовному делу, сочтет необходимым заявить ходатайство об исключении из обвинительного заключения каких-то эпизодов, да хоть и с той же машиной Калужкина, подвергая сомнению вообще участие его подзащитного в убийстве Эренгенова. Судья, как сообщил Вячеславу Ивановичу Володя, не очень-то шел на поводу у всесильной, как считалось в губернии, прокуратуры. И это могло вселить в Грязнова определенную уверенность в том, что просто так, за здорово живешь, следствие не перекинет чужие грехи на невиновного человека. Впрочем, истинное положение дела могли показать только время и старания тех, кому была небезразлична горькая судьба человека, потерявшего все, а теперь готового расстаться и с жизнью. Ибо пожизненное осуждение ему было уже, целенаправленными стараниями весьма заинтересованного в этом следствия, полностью обеспечено.

Однако, как показали некоторые факты, выловленные Володей в обвинительном заключении, «уши» следствия торчали довольно заметно. А кроме того, в загашнике у Грязнова имелся еще один козырь — так хотелось думать, — который мог бы резко изменить всю ситуацию и в конечном счете поменять местами обвинителей и обвиняемого. Если бы, разумеется, им — Грязнову с Климушиным — удалось вскрыть и «раскрутить» этот факт. Вот об этом, понизив голос, Вячеслав Иванович и заговорил с якобы «неприметным», но, правда, одетым в обычную, небаскую одежду оперативником. Впрочем, рыжие его волосы можно было накрыть бейсболкой, чтобы голова Володи не маячила без нужды совершенно лишним в станице светофором. Хотя, если быть до конца справедливым, то некогда, в далекой молодости, Грязнов и сам носил огненно-рыжую шевелюру, и это обстоятельство ничуть не мешало ему в оперативной работе. Так что посмеялись и забыли...

Как и полагал Вячеслав Иванович, задуманная им проверка окружения покойного Дадаева, а теперь и последнего, младшего брата могла состояться лишь с согласия и при непосредственной помощи Алексея Кирилловича. Обсудив план операции, Грязнов с Климушиным решили позвонить в Астрахань, чтобы сначала решить дело в принципе. Надо сказать, что после ознакомления с соображениями Вячеслава Ивановича Володя в основном разделил его точку зрения, однако у него оставались и вопросы, которые мог разрешить только его начальник. Сам Климушин мог бы немедленно приступить к операции, если бы не требовалась скрупулезно точная предварительная подготовка. Подозреваемых в преступлениях, совершенных в станице, можно было спугнуть, и тогда в деле Калужкина окончательно исчезла бы всякая надежда на поворот его лицом к истине.

И вот, пока они судили да рядили, фортуна сама решила помочь им. Устроившись под старой яблоней так, что им были видны все подходы, а сами они оставались в тени, сыщики увидели приближающуюся к ним Дусю.

— Погоди, — Грязнов тронул локоть Володи, — чего там у нее случилось? Чем озабочена?

— Слава, — негромко заговорила она, подходя, — там Зина забежала, у нее новость для тебя.

— А что случилось?

Вчера подруга заглянула под вечер, и они уговорили ее остаться поужинать, вот она и стала невольной участницей разговора о Дарье Двужильной, которая исчезла с концами и никто не знал, где ее теперь искать.

— Ну, мы ж поминали Дашку, забыл? А сейчас Зинка сообщила, что полчаса назад видела ее на остановке, где она вышла из автобуса и отправилась к себе домой.

— Вот это номер! — обрадовался Вячеслав Иванович и задумался. Потом вдруг взглянул на Володю, и глаза его засветились хитринкой. — Слушай, не отпускай-ка ее, мы сейчас обсудим один вариант и подойдем, ладно?

— Как скажешь, — улыбнулась Дуся. — Тогда не тяните, обед скоро будет на столе. Где накроем, в доме или на веранде? Или, может, в саду?

— Пожалуй, лучше в доме, — подумав, серьезно ответил Грязнов. — Без лишних глаз. Иди, мы не задержимся...

Они и не задержались, пришли минут двадцать спустя. У Зины застыло вопросительное выражение на лице.

— Ты молодчина, — уверенно сказал ей Грязнов. — Познакомься, Володя. Он — директор известной строительной фирмы в Подмосковье. Отдохнуть приехал, рыбки вкусной поесть, с собой в Москву увезти. И не знает, где остановиться. Мы вот и подумали: а что, если у этой Дарьи? Дом большой, живет одна...

— Да ты что, Слава, лучше, что ль, не нашли? — только что не возмутилась Зина.

— Погоди, не торопись, — успокоил ее Грязнов. — Нужно о другом думать, согласится она или нет? Это куда важнее. И как бы получше это сделать? Ну, скажем, прибыл человек аж из самой Москвы, а теперь ездит, хочет на постой определиться. Мог и узнать у кого-то, что у Дарьи Степановны комната есть свободная. Не согласится пустить к себе? Или у нее свои правила?

— Да зачем это нужно? — настаивала Дуся. — Разве здесь плохо? Да я...

— Плохо, Дуся, — решительно перебил ее Грязнов. — Мы с ним, с этим молодым человеком, вообще-то говоря, даже и не знакомы. Просто он, видишь ли, проезжая мимо, остановился и спросил, можно ли где в Ивановской снять койку на недельку? У тебя занято, здесь я уже живу. У Зины — старая мать, да и дом невелик, тоже неловко незнакомого и одинокого молодого человека привечать. Опять же и ты, Зинуля, вчера вроде как с одним гуляла, а сегодня — уже как бы с другим, зачем хорошей женщине такая слава? Ведь разнесут, стыда не оберешься. А у Дарьи — никого нет. Да и не такая уж она и распутная, похоже, народ больше треплется от скуки. Да и ты, Зина, говорила вчера, что у тебя с ней отношения не натянутые, вот и порекомендовала бы, что ли? Разве ей лишние денежки помешают? Да и Володя, чай, не в логово голодной львицы отправляется. А что разговоры пойдут, так ему на это дело наплевать: сегодня приехал, завтра уедет. Наверное, и Дашке этой тоже все равно, привычное дело.

— Вон оно что! — догадалась, наконец, Дуся. — Только уж вы, Володя, все-таки поосторожней с ней будьте. Знаете, как бывает в жизни? Зин, она, не появляется у тебя?

— Зря вы, — Зина поморщилась, — здоровая она баба, действительно, одни только разговоры... Да и с кем попало Дашка тоже шашней не заводит, болтовня это. А кабы чего с ней плохое случилось, так ее давно б уже за прогон снесли...

Там, за прогоном, широким и вечно грязным проулком между усадьбами, по которому с давних пор станичники гоняли скот на водопой к протоке, слышал Грязнов, находилось станичное кладбище, где похоронили, кстати, Калужкиных Васю с Ниной, отнесли и Грибанова, и доктора Усатова, и даже калмыка Эренгенова, у которого не оказалось никаких родственников. А вот Энвера Дадаева младший брат увез куда-то под Нальчик, чтобы похоронить по своим древним обычаям. Туда же, вероятно, теперь и старший братец отправится. А кто его повезет, Рахим? И кто в доме останется за старшего, Ахмет, что ли? Вот вопрос, над которым следовало теперь задуматься и попробовать прояснить для следствия. Но как?.. Кого спрашивать?

Приятно было, разумеется, слышать, что непосредственное общение с Дашкой ничем опасным не грозит здоровью оперативника, которому Грязнов уже выложил свой план, и тот полностью с ним согласился. Но удобно ли теперь чужому в станице человеку просто так, с бухты-барахты, самому зайти к этой женщине, какая бы слава о ней ни шла, и напроситься на постой? Такой поворот дела наверняка вызвал бы и у нее законное подозрение. «Откуда, мол, знаешь, да кто прислал? Или сказал, что у меня можно остановиться?» А если, скажем, явиться по рекомендации Дуси, у которой уже имелся свой постоялец, а еще лучше — Зины, дело могло бы и прокатить. Очень серьезные надежды возлагал Вячеслав Иванович на эту женщину, которая наверняка знала много такого, на что сыщики могли рассчитывать. Поскольку известно: у этой бабы наверняка — если все-таки ее сомнительная слава ее имела под собой какие-то основания, — что на уме, то, разумеется, и на пьяном языке. Ну а умению пользоваться соответствующими «оперативными» средствами для большего укрепления сердечного, так сказать, доверия между хозяйкой и ее постояльцем — уж этому Владимира Сергеевича Климушина учить не надо было. Он улыбался, словно предвкушая веселое приключение. А чего, в самом-то деле? Если женщина здоровая, и «медицина» это подтверждает, какие могут быть сомнения? Наоборот, даже интересно! Он с юмором посмотрел на Зину, чем смутил ее.

Они еще поговорили, прикинули то да се, и сели обедать. В любом случае операцию не следовало начинать на голодный желудок.

Спектакль разыграли по всем правилам высокого искусства.

На площади к автобусной остановке подъехали «Жигули» девятой модели, и из машины вышел молодой человек в модной цветастой майке и джинсах. Народа на площади было мало — двое нетрезвых мужиков, сидя на ступеньках магазина с вывеской «Маркет — 24 часа», лениво тянули из горлышек бутылок явно теплое пиво. Разговаривать с ними молодой человек счел для себя делом бесполезным. Как и с краснолицей продавщицей, тупо глядевшей в магазинное окно, один вид которой ему почему-то не понравился. Солнце жарило вовсю, и заходить в горячее магазинное чрево у водителя охоты не было. Он постоял, огляделся и увидел на противоположной стороне площади симпатичную женщину в белом халате, которая вышла на крыльцо дома с синей вывеской большими золотыми буквами «Медицинское учреждение» и ниже — еще какие-то слова и цифры помельче. Женщина, очевидно, «дышала воздухом». К ней и направился молодой человек. Подошел, негромко поговорил о чем-то, показывая рукой в разные стороны, и женщина ушла в помещение, а через несколько минут вышла оттуда уже без халата, и вместе с водителем уселась в его машину на переднее сиденье. Опустив боковое стекло — в машине было тоже жарко, — она жестом показала, что ехать надо вдоль улицы. Продавщица лениво проводила машину сонным взглядом...

Остановилась машина напротив невысокой калитки Дарьи Двужильной. Водитель и пассажирка вышли, и Зина громко позвала:

— Дашка, ты дома? Выгляни на минутку, дело есть!

На крыльцо вышла крепкая внешне женщина с крутыми боками, которые подчеркивал туго завязанный на талии красный передник с большими карманами.

— Чего случилось? — крикнула она в ответ и прищурилась от яркого солнца, приложив козырьком ко лбу ладонь. — Ты, что ль, Зинка?

— М-да, — многозначительно и тихо произнес Володя, искоса взглянув на свою провожатую, и хмыкнул при этом. — Вид впечатляющий...

— Не бойся, — так же тихо ответила Зина, сдержав усмешку. — Она если и укусит, так не очень больно, потому что большой мастак совсем по другой части.

— Так ведь мне именно это и требуется... — Он неслышно засмеялся, изображая парня, которому все до фонаря, пока хозяйка дома спускалась с крыльца и шла к запертой калитке.

Зина с трудом уже сдерживала себя, чтобы не расхохотаться при виде ловко состроенного обескураженного выражения на лице Володи.

— Ну чего, какие дела? — Дашка положила локти на верхнюю планку, а сверху на них улеглась внушительная грудь, эффектно выползавшая наружу из низкого выреза пестрого домашнего халата.

— Мужчина вот, — пряча улыбку, Зина кивнула в сторону Володи. — Отдыхающий, говорит. Приглянулось ему, мол, Ивановское наше. Увидел меня на пункте, обратился, нельзя ли где-нибудь койку снять на короткое время? Ну, отдохнуть, рыбкой вяленой да копченой побаловаться... У себя принять не могу, ты знаешь, мать... У Дуськи — свой постоялец еще не уехал. Дай, думаю, к тебе загляну. А я как раз сегодня видела, что ты приехала. И у тебя ж вроде сейчас никого?

— Никого, — подтвердила Дашка, почесывая полную шею ленивыми движениями пухлых пальцев. Она в упор разглядывала возможного постояльца, будто прикидывала, какую дополнительную пользу из него можно извлечь. — Койку, говорит, надо ему? А еще чего не требуется? — Дарья усмехнулась со значением.

— Дак вот, сама видишь... — Зина качнула головой на мужчину, будто на пустое место, и поддержала ее настроение собственной двусмысленной ухмылкой.

А Володя только снисходительно, как человек, знающий себе цену, кивал, да терпеливо помалкивал со смиренным видом, будто не сомневался уже, что визит этот удачный и дело выгорит. Там, у Дуси, получив общую информацию об этой Дашке, он засомневался, что сможет с ходу найти подход к этой «дамочке». Однако сейчас, с интересом разглядывая хозяйку, он отмечал про себя, что, в принципе, черт не так уж и страшен, как его малюют. И не уродка она вовсе, и когда по дорожке плыла, то бедрами своими крутыми так виляла, что не улыбнуться ей было бы просто глупо. И некий щенячий восторг, отраженный в глазах мужчины при виде столь впечатляющей женской фигуры, не мог быть, конечно, ею не замечен.

— Ну, дак?.. — поторопила Зина. — А то я там, у себя, прикрыла только, как бы кто не явился...

— А машину-то куда поставите? Во двор? — спросила Двужильная у водителя. — Ну, так оно, поди, подороже обойдется? — Она призывно улыбнулась, и лицо ее стало даже симпатичным, а не кирпичным, как с явной иронией сказала Дуся.

— Зачем же на улице-то оставлять?.. А сколько вы возьмете с меня, Дарья?.. — Володя вопросительно посмотрел на Зину, и та подсказала:

— Дарья Степановна зовут вашу любезную хозяйку.

И эта уважительность тоже понравилась Дашке.

— Да чего там? — Она вразвалку направилась к воротам, собранным из штакетника, и легко перенесла одну, явно нелегкую створку в сторону. Потом — другую. — Загоняйте уж... — И повернулась к Зине: — Ладно, подруга, ступай, разберемся как-нибудь с молодым человеком. Верно, не оставлять же на улице доброго молодца, все мы — люди. Так уж и быть, комнату освобожу. С верандой, если хотите, чтоб, уходя рано, не будили, — сказала Володе. — Недорого возьму, договоримся. Пока, Зин!.. А тебя, парень, как звать-то? — Она неожиданно перешла на «ты». — Неужто из самой Москвы прибыл? — спросила, когда он, заехав во двор, вышел из машины и помог ей закрыть ворота.

— Володя я... — И попутно сказал несколько слов о своей успешной подмосковной строительной фирме.

— А чего ближе не нашел, где отдохнуть? В такую-то даль...

Отвечал он, аккуратно демонстрируя при этом даже некоторую робость перед яркими достоинствами хозяйки, поскольку знал, что такого рода мужская реакция при взгляде на эффектных женщин вызывает у них самих самодовольные ухмылки. И — точно, попал в цель: Дарья хрюкнула горлом, изображая удовольствие, и с вызовом выставила внушительную грудь, словно для обозрения. Знала, чем гордиться.

— Идем уж... — проговорила покровительственно.

И поплыла вперед, с таким аппетитом раскачивая бедрами, будто была абсолютно уверена, что новый постоялец, этот московский любитель копченой и вяленой рыбки, уже проглотил голодными глазами ее мощную наживку. И ведь оказалась отчасти права: только умирающий импотент, подумал Володя, сумел бы отвести свой тоскливый взгляд в сторону.

На крыльце, у открытой двери, Дашка неожиданно ловко обернулась и увидела шальные глаза едва не уткнувшегося ей в спину молодого человека. Негромко охнула, будто с испуга, а затем с силой потянулась, изогнувшись всем могучим телом, как бы демонстрируя ему все то, что было скрыто у нее тканями легкой одежды. И Володя мельком подумал, что рассказы Дуси и Зины о совершенно непонятной притягательной силе этой женщины — отнюдь не выдумка злых завистниц, а суровая правда. И ему теперь придется быть максимально осторожным, чтобы самому не погибнуть, погребенному под этой знойной массой похоти. Бывает же такое неумеренное богатство на белом свете!

В доме с белеными стенами и потолком было прохладно, особенно после раскаленной улицы и банной духоты машины. Володя вздохнул и рассмеялся.

— Ты чего? — Дарья подозрительно уставилась на него.

— Надо ж, как мне повезло! Думал, в каком-нибудь сарайчике переночевать или в стогу в лучшем случае, а тут тебе — такое роскошество! — Он стал с пристальным интересом, покачивая одобрительно головой, в упор разглядывать хозяйку, изображая, впрочем, вполне естественно, свой неподдельный восторг от увиденного. — И где ж это на нашей грешной земле такая красота рождается-то, а, Дарья Степановна? Не понимаю, почему та женщина, что привела меня к вам, говорила, будто хозяйка — пожилая, тихая да набожная... Ой, что-то мне не верится! Может, это не про вас?

— А с чего это она тебе так сказала? — заинтересованно насторожилась Дарья.

— Да я сам попросил ее, чтоб подсказала, где попроще, ну, чтоб спокойно, без пьянки, что ли, можно было отдохнуть маленько... Так-то я и сам — не монах, и без женского общества тоже не обхожусь, и выпить могу, да только в меру. А вот шумной пьянки не люблю. Да и устал сегодня, — он поморщился. — Двое суток от Москвы гнал, а когда от Волгограда уже катил, думал, сдохну от духоты. А стекло опустишь, еще хуже делается, раскаленный сквозняк. А у вас, гляжу, — просто благодать!.. Ну и куда вы меня, Дарья Степановна, определите?.. Слушайте, мне как-то неудобно такую молодую, симпатичную женщину — да по отчеству...

Может, попроще как-то разрешите? Даша там, или Дашенька... Нельзя? Совсем уж я, поди, обнаглел, да? — Он призывно засмеялся.

Постоялец выглядел таким молодым и наивным, что Дарья просто не могла не отреагировать соответствующим образом:

— Так, а чего ж, кто тебе мешает? Меня тут все Дашей кличут. Подруги — Дашкой. А ты уж сам смотри, как тебе способней, милок... Дашенька, ишь ты, придумал!.. А положу тебя, хочешь, вон там, — она провела его в маленькую комнату, с открытой дверью на веранду: дома тут, понял Володя, строились по одному образцу. — Либо на веранде. И окна занавешу, чтоб солнце не пекло, вот и отдыхай себе сколько хочешь. Выход отдельный, мешать тебе не буду... — Она помолчала и добавила с усмешкой: — Если сам не попросишь.

— Ха! — выдохнул он с заметно нарастающей страстью и повел притягательным, «плавающим» взглядом по ее бедрам. — Ну а если решусь да попрошу? По шее дашь и прогонишь или как?

— А вот посмотрим, как, — с легким вызовом в голосе сообщила она. — Пойду белье принесу. Простынь, подушку. Одеяла не нужно, без него спим.

— Что, и ты тоже? — Он с такой голодной жадностью уставился на нее, что Дарья ухмыльнулась, и бедра ее как-то самопроизвольно зашевелились, и он сладострастно засмеялся. — Вот бы хоть одним глазком взглянуть, а?.. На такое богатство!

— А у нас, милый, не глядят, — с опасной усмешкой она вдруг надвинулась на него, едва не прижав грудью к стене, и добавила с придыханьем: — У нас не зевают, понял, паренек хороший?

— Да понял... чего не понять, — почти прохрипел он, тоже прерывисто дыша, и, демонстрируя сжигающую его страсть, вдруг храбро вцепился сильными пальцами в необъятные ягодицы хозяйки и сжал тугое мясо с таким потягом, что наверняка оставил впечатляющие синяки.

Она охнула от неожиданности, дернулась было, но тут же осела всем телом и рыхло навалилась на него, тоже шепча прерывистой скороговоркой:

— Ишь ты, какой... быстрый да горячий... Не спеши, малый... уж тебе-то всего достанется... коли отдохнуть решил... Пусти-ка меня... принесть бы надо... А устроишься, так уж и быть, — она мелко засмеялась, — не обижу... Видно ж... человек хороший, зачем обижать, да?..

Глаза ее пылали.

— Да ты ж ведь, чую, и не можешь обидеть мальчонку? — на выдохе прошептал ей Володя, медленно и словно очень неохотно отпуская из пальцев вздрагивающие ягодицы. И по ее закаченным глазам и нервно дергающимся, пухлым губам, жаждущим, надо понимать, скорого и сокрушительного поцелуя, понял, что ни о какой обиде речи тут и близко идти не может.

«Надо же, какие сумасшедшие страсти бушуют в этой деревне! — мелькнула веселая мысль. — Неужто настолько уже ослабли здешние мужики, что некому и хороших дровишек в такой пылающий огонь подкинуть? Ох, похоже на то... Ну а поцелуй — куда ж без него, особенно в начале...».

Совсем «поплыла» растерявшаяся от такого «начала» хозяйка, едва на ногах держалась. А Володя подумал, что первая часть задания в многоплановой операции по «проникновению в стан врага», им, пожалуй, выполнена и досрочно, и успешно. Объект практически освоен, и теперь остался не самый сложный процесс, собственно, уже конкретного «проникновения», в чем особых трудностей тоже не предвиделось.

В конце концов, сыскная работа никогда не обходится без риска. Но зато, когда в ней задействована в качестве объекта внимания задыхающаяся от жадной страсти женщина, такая работа, как правило, вознаграждается и впечатляющими результатами. Теперь оставалось только подразвязать язычок этой огнедышащей Дашки с помощью хорошей водочки — придется ж ведь удачный приезд отметить! — и тогда надолго задерживаться в этом логове, вероятно, ему уже не придется.

Знал бы Владимир Сергеевич, как он окажется неправ...

Глава седьмая
ТРЕВОЖНАЯ НОЧЬ

Оставшуюся до вечера часть дня «директор Иванов» провел в саду. Дарья выдала ему широкую, сплетенную из камыша циновку, которую Владимир расстелил среди пышных абрикосовых деревьев с мелкими оранжевыми плодами, жестковатыми еще, но очень сладкими. Одежду он оставил в доме, разделся до плавок, обнажив белое, незагорелое тело, — да и где ж «директору-то» загорать на оперативной работе! — и улегся в тени с надвинутой на лицо белой полотняной кепкой так, чтобы видеть все вокруг.

Женщина сменила свой застиранный халат с передником на более легкий и кокетливо короткий, будто рубашка-ночнушка, также обозначив на себе все, что требовалось для очередного этапа знакомства. Володя почувствовал укор совести — вон ведь как человек мучается, а он, подлец, не обращает внимания! За короткое время она несколько раз выходила на крыльцо и внимательно разглядывала постояльца, будто хотела убедиться, что он дремлет. И снова исчезала в доме. Володя понимал, что там идет проверка. Хозяйка наверняка шарит по карманам, читает его паспорт и красивые визитные карточки с цветными фотографиями разглядывает, где золотом напечатано, что ее гость — гендиректор «Феникса», то есть тот самый человек, за которого он себя выдает. А что «домашний контроль» протекает именно так, в этом нетрудно будет убедиться чуть позже, когда появится необходимость пойти в дом и залезть за чем-нибудь в свой карман. Есть же масса уловок, которые незаметны постороннему, хотя легко выдают его навязчивое любопытство. Чуть позже Володя в этом убедился:

и паспорт листала, и красивые визитки в руках подержала, а может, и вытащила одну из пачки в двадцать две штуки — легко сосчитать. Зачем ей это нужно, другой вопрос. А пока пусть убеждается, что никакого обмана нет...

Где-то в седьмом часу вечера Дарья будто не выдержала «пытки одиночеством». Да и как, спрашивается, вытерпеть, когда вот тут, прямо на глазах у тебя, разлегся и беспечно дремлет сильный — по мускулам накачанным заметно — молодец с такими цепкими пальцами, от которых утром аж прямо дух захватило. Она спустилась в сад, подошла и остановилась рядом, открывая неожиданно проснувшемуся гостю такой заманчивый «пейзаж», что у него даже глаза округлились. Наверняка от вожделения, от чего же еще может быть у мужчины такой жадный взгляд при виде женщины? Очень довольная произведенным эффектом, Дашка — нет, она все-таки хоть и распутная, но великолепная баба! — мягким, воркующим голосом сообщила Володе:

— Ты как насчет обеда-то, милок? Время к ужину, а ты и не думаешь...

— А я забыл. — Он беспечно засмеялся. — Где у вас тут столовая какая-нибудь, не подскажешь, Дашенька? Или, может, я лучше до магазина дойду?

— А зачем тебе бегать? Чай, и дома есть, чтоб с голоду не похудеть! Вставай-ка да в комнату ступай, я приготовила.

— Да неудобно как-то... И без того хлопот тебе добавил... — Он говорил так, будто утром между ними ровным счетом ничего не произошло и ни на что определенное никаких намеков тоже высказано не было. Дарья удивилась.

— А чего это тебе вдруг стало неудобно? Иль хозяйка разонравилась уже?

— Ну, не скажи, — усмехнулся Володя, не поднимаясь, однако, с циновки и продолжая рассматривать могучую «кариатиду» снизу, от крупных загорелых коленок и выше. — Я просто чего хотел? Надо бы в магазин заглянуть да чего-нибудь под добрую закусочку сообразить. Ну, чтоб с приездом, стало быть, отметиться, — он щелкнул себя по горлу. — Мы с тобой что, не русские люди?

— Да уж найду... — многозначительно улыбаясь, сообщила она. — И огурчиком соленым с помидорчиками не обойду, и баклажанчик остренький открою, и перчик, — не пробовал? Сальца под такое дело порежу... И с добрым напитком не обижу...

— Да уж где нам, городским-то! Ну ладно, раз сегодня ты угощаешь, тогда я — завтра. Скажешь, чего прикупить, и мы еще попразднуем. Если ты, конечно, не против?

И снова начались самопроизвольные движения телесных масс: Дашка уже видела, как на деле начинают осуществляться ее надежды. По той же причине наверняка и обед затеяла. Значит, ее стараниями нельзя пренебрегать. Просто способы выражения благодарности бывают разными, вот и все.

— Ух ты какая! — Он легко вскочил на ноги и затем игриво, но достаточно сильно ухватив за талию, тесно прижал к себе величественный бюст, громко чмокнул женщину прямо в пухлые губы, засмеялся и, отпустив ее, несколько раз подпрыгнул, как спортсмен, разминающийся после долгого лежания. Или счастливый щенок.

— А где можно умыться?.. Сольешь?

— Пойдем... — Она повернулась к дому, где Володя уже заметил умывальник, прибитый на досточке к стволу дерева. Там же висело и серое полотенце. Но теперь он увидел расшитую красными цветочками ткань — явный признак благожелательного отношения хозяйки.

Умывался он громко, ухал от холодной воды, плескал брызгами на Дашку, и та вскрикивала от восторга, хохотала, и загорелое до красноты лицо ее светилось неподдельной радостью. А напоследок, принимая из ее рук чистое полотенце, он умудрился так ухватить да смело ущипнуть ее за мягкое место, что она взвизгнула, и глаза ее вспыхнули тем самым пламенем, от которого и сгорают до пепла даже самые храбрые и умелые мужики...

Ледяная, из морозильника, самогонка легла на душу таким горячим компрессом, что даже восторг выражать по этому поводу — значило бы терять драгоценное время, отпущенное Богом на благородную трапезу. Обедали, или заодно уж и ужинали, с аппетитом и споро, будто на пожар торопились. Да он, видать, давно сжигал душу и тело Дарьи, указывая на снизошедшую на нее не иначе как с небес великую благодать.

Никаких препятствий Володя для себя не видел — сегодня был конечно же ее день, а не его, поэтому он не торопился, огонь должен был разгореться как следует.

Наконец, постоялец соизволил сыто потянуться. Хозяйка ловко собрала использованную посуду в большой таз и унесла его на кухню. А вернувшись, вопросительно уставилась на своего постояльца с предполагаемым вопросом: чем он думает заниматься дальше? И он спокойно ответил:

— Хочу отдохнуть. А уж завтра, если ты подскажешь, схожу да прикуплю разной рыбки — и на обед, и на ужин. Мне в Москве говорили, что здесь, в станицах вокруг Замотаевки, всего можно достать. Даже хорошей икорки. Это правда?

— А какая сложность? У всех есть, на воде живем. Скажу, к кому сходить, чтоб недорого. А уху приготовить — это я зараз. Так что...

И она снова уставилась на него с прежним вопросом в глазах. Володя ухмыльнулся: ее интересовало и торопило вовсе не «завтра», а конкретное «сегодня и сейчас». Тем более что в доме стало прохладнее, дневная жара спадала, а легкий сквознячок от открытых дверей и окон приносил речную свежесть. Действительно, «на воде живем...».

— Ну, так тогда?.. — Он и сам уставился на нее с ожиданием. — Кто-то здесь на что-то, кажется, намекал? Или я чего-то не так понял? — Он вспомнил старый, не совсем приличный солдатский анекдот и рассказал его. Дарья хохотала, утирая рукавом слезы. — А у тебя тут как? Никто в дом сдуру ломиться не станет? Ну, если мы дверь закроем, а? Чего скажешь, Дашенька? — И подумал: «Ну, давай уж, телись, что ли! Раньше начнем, скорей кончим... Раньше сядем, быстрей выпустят».

Она хмыкнула, как хрюкнула, — это манера у нее, оказывается, была такая, и, поведя плечами, тоже потянулась, словно в истоме. А потом залезла в верхний ящик комода и, достав оттуда что-то, кинула перед ним на стол:

— На-ка вот...

Он увидел достаточно знакомый квадратный бумажный пакетик. Когда-то во всех аптеках страны это гигиеническое средство стоило четыре копейки.

— Ты чего это? В себе, что ль, не уверена? — Он храбро усмехнулся.

— Ну мало ли, может, так тебе способней... поспокойней. А за меня ты не бойся. Трепаться у нас много любят. — Она поморщилась и осуждающе покачала головой. — Словом, как знаешь, я не настаиваю... — уже напряженно рассмеялась Дашка.

— Ну а не настаиваешь, так и спрячь до другого раза, — сказал он, подмигивая и вставая. — Тебе где больше нравится?

Смех-то смехом, но он уже и сам всерьез почувствовал вяжущее его душу томительное ожидание.

— А вот двери запру и покажу! — радостно воскликнула она, и метнулась на веранду, к двери в сад, а затем — в сени, к входной двери, и оттуда уже крикнула: — Ступай сюда, милок!..

Раздумывать дальше не было причины. А что касается операции «проникновения во вражеский стан...», как сформулировал Вячеслав Иванович еще утром, правда имея в виду несколько иное, то сам по себе этот «стан» уже не представлялся Климушину серьезным препятствием на пути изучения оперативной обстановки в станице, где только за последний год произошло столько убийств. И Грязнов был абсолютно уверен, что они — не последние. Вот так трагическое и смешное, скорей даже чудное, всегда идут по жизни рядышком, чуть ли не в обнимку. Так отчего ж хотя бы не посмеяться, не порадоваться случаю, если представилась такая счастливая возможность и если, в конце концов, все равно быть беде?.. Логично? В принципе, да...

Когда стемнело и усталые, мокрые от комнатной духоты партнеры отвалились друг от дружки, «директор Иванов» мечтательно и негромко проговорил:

— Ох, чую, сейчас бы оно — в самый раз...

— Ты про что? — немедленно отозвалась она.

— Да так... — Он не хотел говорить, но, уступая ее настойчивости, ответил: — Обожаю я после таких вот мощных ощущений травкой немного побаловаться. Ты не будешь возражать, если я чуток покурю? Я — у окна, чтоб в доме не пахло. У меня там немножко осталось...

— Господи! Да этого добра у нас — пруд пруди! И зачем тебе эта гадость, Володя? Лучше рюмочку прими. А от этой заразы — одна беда. У моего мужика тоже с травки началось, а кончилось семнадцатью годами... Не надо бы тебе беды такой...

— Ну почему ж сразу — и беда? Я понемногу. И потом, после обильных... упражнений, что ли, очень даже неплохо... Ты позволишь? Вообще-то лучше бы понюхать либо планчика покурить... Они посильней действуют. Но с этим делом нынче повсюду напряженка. — Он вздохнул и неохотно поднялся с широкого хозяйского ложа.

— А тебе очень хочется?

— Не отказался бы.

— А ну-ка, пусти меня, может, и у меня маленько осталось... Было когда-то, — деловито сообщила она, накидывая на плечи халатик. — Тут же у нас той травы в достатке. Некоторые тем и живут.

— Ты смотри-ка! Неужели? — уже с интересом заметил он.

— Так ведь эта твоя трава — повсюду! Везде конопля проклятая растет. А на островах вообще проходу от нее нет. Ох, какие там дела тяжкие творятся! Пойдешь — так можешь и сам живым не вернуться. Целыми семьями заготавливают на продажу... И конкуренция — головы не пожалеют.

— Что ты говоришь? Быть того не может! — подначивал он. — А куда ж милиция-то смотрит? Или у вас тут другие законы?

— Да где они, твои законы? — отмахнулась она и засмеялась с какой-то брезгливостью. — А милиция эта — сама давно по уши. Только что не в открытую торгуют. Ладно уж, полежи, пойду гляну...

От мужа бывшего, чтоб ему неладно было! У меня-то самой нужды нет, люди иногда просят, нравится им, как не помочь, верно? Какие-никакие, а деньги — в дом...

— А ты что, разве сама приторговываешь? — с удивлением и недоверием спросил Володя. — Это ж подсудное дело! Не боишься?

— Да чего там — я? Тут люди тоннами везут.

— Серьезно? — уже изумился он и рассмеялся, как удачной шутке..

— Да вон хоть соседи... — сказала она и резко осеклась. Володя понял, что Дарья проговорилась, и поспешил перевести разговор на другую тему...

— Знаешь, не ходи ты никуда. Действительно, ну ее к лешему... Развезет еще... И какой тогда из меня любовник, верно? — Он призывно засмеялся, и она его поддержала. — Давай-ка, Дашенька, лучше в самом деле тяпнем по рюмочке за наше с тобой драгоценное здоровье?

— А вот и принесу! — обрадовалась она и выскочила на кухню. Володя не уставал удивляться: при своих величественных габаритах Дашка обладала непонятной и привлекательной грацией, похожей на грацию, может, и не львицы, но все равно какой-то крупной кошки. И в повадках, и в манере раскованно вести себя. Нет, ни черта не понимают в ней — ни в ее характере, ни, как ни странно, даже в формах те, кому жилье этой женщины представляется гнездом порока. Никому, наверное, не приходит в голову, что она — прежде всего здоровая, сильная, еще молодая и очень одинокая женщина, в разводе с наркоманом и убийцей. Такая же, между прочим, одинокая, как и многие в Ивановском. А что о себе не думает, так кто ж думает о ней-то? Вот так оно и получается...

«Соседи, значит? — размышлял Владимир. — А соседи-то — господа удачливые овцеводы Дадаевы, между прочим. Вот откуда все их доходы... Впрочем, это можно было предполагать... Однако органы по контролю за наркотиками почему-то этого не замечают, не знают, видите ли. Доказательств у них никаких. И у милиции местной — тоже, поскольку и сама чуть ли не в открытую торгует... Либо «крышует» торговцев. Не здесь ли и главная причина всех странных убийств прошедшего года?.. Но как проникнуть к этим Дадаевым? Никакая прокуратура и никакой суд не даст на основе показаний той же Дарьи санкции на проведение обыска в их усадьбе... Да ее легче убрать, чем создавать себе головную боль».

И еще он подумал, что завтра надо встретиться с Вячеславом Ивановичем где-нибудь подальше от рыбаков, от которых за версту несет если не перегаром от дешевой водяры, то сладким запашком проклятой травки.

Он приподнял голову: Даша несла с кухни поднос, который обычно ставят под кипящий самовар, а на нем стояли пол-литровая бутылка самогона — кстати, очень высокого качества, без всякого запаха сивушных масел, стаканы и что-то нарезанное на тарелке. Ну прямо как в лучших домах Парижа, Конотопа и Бердичева! Не иначе «американского кина» по телевизору насмотрелась. Как же, завтрак — в постель! Вот что можно сотворить с женщиной, просто и без хамства подарив ей неожиданное наслаждение!..

После выпитого самогона Владимира потянуло в сладкий сон. Не потребовался и допинг в виде набитой смесью табака и травки «беломорины» — так он сказал заботливой женщине, и не думающей прогонять мужчину и указывать ему на его место. Знать, понравились мужские старания, чего ж гнать-то?

Дарья не спала, стараясь делать это аккуратнее, ворочалась с боку на бок, тихо постанывала, будто вспоминая минувшие страсти. Владимир подремывал и даже похрапывал слегка, чтоб не вызвать у нее сомнений. В душной комнате с занавешенными окнами и запертыми дверями будто сгущалась неопределенная атмосфера ожидания каких-то неясных событий, представляющих, однако, и возможную опасность. Иначе зачем она учиняла проверку и шарила по его карманам? Ведь не деньги же в бумажнике ее интересовали, Володя осторожно пересчитал купюры — вся сумма была на месте. А вот одной визитки не было — двадцать одна всего. Но, видимо, профессиональная интуиция подсказывала оперативнику Климушину, что главные события еще впереди. И они уже не связаны со всеми этими страстями-мордастями, которые ему охотно демонстрировала щедрая хозяйка, очевидно не даром носившая двусмысленную фамилию Двужильная, — по мужу, между прочим.

И майор дождался-таки, хотя ближе к утру готов был погрузиться в сон и кончать притворяться. Да и Дарье почему-то не спалось. Она пару раз потихоньку — и как ей это удавалось? — сползала с кровати, стараясь делать это неслышно, при ее-то весе, и ушлепывала на кухню, а потом осторожно возвращалась. Нет, неспроста, видно, беспокойство витало в этом доме.

Володя подумал вдруг, что она ведь только вчера вернулась откуда-то. И никто не знал откуда. И чем занималась там, где была, — тоже. А ведь это именно она дала заведомо ложные показания против Калужкина — с той рыбой, по ее утверждению, что была похищена со стенда Эренгенова, якобы сбитого машиной Антона. Что, кстати, и явилось тогда единственной уликой при обвинении пчеловода в убийстве соседа-калмыка. И эпизод этот, между прочим, по-прежнему фигурировал в обвинительном заключении по уголовному делу Калужкина, — своими ж глазами читал Владимир. Значит, эксперты-криминалисты так и не сказали своего веского слова по поводу сломанной машины, стоявшей на приколе. Либо все рассказанное свидетельницами Грязнову было опять-таки всего лишь слухами, но никак не фактами. А по поводу того калмыка, что, по слухам, жил с Дарьей Двужильной, напрашивался такой вопрос: сама она выступила на следствии со своей инициативой? Или ее заставили? Мог это сделать, между прочим, и капитан Полозков, «отобедавший» затем у нее. Могли и те же «соседи». Выходцы с Кавказа — это давно и хорошо всем известно — не пропускают мимо своего внимания «больших русских женщин». Может, и Дарью они «не пропустили»? В конце концов, у них была причина убрать соседа — усадьба у того большая, а Дадаевы расширялись. Но у капитана-то что за надобность? Ведь получалось, что именно он с самого начала имел зуб против Антона Калужкина — все убийства на него вешал, как на козла отпущения.

И вдруг Володе стало очень жалко эту наверняка вовсе и не беспутную Дарью, а просто одинокую женщину, жизненной энергии которой могли бы позавидовать и совсем молодые станичницы, Дашку, или даже Дашеньку, увы, не видящую для себя никаких перспектив и вынужденную плыть туда, куда несет ее невеселая жизнь...

Она в очередной раз копошилась на кухне, и оттуда проникал в комнату робкий, качающийся свет свечи. Володя хотел окликнуть ее, когда услышал, что кто-то постучал. Но не в дверь, а в окно на кухне, где находилась Дарья. Потому, наверное, там и ждала. То есть ночной гость пришел через сад, а не через калитку. Это было уже интересно.

Володя равномерно, даже с легким присвистом, негромко захрапел, как похрапывает обычно нетрезвый человек. А сквозь прищуренные веки он разглядел Дарью в чем-то темном, накинутом на плечи, которая босиком скользнула в комнату, прикрывая ладонью огонек свечи, мгновение постояла над ним, вглядываясь, а потом так же неслышно выбралась на веранду. С легким скрипом там отворилась дверь в сад, и скрипнули две ступеньки лестницы.

Володя тенью метнулся следом и затаился у выходной двери — она так и осталась открытой, наверное, чтобы хозяйка потом могла без лишнего шума вернуться в дом.

В стороне, в нескольких метрах от веранды, за темными кустами, негромко разговаривали двое: один голос принадлежал Дарье, а второй был гортанным, с резким кавказским акцентом.

— Ну, узнала кто?

— Из Москвы. Директор какой-то. Отдыхающий...

— К себе положила? — с презрением спросил мужчина.

— А ты хотел, чтоб к тебе? — Дарья повысила голос.

— Тихо, женщина! — приказал ночной гость. — Принеси его паспорт, я смотреть буду.

— Еще чего! А если он спросит? — испугалась Дарья. — Вот тебе карточка, тут все написано.

— Не надо мне карточка! — раздраженно перебил мужчина. — Давай сюда, и паспорт неси! Где он держит?

— В куртке своей...

— Неси куртку, сам возьму...

— Ну а как же я, Саид? — испугалась Дарья.

— А ты завтра уедешь. Надо в Воронеж. Ему скажешь, чтоб съезжал, нечего у тебя ему делать, слышала, женщина?

— Да слышала, — раздраженно ответила Дарья. — Не знаю, как я ему скажу...

— Хочешь, я сам скажу? Так скажу, что его потом за прогоном найдут?

— Да побойся ты Бога, Саид! Совсем уже озверели!

— Молчи, женщина, иди, делай, что я сказал...

Это было уже слишком. Володя быстро проскользнул в комнату, а потом, тяжело шлепая голыми ступнями и протяжно зевая, будто спросонок, резко опрокинул стул и громко спросил нетрезвым голосом:

— Хозяйка! А где тут свет включается? Ноги ж поломать можно! Ни хрена не вижу! Дарья Степановна! Ну, твою мать... Где ж дверь-то? — Он сердито пнул упавший стул, который отлетел в сторону, и прислушался.

Немедленно грузно заскрипели ступени, и с веранды торопливо вошла Дарья. Смущенно призналась:

— Сама бегала... Погоди, постой на месте, сейчас свет зажгу!

Щелкнул выключатель, и в комнате стало светло. Володя щурился от яркого света и покачивался. А Дарья кинулась поднимать стул, хихикая при этом, будто в чем-то провинилась перед постояльцем. Странно, что она изображала сейчас почти незнакомую женщину, наверное, тот кавказец стоял где-то рядом и подслушивал разговор.

— А где тут у вас, я забыл?.. — смутным голосом со сна спросил Владимир и, подойдя к вешалке, где висела его куртка с бумажником и паспортом, снял и накинул на плечи — от греха. А еще, чтобы избавить Дарью от очень крупных неприятностей. — Прохладно чего-то стало, — объяснил он свои действия с курткой, ежась и глядя на веранду.

— А ты далеко не отходи, милок, если по малой нужде, — скованным тоном предложила она. — Темно ж еще на дворе, кто тебя увидит? — И хихикнула. Нехорошо так, неискренно. Вечером голос был другим.

— Ладно, — согласился Владимир и, пошатываясь, направился на веранду.

Но прежде чем шагнуть на ступеньку, еще раз качнулся, а на самом деле прислушался. Если тот человек оставался в саду, за кустами, он попытается завладеть курткой — в лучшем случае. А потом Дарья сошлется на то, что на постояльца напал какой-нибудь бродяга, забравшийся в сад. Ну, и как ее судить за это? А в худшем — может просто убить и оттащить тело за прогон, на кладбище. Ищите потом, кто убил проезжего человека?

Значит, что? Надо доигрывать. В голове возник план. Да и глаза быстро привыкали к постепенно рассеивающейся темноте, а слух уловил шевеленье в кустах напротив, хотя никакого ветра не было. Очень тихая ночь.

«Гендиректор Иванов» медленно, продолжая изображать нетрезвого человека и напевая хриплым голосом «миллион, миллион алых роз...», медленно спустился по ступенькам и повернул за угол, где была тень. Любой другой, который вышел бы по малой нужде, повернулся бы лицом к стене. Что он и сделал, но лишь на миг. И тотчас развернулся, сбрасывая с плеч куртку. На него летел в прыжке человек, норовя напасть со спины. Обычная бандитская тактика.

Кавказец, вероятно, хорошо видел своего «клиента» — глаза-то его успели привыкнуть к темноте, — и потому он ничего не боялся. Но когда в прыжке подлетел к спине постояльца, его вдруг встретил ослепительно резкий, зубодробительный удар в лицо. И кавказский человек упал почти без вскрика, просто хрюкнул и свалился плашмя.

Володя нагнулся над ним, тот лежал молча, и в руке его сверкнуло лезвие длинного ножа. Значит, все-таки убийство...

Нокаут был профессиональный, как учил еще тренер в спецшколе. Владимир прислушался: этот ведь мог оказаться тут не один. Но никакого шевеления вокруг больше не было слышно. Тогда Климушин поднял с земли свою куртку и надел ее. А потом ухватил тело за шиворот и потащил за собой, поднимаясь по лестнице на веранду. У замершей от ужаса Дарьи отвисла челюсть, и сама она неожиданно сгорбилась, превратившись чуть ли не в старуху. Но Володя этого «не заметил». Молча протащил неподвижное тело на середину комнаты, швырнул его на пол и с усмешкой взглянул на хозяйку, так и не отошедшую от ступора.

— Дверь-то закрой, — сказал спокойно и совершенно трезвым голосом Володя. — И окна занавесь. Ну, чего стоишь, непонятно? — В его голосе послышалась холодная жесткость, и Дарья словно очнулась и кинулась на веранду запирать дверь и задергивать занавески.

Пока она как-то бестолково суетилась с отрешенным выражением на лице, Володя с профессиональной ловкостью вытащил из брюк лежащего ремень и, перевернув того разбитым лицом вниз, крепко стянул его руки сзади ремнем. Для человека, будь он в сознании, эта операция была бы достаточно болезненной. А нож бандита, держа за кончик лезвия, аккуратно завернул в газетную полосу, которая в свернутом виде лежала на окне: мух, что ли, бить? Разворачивая ее, обратил внимание на название печатного органа — «Саратовские новости». Неужели читает на сон грядущий?..

Когда Дарья робко остановилась в дверях, Володя поставил два стула напротив друг друга и показал ей:

— Иди-ка сюда, садись. Поговорить надо, если не хочешь очень больших неприятностей... Дашенька...

Специально так назвал ее, показывая этим, что он вроде бы и не очень сердится, и чтоб она подумала, а вдруг пронесет. Но то, что «не пронесет», уж это Володя знал точно. И спасти ее могло только чистосердечное, по всем статьям, признание.

В конце концов, этот хрен с разбитой мордой вполне мог бы сойти и за бродягу, разбойничающего ночами по чужим дворам. И такой аргумент давал бы женщине надежду на то, что ее лично наказание минует. Пусть так думает, во всяком случае, если это развяжет ей язык. И если она действительно не злостная преступница, а жертва всех этих «соседей». Не годится Дарья в серьезные преступницы. Здесь же, вероятно, и надо искать возможную причину ее признательных показаний относительно той злополучной эренгеновской вяленой рыбы, что была обнаружена у Калужкина...

Вообще-то сейчас было бы очень уместным присутствие здесь Вячеслава Ивановича. Но тот наверняка спит — под утро сон самый сладкий. А кто не спит? Тот, у кого совесть нечиста... С этого тезиса, с совести, и начал разговор Климушин. При этом не очень и настаивая на том, что имеет в виду конкретную совесть именно Дарьи.

— Ну и народ тут у вас! В сортир спокойно нельзя выйти... Никакой уже совести... Чего ему надо было от меня? Ты не знаешь его... Дашенька? — мягко спросил он, но уставился ей в глаза так пристально, что истолковать его взгляд в свою пользу женщине было трудно. В том случае, если у нее с совестью и в самом деле было не в порядке.

Дарья потерянно молчала, будто горько сожалела о том, что так прекрасно начавшаяся история ее отношений с Володей вдруг горько оборвалась, причем по ее собственной вине.

— Понятно, — сказал он. — Можешь не отвечать, знаешь. Он — из этих твоих «соседей», что ли? Из тех, которые тоннами возят, да? Ну, чего молчишь?

И она только кивнула. Нет, он-то прекрасно понимал, что любое ее признание грозит ей самой жестокой расправой. Значит, следовало объяснить так, чтобы она поверила, что он вовсе не желает ей зла, а хочет просто разобраться в крайне тяжелой ситуации.

— Послушай, Даша... Он скоро придет в себя, и я из него душу вытрясу. Зачем тебе надо, чтобы он на тебя свалил свою вину? Это ж ведь ему нужен был мой паспорт, а не тебе, верно? А зачем? Объясни, и я от тебя отстану. Только не говори мне, что он — твой ревнивый любовник, который накинулся на меня в темноте с ножом, — он кивнул на стол в сторону газетного свертка, — чтобы отстоять твою, понимаешь ли, поруганную мной честь. Любовники такими не бывают. Зато бывают те, которые совершают противозаконные действия, другими словами — уголовные преступления и боятся разоблачения. Он — из охраны Дадаева? Кто там главный — Ахмет?

Она опять кивнула, не поднимая глаз.

— Да приди наконец в себя, — грубовато пошутил Володя. — У тебя погреб есть?

Она посмотрела удивленно. И снова кивнула.

— Ну, тогда открывай, посажу его туда, пусть полежит и отдохнет, а мы посмотрим, что будет дальше. За свою безопасность не бойся, это уже мои проблемы...

Обыскав «тело», Климушин, кроме своей визитной карточки, никаких документов у этого Саида не обнаружил, тут — не Москва, чтобы таскать при себе, в порядке спасения от милиции, не только паспорт, но и свидетельство о регистрации. Да и ушел-то он не так уж и далеко от дома.

Еще не пришедшего в сознание, но вполне живого, судя по прерывистому дыханию, Саида Володя опустил в неглубокий погреб, вырытый в земле под половицами кухни. Там, на деревянных полочках, стояли банки с соленьями, а в углу — бочка с чем-то. На всякий случай обрывком веревки Володя связал узнику и ноги. А потом уложил на пол лицом вниз, закрыл крышку и задернул дорожку на полу. В погребе нормальная температура, не замерзнет. Да и находиться ему там недолго. До середины дня, полагал Володя...

А теперь можно было поговорить и без свидетеля. Вдруг бы тот пришел в себя да услышал, о чем разговаривает с Дарьей «директор московской фирмы». Или подмосковной — один черт. Володе-то было наплевать, а женщине перед этой сволотой наверняка придется еще держать ответ, никто ж не поверит тому, что она не предупредила заранее своего постояльца. Вот и станет крайней. А мстить «эти» умеют. И даже очень любят — это ж у них родовой обычай, который нарушать нельзя.

Климушкин взглянул на часы: странное дело, не так и много времени, как показалось поначалу, прошло с момента его прибытия сюда. Просто весь долгий вечер у него с Дарьей ушел на всякие «страсти-мордасти», на любовные игры и прочее, а сами по себе они, как известно, способны даже затормозить время, — такое уж свойство у этих замечательных проявлений человеческих чувств и желаний.

— Садись, Даша, и давай-ка поговорим с тобой по душам, что ли... Я не хочу, чтобы у тебя были очень большие неприятности. Но если ты будешь молчать, сама понимаешь, я не смогу тебя спасти. А выдавать тебя и валить на твою голову эти неприятности я не собираюсь, он же сам на меня с ножом напал, а я просто дал сдачи. Ведь так было? — Он внимательно посмотрел на нее, даже голову пальцами за подбородок поднял, чтобы глаза увидеть. — Ну а потом уже я сам и душу из него вытряс. Можешь быть уверенной, что он мне много чего расскажет. И про тебя, кстати, тоже. И про любовника твоего, калмыка. Или про то, как и по чьему приказу ты вдруг «узнала» рыбу калмыка в доме у Калужкина. Или, возможно, про то, как капитан Полозков требовал от тебя дать показания против Антона. После сытного обеда здесь, в этом доме, надо понимать, так? Это ведь он потребовал таких признаний? Или Ахмет? А может, этот Саид? Кто из них конкретно?

— Капитан с ними говорил...

— Ах, вон как! Значит, одна шайка-лейка?.. Слушай, а ты фамилию Ахмета не знаешь случайно? Даша, мне это очень надо. И в этом, кстати, твое спасение... Ты что думаешь, я этого Саида зря в погреб засунул? Нет, милая. Затем, чтобы он ни слова не услышал из нашего разговора. И тебя не продал. А лично у меня нет никакого смысла закладывать тебя, особенно после того, что у нас с тобой сегодня уже было. Мужчина должен быть благодарен женщине, если она доставляет ему наслаждение по собственной охоте и еще с большим удовольствием. А не под угрозой такого вот ножа, так ведь? — Он снова кивнул на стол, где рядом с визитной карточкой лежал нож Саида с прочным, длинным и узким лезвием — баранов колоть. И людей.

— Боюсь я, — наконец, хриплым, неузнаваемым голосом произнесла она то, что ее мучило. — Они мне не простят. Я ведь их траву продавала. Они посадят меня, у них это запросто, милиция купленная...

— Ну, не вся, положим.

— Да какой — не вся?! — почти возмутилась она. — Если б ты знал!..

— Я и знаю, — усмехнулся он. — Иначе зачем бы я был здесь, у тебя?

— Так ты... вы? — в который уже раз испугалась она.

— А что в этом странного, Даша? Сама подумай, действительно, ну зачем москвичу ехать за полторы тысяч верст киселя хлебать? Ты права, отдохнуть можно было и гораздо ближе. Да только я не за отдыхом прибыл, а разобраться, кому здесь так важно Антона угробить? И за что? Усадьба его господам Дадаевым приглянулась? Так уже двое из них — в гробу. Очередь за младшим. И кто сядет на его место? Ахмет? Там еще какие-то женщины есть. Может, жена, сестры, дочери? Ну... думай, девушка. — Он улыбнулся, чтобы разрядить атмосферу. — Так как его фамилия, этого Ахмета? Слышала ж ведь наверняка?

— Фамилии свои они ни разу не называли, — и с мрачной решимостью добавила: — Но он — чечен. И Саид — тоже из ихних, он у Ахмета в подчинении. Посылки раздает, в командировки отправляет. И не я одна это делаю, полстаницы ему служит...

— Какие посылки? — спросил Володя, хотя давно понял, о чем идет речь и о каких, в частности, командировках. Курьеры...

— Ну, какие... С травой... Чтоб отвозить их клиентам.

— Это — в Астрахань, Саратов, Воронеж и другие города?

Она снова со страхом посмотрела на него: он же, оказывается, все знал?

— Ты тех людей, которым отвозила посылки, запомнила? Знаешь?

— Ну, помню... — неохотно созналась она.

— Вот и молодчина. Попозже, утром, подробно расскажешь мне, где они живут и как их зовут. И такая твоя чистосердечная помощь обязательно зачтется, иначе сидеть тебе, Дашенька, до скончания века. Бывший твой уголовник раньше выйдет, а ты совсем сгниешь в тюрьме. Они ж на тебя всю свою вину повесят и крайней сделают. О себе подумай: ты — молодая, здоровая, симпатичная женщина, все при тебе, страсти-то вон сколько! И в душе, и в теле! Можешь не только любовников, но и жениха хорошего подцепить. Даже старики, и те к тебе льнут, вроде того калмыка покойного... — Володя коротко засмеялся, но она дернулась, будто от удара, и с гневом посмотрела на него.

— И ты где-то уже наслушаться успел?! Не любовник был мне Руслан! Он мне рыбу приносил, самогон брал. А я ему еще и белье стирала — вот и вся наша любовь... Бабьи языки проклятые...

— Ну хорошо, не будем про Руслана. А рыбу-то его ты как узнала?

— Да чего узнавать-то? Полозков велел идти с ним, посмотреть и сказать. А не то, обещал... Да все вы одинаковые, лишь бы подол заголить...

— А я думал, что ты была рада...

— Будешь тут рада... — со злобой проворчала она. — Один, думала, нашелся, и тот — мент, чтоб вам всем подохнуть, что ли...

— Значит, ты сама виновата, я не хотел тебя огорчать. А что в милиции служу, это одного меня касается. И этого Саида не я к тебе привел. И визитную карточку свою не я ему передал, понятно? Вот и подумай над этим! Вспомни лучше их фамилии, ты ж не могла не слышать где-то. Они наверняка мелькали в разговорах. А мне их фамилии — вот как нужны! — Володя чиркнул себя большим пальцем по горлу. — Ты имей в виду, если мы их посадим, тебе больше бояться будет некого. Мы все равно их посадим, но только раньше они тебя убьют. Я ж теперь не смогу сидеть все время рядом с тобой и защищать от их ножей. Все равно попытаются убить, так как будут считать, что это ты их выдала, а не сами они нарвались на кулак оперативника. Подумай, Дашенька, тебе есть прямой смысл говорить правду, в этом твое единственное спасение... Я говорю очень серьезно, мне будет жаль, если с тобой случится беда.

Женщина задумалась. Она, конечно, много знала, и это могло помочь расследованию, но страх словно сковывал ее мышцы. Естественно, и сильно подействовало на нее и «открытие», что Володя совсем не тот, кем казался еще недавно. Вон сколько сразу разочарований!..

Так, за неспешным разговором — торопиться среди ночи все равно было некуда — шло время. Владимир говорил, убеждая женщину, что спасение ее — только в чистой правде. Он даже нашел у себя в сумке лист бумаги и стал терпеливо записывать те адреса и фамилии в городах, которые помнила Дарья.

«Вот она, причина всех причин, — сказал себе Владимир и посмотрел на часы: шел уже четвертый час утра, на дворе рассветало. — Наркота проклятая, в ней и весь конфликт. Недаром, значит, шли разговоры о том, что братья Дадаевы держат в своих руках широкую сеть торговцев наркотиками, а местные «правоохранители», да и астраханские борцы с незаконной торговлей наркотиками негласно, а то и напрямую курируют этот процесс. Но самое печальное заключалось в том, что никакого открытия не произошло: все об этом «догадываются», но никто никого, кроме самых мелких сошек, еще ни разу не хватал за руку. В крайнем случае, возьмут вот такую Дарью и вышибут ей мозги, чтоб про всех и про все забыла. И фамилии, и адреса. Вот и думай теперь, майор Климушин, требовать от нее свидетельских показаний или поостеречься, пожалеть эту сломленную окончательно женщину? А ведь какая была счастливая...

Владимир посмотрел на улицу, вздохнул и достал из кармана куртки мобильник. Подумав немного, набрал-таки номер Грязнова. Ждать пришлось недолго. Вячеслав Иванович крякнул и выдохнул в трубку со смешинкой в голосе:

— Кому не спится в ночь глухую?

Хотел было ответить Климушин известной присказкой в рифму, но не стал шутить в серьезной ситуации.

— Извините, Вячеслав Иванович. Но уже утро, а у меня в погребе пленник.

— Это ты, Володя? Что, уже нашел? И где взял? — как о чем-то незначительном поинтересовался совсем не сонным голосом Грязнов.

— Да нашел, еле сам ушел, догнали б, еще дали... — со смешинкой ответил оперативник. — Вышел по нужде, а он с ножиком в руке на спину мне запрыгнуть решил. Отдыхает теперь. Саидом его зовут, дружок Ахмета, так надо понимать. Еще раз извините, что беспокою, но нужен совет на случай, если эти ребята поймут, наконец, что их боевичок бородатый засыпался. Вы его наверняка уже видели.

— Ладно, тут недалеко, — ответил Грязнов. — Я сейчас подойду...

— А вам надо светиться?..

— Так они ж уже знают, кто я такой, я Рахиму по полной схеме представился. Мол, ищу тех, кто его братьев завалил. Так что проблем не вижу. Я ж ведь всегда могу ему вопрос задать, откуда эти бородатые и чем они занимаются, кроме того, что по ночам на людей нападают, верно?

— Вполне логично.

— Вот и я говорю.

— Может, я встречу?

— Не беспокойся, я не заблужусь, да меня, вон, и Дусенька проводит... Проводишь? — Владимир услышал, как он обратился к своей хозяйке.

— А как же! — ответила та и засмеялась: — Вон, кочергу возьми! Она тяжелая, железная...

— Видишь, заботятся! — засмеялся Грязнов, чем разрядил и обстановку, и несколько тревожное все-таки и даже немного гнетущее настроение Климушина.

— Ну вот, Даша, приди, наконец, в себя, сейчас хороший человек подойдет, поговорим, и тебе полегче станет, — сказал Владимир, и Дарья отрешенно кивнула, никому она, видать, уже не верила...

Грязнов с Евдокией подошли минут через двадцать. Ну, понятно, надо было одеться, поскольку даже тени сна на их лицах Владимир не заметил, —

он кое-что уже понял с первых минут знакомства с ними прошлым утром. Вот и дай им бог, как говорится.

— Ну, показывай, где он? — сказал Грязнов, входя с тяжелой кочергой в руке и улыбаясь. А Дуся похлопала Дашу по плечу и кивком показала на веранду. Та поднялась и молча, тяжело переваливаясь, вышла за соседкой.

«И где же ее вчерашняя легкость?» — с сожалением подумал Климушин и с укором покачал головой: можно было подумать, что он сам шел сюда с одними добрыми намерениями. Вот и оказалась Дарья меж двух жерновов, а ведь как славно начиналось!.. Но как бы там ни было, а дело в данный момент важнее всего.

Владимир собрался лезть в погреб за пленником. Сейчас этот бородатый наверняка начнет «не понимать» русского языка. Но слово «спецназ» он поймет сразу и без перевода, особенно если услышит, что эти ребята прошли огонь чеченской войны и потеряли там много своих товарищей. Как в таких случаях объясняют ситуацию? Пленник, переданный охране для доставки в следственный изолятор, предпринял дерзкую попытку побега и был застрелен на месте. Они все, конечно, большие герои, эти бывшие боевики, пока дело не коснется их собственных задниц, и вот тут они смолкают. А о происшествии составляется протокол, и дело закрывается. И, кстати, подсказывать специалистам, как это надо проделать, нет никакой нужды. Вот все это пленник услышит и заговорит, жить каждому охота. Фамилии нужны, фамилии. Тогда и дело сдвинется с мертвой точки, другими словами — из глубокого дупла, куда его сознательно загнали местные «правоохранители».

Есть и другой вариант. И его также обсудили Грязнов с Климушиным, прежде чем откинули дорожку над крышкой погреба. Можно с утра пораньше заглянуть к Дадаевым и сообщить им «приятную весть», что их человек задержан при попытке убийства сотрудника милиции. А затем потребовать предъявить и его документы, и всех остальных, кто окажется в доме. А установив фамилии, можно будет немедленно пробить их в базе данных министерства внутренних дел.

Ну а если те откажутся и заявят, что Саид им незнаком, придется предупредить, что он будет немедленно передан отделению спецназа, который с минуты на минуту прилетит на вертолете, и уж этим-то ребятам преступник все расскажет и во всем сознается.

Что они сделают? Начнут выкручиваться, врать, объяснять ситуацию с отсутствием документов дружной потерей всех паспортов, называть вымышленные фамилии. Они ж тоже не дураки и понимают, что установить их личности большого труда не составит. Фотография каждого из них немедленно пойдет в базу данных, и умный компьютер без труда опознает и установит, кто есть кто. Ну а тогда уж придется держать ответ по всей форме. И, вероятно, за многие грехи.

Но можно ведь и не доходить до таких крайностей! А для этого надо будет переговорить с Рахимом наедине, причем не в его доме, где, вполне возможно, установлена система прослушивания. И предупредить его о суровой ответственности, а также намекнуть, что в гибели его братьев подозреваются именно эти самые его чеченцы, и так далее. То есть развесить у него по ушам хорошую лапшу. В конце концов, кому, как не майору милиции Климушину, например, знать о том, что в деле об убийстве Эдуарда Дадаева четко прослеживается «чеченский след»? Потом можно будет и опровергнуть эту версию ввиду вновь открывшихся обстоятельств. Но это — потом, а пока нужно заронить подозрение к тому же Ахмету по той причине, что он, как охранник, или телохранитель, оказался неспособным выполнять свою прямую работу. Что значит — он шел впереди Энвера? А сзади кто охранять должен был? Тем более что и выстрел раздался именно сзади, как показал проведенный на месте убийства следственный эксперимент, о чем подробно сказано в обвинительном заключении. Другими словами, Ахмет обнаружил абсолютную профессиональную непригодность и может подозреваться в подготовке убийства Энвера, а также и в прямом участии в его совершении ввиду преступного неисполнения Ахметом своей охранной деятельности, приведшей к гибели Дадаева.

Этот вариант Вячеслав Иванович продумал еще вчера, после разговора с Рахимом. И понял, что на этом факте можно крупно сыграть. Мол, не конкуренты из Астрахани виноваты в гибели братьев Дадаевых, а пробравшиеся в твою семью чеченцы, у которых определенно имеются свои собственные интересы в бизнесе и Эдуарда, и Энвера. А что тут может быть непонятного? Уберут еще и Рахима, затем свалят очередное убийство еще на какого-нибудь постороннего человека — в этих обманах и подлогах они большие спецы. А затем заберут себе все, что создано неустанным трудом братьев. Кстати, заберут вместе с женщинами, им ведь нужны рабыни! А эти чеченцы — наверняка скрывающиеся от правосудия боевики, на чьих руках уже немало крови, потому и новые убийства — для них дело привычное. И даже является предметом особой ваххабитской гордости.

Неизвестно, мол, какими способностями обладали старшие его братья, но, судя по их крупным успехам и в политике, и бизнесе, они несомненно были людьми деловыми, хваткими и умными. И в нарушениях закона замечены не были. Вот он — хороший аргумент для младшего брата, который, по наблюдениям Грязнова, особым умом не блистал, и все его хитрости легко разгадывались. Его теперь и испугать не трудно. Вячеслав Иванович уже высказал такую мысль ему прямо в лицо. Можно теперь и повторить, с еще большей уверенностью. Каждый хитрец всегда считает себя самым хитрым и мудрым — отличная ловушка для «горячих людей». У них темперамент и подозрительность часто сильнее доводов разума. Словом, надо постараться вбить между ним и Ахметом жесткий клин недоверия, основанный якобы на логике следственных действий, не подлежащих сомнению. Что, в конечном счете, и поможет привести к разрыву их отношений...

Климушин, выслушав аргументы Грязнова, готов был согласиться. Только как бы это проделать половчее? Наверняка ведь эта братия уже беспокоится о своем товарище. Или подельнике, один черт. Значит, нужно сейчас с пристрастием допросить Саида, а потом снова загнать его в погреб. Будто его здесь не было и нет. А для страховки оставить в доме обеих женщин. Дуся сумеет убедить Дарью в том, что у той есть лишь один реальный выход и спасение. Женщинам страхами оперировать легче, чем мужчинам. А мужчинам выйти наружу и взять дом под охрану, неровен час, подельники захотят проверить, почему не возвращается Саид? Вот тут и следует быть наготове: сгодятся и боевые искусства Владимира, и кочерга Вячеслава Ивановича...

— Ну, доставай его, Володя, — предложил Грязнов. — Пора поговорить начистоту и без компромиссов.

Саид только начал приходить в себя, что-то бормотал, очевидно, по-чеченски и пытался злобно вращать глазами, — это он так запугивать пытался. Но встретил он не встречную озлобленность во взглядах своих врагов, а откровенную насмешку. Ох как трудно пережить это «гордому человеку»!

— А хорошо ты его и уделал, и спеленал, — похвалил Климушина Грязнов. — Можно было бы и покрепче. Чтоб запищал, как щенок шелудивый. Как думаешь, он понимает, о чем мы говорим?

— Да хрен его знает. Нам-то какая разница? Русский-то язык ему наверняка известен, раз тут живет. — Володя ни словом не обмолвился, что уже слышал его разговор с Дарьей. — А сейчас я его прижму, он и запоет соловьем, никуда не денется. Знаешь, есть отменный способ языки развязывать. — Климушин носком ботинка показал на пах пленника. — Ты каблуком наступаешь, а он плачет, причем натуральными слезами. Я таких, как он, не раз делал уже. Ни один не выдерживал... — Климушин рассмеялся, искоса поглядывая на Саида, у которого на лбу выступила испарина: прекрасно понимал, сукин сын, что ему сейчас предстоит пережить. — Так чего, спросим или я лучше сразу начну?

Грязнов озадаченно почесал макушку.

— А давай-ка я спрошу, как его зовут? Не ответит, ты и приступишь...

Вячеслав Иванович, опираясь на кочергу, присел у головы Саида, а Владимир занес над его пахом носок ботинка. Разговор обещал быть интересным. Да и ночь эта тревожная уже кончалась, поэтому и торопиться было некуда...

Глава восьмая
ОБОСТРЕНИЕ

Ничего не зная о событиях, разворачивающихся в селе Ивановском, которое местные жители гордо именовали станицей, Александр Борисович Турецкий только в четверг, освободив себе время во второй половине дня, то есть через четверо суток после убийства Эдуарда Дадаева, отправился в Московский уголовный розыск. Беспокоить со столь мелким вопросом начальника МУРа Владимира Михайловича Яковлева он не стал, хотя и мог бы — их связывала давняя по нынешним временам дружба. Генерал-лейтенант еще в чине полковника служил заместителем у тогдашнего начальника МУРа Вячеслава Ивановича Грязнова, командовал убойным отделом. Но теперь этим подразделением уголовного розыска руководил сын Яковлева — Володя, Владимир Владимирович, подполковник милиции и относительно молодой еще человек. «Догоняю отца», — отшучивался он на подначки друзей из «Глории». С ним нередко приходилось в последние годы работать Александру Борисовичу, потому и отношения были соответствующие.

— Володя, привет. Ты не в курсе, что слышно по делу об убийстве советника из Госдумы Дадаева? Недавно, точнее, в прошлый понедельник я в молодежной газете — где ж еще и писать-то? — прочитал, что теплой воскресной ночью возле ярко иллюминированных дверей элитного публичного дома... стреляли... ну, и так далее... Не в курсе?

— Знаю, Саня, а чем вызван твой-то интерес?

— Это не мой, там, под Астраханью, Вячеслав столкнулся с семейкой Дадаевых. Завязаны, судя по Славкиным догадкам, на наркоте. Эдуард, убитый тут, — старший брат. А с полгода назад или чуть больше там прикончили среднего братца — Энвера. Остался последний, младший — Рахим. Вот Слава и пытается вычислить его судьбу. Так что у нас с этим Эдиком?

— Ну как — что? Действительно, шлепнули нашего... нет, пардон, вашего Эдика из пистолета Макарова. Два выстрела, оба — смертельные, непонятно, какой из них контрольный. Стрелял большой мастер. Оружие, как в лучших традициях, оставлено на месте убийства. Все было разыграно как по нотам. Киллер спокойно уехал в черной «тойоте», охрана озабоченно посмотрела ему вслед. Тут же был объявлен план «Перехват», не принесший, как обычно, никакого результата. А место там — прекрасное, закрытый ночной клуб, он же бордель для «больших людей», вход только по особым пропускам. Ну, элита, как ты правильно заметил, обслуживает элитную же клиентуру. Поговаривают, что кое-кто из «громких дам» развлекаются там этаким образом. Капризы, мол, у них такие, понимаешь ли. Интересно?

— Очень.

— Попасть не желаешь?

— Вова, а вдруг какую-нибудь «элитную» знакомую из нашего недавнего прошлого встречу? Что делать? Как себя с ней вести? Узнавать или делать вид, что за все уже «уплочено», как говорил один литературный котяра?

Яковлев-младший расхохотался.

— Вопрос, конечно, интересный. Но меня там другая проблема заинтересовала. Зачем туда приезжал Дадаев? У него же очень красивая жена, я с ней буквально в последнюю минуту перед ее отъездом успел познакомиться...

— Да-а? — у Турецкого вспыхнули глаза. — Вдова, ты хочешь сказать?

— Она самая. Но, должен сказать тебе со всей откровенностью... — Володя вкусно почмокал губами

— И далеко? Отъехала, я имею в виду?

— Видишь ли, Саня, твоя личная неудача заключается в том, что все семейство московских Дадаевых отбыло куда-то под Нальчик, где, говорят, у них родовое захоронение. И пока никто из них в Москву не возвращался, даже допросить путем невозможно, не лететь же на кавказское кладбище?! Не успел ты, Саня, стало быть, опоздал, — искренне посочувствовал Яковлев и состроил горестную гримасу.

— Конечно, жаль. Но мне бы еще хотелось...

— Кого? В смысле, каким элитным способом? — сострил Владимир.

— Не угадал. Кто им на «земле-то» занимается? Это чей район?

— Дорогомиловский, ты там, по-моему, уже сражался за правду. И не однажды.

— Точно, было дело. А конкретно?

— Некто Мищенко Захар... кажется... Петрович. Старший по особо важным. А мы этим делом заниматься не стали. Он же не депутат был, а всего лишь советник, в смысле — помощник, шишка не та. Оставили «на земле».

— Твой батя так решил?

— Нет, по-моему, кто-то позвонил. Мол, оставьте, ребята, пусть идет своим чередом. Вопрос?

— А зачем? Я понимаю так, что кому-то не нужно, чтобы убивца отыскали быстро. Потянется — забудется, сотрется из памяти. Ничего нового. А Мищенко, поди, тоже не торопится?

— Примерно так, — согласился Яковлев. — Так ты чего, собственно, от меня хотел?

— Того, чего у тебя нет.

— А вот тут ты, Санечка, промахнулся. У меня как раз имеется то, чего нет даже у Мищенки. А у него, он заявил, есть все.

— Поделишься?

— Для Вячеслава Ивановича мог бы и не просить, — засмеялся довольный подполковник. — Ну, тогда слушай...

Должность у Дадаева в Госдуме была не совсем понятная: советник, без указания конкретного лица, якобы группы депутатов от республик Северного Кавказа, что-то вроде координатора по взаимодействию, короче, черт-те что. Но так значилось в его удостоверении, а на самом деле ни в какой Думе этот человек не служил, зарплату не получал, и его «важное» удостоверение было чем-то похожим на прикрытие от правоохранительных органов. Ну кому охота связываться с депутатским «координатором по взаимодействию»? Только сумасшедшему менту, забывшему о субординации. Однако, с другой стороны, Дадаев и в противоправных деяниях замечен не был. И потому причину, по которой его с классическим киллерским почерком расстреляли за считанные минуты до наслаждения, понять было невозможно. Никому он, похоже, не наступал на ноги, ни у кого в должниках не числился — это уже его вдова говорила, красавица Деша, внучка какого-то известного там, у них, горского князя. Но ведь была же веская причина, иначе зачем вся эта театральная показуха?.. Пока ответа не имелось. Представители менеджмента клуба, вызванные в прокуратуру, дали весьма расплывчатые показания о том, что им, в принципе, ничего не известно о каких-либо конкурентах. Мол, если таковые и были, — что вполне возможно, ибо бизнес уже сам по себе предполагает жесткую конкуренцию, — то об этом мог знать только сам хозяин, а он ни с кем не делился своей информацией. Как и замыслами. А проникнуть в элитный «дворец терпимости» тоже еще не удалось, на тамошнюю охрану могло воздействовать разве что постановление Верховного Суда Российской Федерации. Ибо всем московским милицейским генералам немедленно позвонили очень ответственные лица и вежливо «попросили» оставить тот «клуб» в покое. Словом, потоптались оперы, махнули рукой и плюнули, благо никто сыщиков особо и не торопил. Значит, у кого-то из власть имущих имелись на то веские причины.

Но самое интересное «интриган» Володя припас под конец. Дело в том, что хозяином клуба «Одеон» — на Можайском шоссе, так же как и подобного ему «Феникса» за кольцевой в районе

Теплого Стана, и «Орфея» по рублево-успенскому направлению, является не кто иной, как господин «координатор» Эдуард Дадаев. Об этом сказала Володе сама Деша, давно уже просившая мужа оставить этот опасный, с ее точки зрения, бизнес. «Чем же он опасен? — удивился Яковлев. — Не более чем любой публичный дом, разве что публика выглядит поприличнее, хотя как сказать...» Нет, оказалось, что именно эти ночные заведения фактически созданы исключительно для релаксации депутатов Государственной Думы, утомленных неустанной заботой о своих избирателях. Вот в чем главная фишка!

И это было уже кое-что! Но, в общем, ввиду невозможности проникновения в ночной депутатский оазис простого российского сыщика, как понял Турецкий из этой информации, дело было тухлым. А для Дорогомиловской межрайонной прокуратуры — тем более чистый «висяк». Вряд ли и Мищенко что-нибудь путное накопал, но заехать к нему все же стоило, чтоб хотя бы выразить свое сочувствие по поводу его мужества и твердой гражданской позиции. А если тот окажется нормальным мужиком, то и поделиться Славкиной информацией из Астрахани...

Он был не стар и не молод, этот старший следователь, просто никакой — возрастом от тридцати до пятидесяти пяти лет. И к тому же терпеть не мог просителей. А Турецкий ему именно таковым и показался. Знакомый человеческий тип...

Бродяга Макс, углубившись в дебри никем, кроме него, не изученных до конца сетей великого и всемогущего Интернета, обнаружил таки кое-какую информацию о братьях Дадаевых. Наиболее интересная оказалась о старшем — Эдуарде.

Возраст — 58 лет, дважды женат, двое детей от первого брака, оба — мальчики. Окончил в Москве институт нефтехимического синтеза, работал на предприятиях Баку, Казани и Грозного. Потом в начале перестройки ушел в бизнес и сколотил приличный капитал. Отсюда и пошел его новый, уже развлекательный релакс-бизнес. Впрочем, обычное явление для тридцати- и сорокалетних специалистов, без опаски ринувшихся в начале девяностых годов в волны повсеместной и дикой приватизации. Вот, собственно, и вся биография. До двух последних выстрелов.

Ну, что касается релакс-бизнеса, то здесь, скорее всего, и суть дела понятна, кроме одного пункта. Обслуживание депутатов и координация — это, вероятно, грани некоей системы, в соответствии с которой депутатов ставят в известность о том, кого из них и где ожидают нынче ночью. Словом, доставка, обеспечение, обслуга и так далее. Но почему же так боялась этого безобидного бизнеса супруга Дадаева? Чем он казался ей опасным? Впрочем, теперь можно понять, за что так уважали своего старшего брата младшие: очень большой человек в Москве, с самим президентом близко знаком... Ну, не будем преувеличивать, может, и не с президентом, но наверняка с кем-то из его окружения. Поэтому он обладает огромными связями и, вероятно, средствами. Это естественно: если у него созданы для депутата все условия для «релаксации» в любую минуту, тогда его собственные возможности также распространяются и на того «народного избранника», которого ловко обслуживает элитный ночной клуб. Вот и весь секрет.

О среднем брате сведений в сети у Макса не оказалось, лишь фамилия и упоминание: занимается производством мяса и шерсти в южном регионе страны. О младшем — вообще ни слова. Неплохая, в принципе, семья, если бы только по чьей-то злой воле не начался регулярный отстрел ее мужской половины. Так что, очередь теперь за младшим? Оптимистический вывод.

А вот Славкино подозрение в целенаправленном распространении наркотиков — это уже что-то. Тут и конкуренты могли объявиться у Дадаевых, сильные и бескомпромиссные, им и Госдума — не указ. Так, может, здесь и следует искать причины обоих убийств? Ларчик-то, если подумать, откроется без больших трудностей...

Зря полагал Яковлев, что «на земле» факты о «хозяйственной» деятельности Эдуарда Дадаева были неизвестны.

Мищенко внимательно выслушал Александра Борисовича, поскольку не обнаружил в его появлении и просьбе никаких «подспудных» мыслей, а лишь желание поделиться информацией. И сообщил в свою очередь, что также пытался найти ответ на вечный вопрос «кому выгодно?». И вот к чему пришел.

За эти элитные клубы, принадлежащие Дадаеву, уже давно велась вялая, но и постоянная борьба, до последнего времени, правда, не переходившая в открытую кровавую войну. Точнее, можно сказать, в самой ситуации просматривается в первую очередь борьба за то влияние, которое клубы оказывают на свою специфическую, мягко выражаясь, клиентуру. Попытки покушения, кстати, на Эдуарда уже были, но обе, очевидно, имели целью, скорее, не убрать Дадаева, а лишь напугать, оказать на него давление. А вот от кого исходило это давление, знал лишь сам Эдуард Дадаевич, и своими знаниями и секретами он ни с кем не делился. И поскольку обе акции устрашения не принесли результатов, о них и в прессе не сообщалось. Словно чья-то сильная рука останавливала журналистов от распространения подобных сенсаций. Ну, стреляли, мол, и стреляли, мало дураков на свете? Каждый день где-то стреляют. Но ведь промахнулись?

Теперь же, по предположению Мищенко, те попытки покушений можно назвать предупреждениями. Бог, говорят, троицу любит? Так вот, как раз третье покушение и закончилось трагически. Хозяина в гробу повезли на далекую родину, в какой-то аул. Повез младший брат Рахим, с которым на похороны отправилась и семья покойного — жена с детьми от его первого брака. Весь вопрос теперь в том, кто займет место Эдуарда Дадаевича в руководстве его релакс-бизнеса?

— А тот, — неожиданно улыбнулся хмурый Мищенко, — кому это и было выгодно! Надо просто немного подождать и посмотреть, что станется с «Одеоном» и «Орфеем». Там ведь, по идее, власть тоже должна перемениться...

Ну а остальное — уже дело техники, иначе зачем же держать в этих заведениях своих агентесс? Красивых женщин из обслуги, которые меньше всего хотят «светиться» на московском небосклоне, их ведь тоже можно легко понять — заработки дай боже! А депутатская страсть — дело нехитрое и особо не навязчивое, если говорить по правде. Тем более что многие законодатели предпочитают «служить обществу» именно в «Одеонах» и «Орфеях» — там им проще и комфортнее...

— Может, мысли приходят светлые и перспективные? — с серьезным видом предположил следователь.

Значит, сделал вывод из услышанного Александр Борисович, поделившись с Захаром Петровичем и собственной информацией, начался обыкновенный отстрел семейства, члены которого могли претендовать на владение клубами. И никакой тут политики. Обыкновенная бандитская разборка, только на высшем уровне. Но тогда при чем здесь какой-то пчеловод Антон Калужкин?

Славке должна понравиться такая информация, отметил Турецкий, но решил сегодня, поскольку уже поздновато, Грязнова не беспокоить, а позвонить ему с утра, на свежую голову. Сам же Александр Борисович отправился в «Глорию», где его заждалась темпераментная особа в звании младшего юриста. Мельком подумал, что пора бы девушку за ее постоянные старания как-то повысить, что ли, в должности, а то так ведь и обидеть можно. Да и папа ее — генерал из «Арбатского военного округа», как-то намекнул дочери, что в ее возрасте — двадцать шестой уже! — пора бы и подняться по служебной лестнице. И еще грозил найти ей место в более престижном юридическом заведении. Но Аля «видела в гробу» буквально все и всех, кроме своего наставника и учителя Александра Борисовича, Санечки... Хорошая девушка, воспитанная и умненькая... И, что важнее, много времени от семьи не отбирает. Ничего не поделаешь, плотский эгоизм особенно свойствен пятидесятилетним мужчинам, и только немногие женщины это понимают и не обращают внимания. Остальные, как заметила как-то одна из бывших «приятных знакомых» Турецкого, «жутко страдают». Бог им судья...

Саид бормотал по-чеченски, демонстрируя, что он полностью обессилен, но это ни на кого не действовало. И стоило Володе лишь занести каблук над пахом лежащего навзничь пленника, как тот переходил на ломанный русский. Невольно и без особого принуждения.

Он, конечно, врал. Ни о каких наркотиках слыхом не слыхивал. К Дарье, как и предполагал Володя, пришел, чтобы попользоваться ее услугами, так как здесь все знают, что она отдается за деньги.

А тут уже нашелся неизвестный любовник, вот он и рассердился. Примитивненькая ложь. Кстати, визитку он в глаза не видел, нож — не его, кто-то нарочно подбросил. И все в таком же духе.

Грязнов с Климушиным послушали и заговорили между собой.

— Брешет, как вонючий шакал, — сказал Вячеслав Иванович.

— Точно, я сам слышал, о чем он говорил Дарье в кустах. Срочно груз наркотиков везти. Прямо завтра. В Воронеж, адрес нам давно известен, будем брать с поличным. Меня он собрался убрать, за прогон отнести: заподозрил, значит. Правильно заподозрил. Потому и с ножом кинулся — там, на рукоятке, только его отпечатки пальцев. Нападение на сотрудника милиции при исполнении им служебных обязанностей. Статья Уголовного кодекса. Наркота — другая статья. Угроза убийством — третья. Я много ему наберу. Но только в суд он от меня попадет калекой. Может, я начну, надоел мне этот?.. — И Владимир очень оскорбительно обругал пленника.

— А чего, слушать его брехню у меня тоже нет времени. Давай, ты пока поработай с ним, а я вызову спецназ, а потом пойду к Рахиму. Скажу, что Ахмет сам организовал убийство Энвера, а теперь эти мерзавцы и его убийство готовят, последнего в роду Дадаевых. А когда узнаю их фамилии и пробью по базе данных, наверняка они боевиками окажутся, объявленными в федеральный розыск и скрывающимися от правосудия. Вот их всех сразу и упакуем — всю гоп-компанию. А мента этого ихнего, Полозкова, в первую очередь.

Грязнов поднялся и «нечаянно» уронил кочергу, на которую опирался, она упала на грудь Саида, и тот испуганно взвизгнул — от неожиданности, разумеется, потому что боли не было никакой. Созрел уже, пора было раскручивать.

— Давай, Володя, начинай. Ну, так как твоя фамилия?

Климушин поставил ногу на его пах. Просто поставил и сделал вид, что собирается перенести на нее свой вес — только качнулся вперед. И Саид заторопился.

— Хасмагомедов... — почти неслышно прошептал он.

— Хорошее начало, — одобрил Грязнов. — А у Ахмета? Володя, ну чего ты ждешь? Видишь, ему же нравится, когда давят каблуком на яйца.

— Тоже, брат он... старший... — торопливо ответил Саид.

— Видишь, какой сразу умный? — улыбнулся Грязнов и подумал: «Вот почему они так похожи». — Володя, у тебя камера с собой? Принеси, щелкнем его... Ну и рожа... Чем ты его достал, свинчаткой?

— Нет. Если бы свинчаткой, он уже трупом был бы. Просто рукой немного задел, погладил.

— Профессионально, хвалю... Плесни на него воды, и вон тряпка, — указал в угол на половую тряпку, — утри его, а то невозможно определить — рыло это свиное или геморройная задница...

Саид скрипел зубами, дергался всем телом, извивался, рычал, но Климушин коротким ударом под дых успокоил пленника и вытер его лицо от запекшейся крови. С зубами у него теперь было, как заметил Володя, далеко не все в порядке. Губы вздулись. Но узнать компьютер сможет — это главное. А ты не подставляйся!..

Потом Саида посадили на стул и сфотографировали.

— Братья похожи, — сказал Грязнов. — Надо срочно послать запрос.

— А с этим что делать будем? — Володя кивнул на Саида, как на пустое место.

— С этим? Заткнем рот вон той же тряпкой, наденем мешок на голову, и вывезем за прогон. А там шлепнем и бросим, кто-нибудь найдет, подумает, что свои не поделились, разборку устроили. Это ж бандиты, убийцы, чего их жалеть? Давай-ка выйдем и поговорим, потом начнем паковать, а там посмотрим.

Они вышли на веранду, где тихо, как мыши, молча сидели женщины. Грязнов приложил палец к губам и, прикрыв за собой дверь, тихо сказал Климушину:

— Алексею звонить еще рановато, а этого, я думаю, мы пока в машине вывезем, нечего ему тут делать... Дарья, ты все поняла, куда, в какую дрянную историю тебя эти бандиты втянули?

Та отрешенно кивнула.

— Да поняла она, — сказала Евдокия. — Надо быть полной дурой, чтоб не понять самых простых вещей.

Владимир взглянул на Дашу и даже несколько оторопел: она не слушала, то есть делала вид, что слушала, но на лице ее мелькала гримаса протеста и ожесточения. Нет, ни черта она так и не поняла. Она боялась. И боялась жестокой мести со стороны «соседей», видно, напугали ее уже однажды — раз и навсегда. Пыталась, наверное, забыть, но ничего у нее не выходило. А в приступе страха женщина может такой беды натворить, что сама потом горько жалеть будет. Если в живых останется. Поэтому и никаких тайн ей сейчас открывать нельзя. И очень жаль, что вся эта история случилась на ее глазах. Не верила она никому, даже ему, пытавшемуся говорить с ней ласково и с глубоким участием, тоже не верила. И Климушин жестом остановил Грязнова, который хотел что-то объяснить Дарье, кивком предложив выйти на улицу.

— Ты чего? — удивился Вячеслав Иванович. — Я что-то не то сказал? Или чего-то не так понял?

— Она сейчас ничего не слышит, Вячеслав Иванович. Она думает лишь об одном: какая кара ее ожидает. Поняла, что наговорила мне лишнего, и за это ее не помилуют, если узнают. Но я ведь обещал ей, что никому ни слова не скажу, а сейчас вижу, у нее полнейший ступор в мозгах, и ужас в глазах. Не знаю, что и делать.

— А ты еще раз поговори с ней спокойно и без паники, скажи, что будет лучше, если она временно уедет к кому-нибудь из родственников, у нее же их, говорят, много?..

— Не родственники это, я уже выяснил. Именно этого-то, я думаю, она больше всего и боится. Тут у меня целый список на бумажке, — Климушин хлопнул себя по карману и достал список с адресами. — Вот, Вячеслав Иванович, все они — распространители наркотиков — в Астрахани, Воронеже и Саратове. Тут полстаницы в курьерах у Дадаевых, или, возможно, у чеченцев Хасмагомедовых, служат... Такая могучая сеть, представить трудно. Ну да, на наркоте же сидят... Возьмите, только я бы не стал передавать Алексею Кирилловичу открытым текстом, мало ли кто на сотовой связи сидит? Сведения-то эти — на вес золота. А у здешних баронов, или кто они там, я уже и сам вижу, практически все куплено. Права Дарья, не знаем мы истинного положения... А ей-то я, конечно, скажу. Да только вряд ли она теперь послушает... Ее здорово подкосило известие о том, что я — милиционер, мент. Зря проговорился. Просто подумал, что уже достаточно завоевал ее доверие. Оказалось, ошибся. И боюсь, что я ее невольно подставил под удар. А как объяснить, что это не так, сам не знаю...

— Ну, ты все-таки постарайся. А пока давай этого запакуем и — в машину, да я поеду. У Дуси где-нибудь в курятнике спрячем пока. И сразу позвоню Алексею. Кажется, мы с тобой обострили здесь обстановку хуже некуда, придется помощь просить...

— Вячеслав Иванович, может, с собой ее заберем? Тревожно что-то...

— Забирай, если согласится. Мы все-таки мужчины, защитим в случае опасности... Пойдешь, пошли сюда Дусю, я ее жду.

Владимир вернулся на веранду и мигнул Евдокии, качнув головой к двери, и та встала и вышла во двор. А Климушин сел на ее стул.

— Даша, — начал тихо и спокойно. — Тебе сейчас ничего не грозит, но было бы гораздо лучше, если бы ты уехала на несколько дней, не больше недели, к кому-нибудь из своих родственников. Они у тебя есть?

Женщина кивнула, глядя в одну точку на полу.

— Прямо сейчас, не задерживаясь, а я тебя могу к остановке автобуса доставить, хочешь?

Она отрицательно покачала головой.

— Никуда я не поеду. От них не спрячешься.

— Ну, пойдем тогда к Евдокии.

— Нет, не хочу. У меня свой дом есть... А ты уезжаешь?

— Не сейчас, но... скоро. Дела, Дашенька.

— Что ж, прощай, значит, милый, не поминай лихом... — Наконец-то одна живая интонация мелькнула в речи. — Я тебе зла не желала.

— Так и я тоже тебе не желаю, наоборот, помочь хочу.

— Уже помог, — сказала она, тяжело поднимаясь. — С ним-то чего станете делать?

— Зароем за прогоном. Или в протоке утопим — с камнем на шее. А то отправим в Астрахань, там ему найдется подходящее место в тюремной камере. Но если тебя кто-то начнет спрашивать о нем, будет лучше, если ты скажешь, что ничего не знаешь, поняла? А только слышала, как он напал на твоего постояльца, после чего уже не видела ничего. Ночь была, темно, и, куда они оба делись, тебе неизвестно. Понятно?

Она посмотрела на него, неопределенно как-то качнула головой и вышла в сад. Там села на лавочке, возле умывальника, и словно задумалась.

— Даша, — позвал Владимир, — я тебе денег оставлю. Сколько я должен?

Но она лишь отмахнулась слабым движением руки.

Вот и погулял, и «проник во вражеский стан...».

— Славка, привет! Ты уже проснулся или я разбудил? Тогда извинись за меня перед дамой.

— Привет, Саня, я давно не сплю, у нас тут такие события разворачиваются!

— Что, началось по новой?

— Да вроде того, сейчас буду подмогу из Астрахани вызывать. Погоди чуток, я машину загоню во двор, и поговорим...

— Так ты из машины, что ли, отвечаешь? — удивился Турецкий. — Ладно, освободишься и позвони сам. Есть у меня одна мыслишка, но касается она совсем другой темы...

— Не отключайся, минутное дело... Так, слушаю, какие у тебя новости? — спросил, помогая

Дусе закрывать ворота и прижимая трубку плечом к уху. — Ты ж просто так звонить не станешь?

— Вчера в МУРе и ОВД побывал по твоему делу...

И Турецкий, не стараясь вдаваться в детали, не имеющие значения, пересказал Грязнову то, что считал необходимым в расследовании. Упомянул и об отъезде семьи покойного на Кавказ, в родное село на похороны. Услышав и об отъезде Рахима, Вячеслав Иванович немного расстроился. Ему сразу не понравилась ситуация с нападением на Климушина, и появилось желание прямо сегодня же, не откладывая дела в долгий ящик, переговорить об этом с младшим Дадаевым. Должен ведь был он понять, куда заворачивает дело, превращаясь уже в обыкновенную уголовщину! Но выходит, поскольку его нет дома, значит, и ночные события могли быть инициированы уже Ахметом и его помощниками. А такая инициатива будет весьма чревата в первую очередь для самого Рахима. Он — глава, ему и отвечать за преступные действия своих людей. Да, это действительно нехорошо, потому что договариваться, и вообще встречаться с Ахметом Хасмагомедовым у Грязнова никакой охоты не было.

А с другой стороны, дальнейшее попустительство окончательно развязало бы руки этим бандитам...

Заканчивая разговор с Турецким, Вячеслав Иванович выдал для Макса ночную информацию относительно братьев Хасмагомедовых — Ахмета и

Саида. Требовалась срочная проверка этих деятелей по всем имеющимся в наличии базам данных. И пообещал минут через десять-пятнадцать отправить фотографию младшего брата на имейл «Глории».

— А что, кстати, за мыслишка-то? — вспомнил Грязнов фразу, брошенную Турецким.

— Да это конкретно тебя касается. Я по поводу квартиры твоей. Тут Филя, заботливый человек, нашел хорошую бригаду, готовую сделать у тебя на Енисейской качественный евроремонт. И относительно недорого. Я чего подумал? Позвоню-ка Снегиреву и спрошу, когда смогут туда, на квартиру, подъехать строители, чтобы определить фронт работ, а главное, сроки исполнения? Это, мол, все — деньги, и немалые! Да и сама акция немножко подтолкнет под зад твоего любимого генерала, который, по моему разумению, на тебя просто положил, в самом непосредственном смысле. И даже не чешется. Что скажешь? Надо же когда-то наводить порядок... в танковых войсках?

— Да мне неудобно как-то...

— Это тебе неудобно, и правильно, ты у нас — хлебосольный хозяин. А мне очень даже удобно и, думаю, вполне своевременно напомнить ему, что директор всеми глубоко уважаемого частного охранного агентства не должен жить в своем рабочем кабинете, держа вещи в кладовке. Ненавязчиво так напомню, я умею, Славка. Могу еще добавить и о возможной супруге. Если у тебя нет серьезных возражений... — осторожно, не педалируя слово «супруга», добавил Турецкий.

— Ладно, поступай как знаешь, — после короткой, но многозначительной паузы, ответил Грязнов, — только меня не впутывай, пожалуйста, не хочу портить отношения. Может однажды пригодиться.

— Ты не прав, Славка, это ты ему можешь пригодиться, а он — на пенсии — решительно никому больше не понадобится. Я чуть-чуть напомню ему об этих обстоятельствах, он должен понять... И последнее. Ну и как там наша с тобой любовь и нежность?

— Это ты про кого?

— Да про Дусеньку твою, разумеется. Жива-здорова? Не обижаешь? Вниманием не обходишь, старый ловелас?

— Не могу обходить, не получается, — рассмеялся Грязнов, глядя на женщину веселыми глазами. — Ладно, Саня, горячий привет, письмом — подробности. Я, между прочим, думал над этими твоими словами... Может, ты и прав, не знаю. Но здесь сейчас, я уже носом чую, добром дело не кончится. Ну, давай, до связи...

— Я ж просила и от меня привет... — словно бы обиделась Дуся.

— А он понял, — усмехнулся Вячеслав Иванович. — О тебе же говорили.

— Сплетничали?

— Ты ведь сама слышала, не обхожу вниманием... Ну-ка, помоги мне этого деятеля в сарай перетащить. Закроем его там, пусть отдохнет...

Во двор торопливо вошел Климушин. На вопросительные взгляды Грязнова и Евдокии лишь сердито отмахнулся.

— Эту тумбу с места не сдвинешь... Полный... — Он снова махнул рукой, чтобы не выругаться.

— Напрасно вы так, Володя, — укорила его Дуся. — Она сейчас просто ничего не может воспринимать. Но я ей говорила, и она отвечала вполне разумно. Может, подобрее бы надо было? Женщина ведь...

Грязнова такая забота даже тронула, потому что в памяти всплыли довольно резкие оценки этой Дарьи, высказанные вчера Евдокией. Даже Зина говорила о ней мягче. И вот такая метаморфоза. Ох, женщины! — так и хотелось вздохнуть, что называется, от всей глубины души.

— Давайте этого... — Климушина уже не занимала мысль о Дарье. Не хочет — не надо. Более того, он даже почувствовал какое-то неясное облегчение оттого, что не нужно больше заботиться о дальнейшей судьбе этой бабы. Ну, было, так что теперь, вечно крест нести? Она сама напросилась, сама того хотела, так что ж теперь, жениться на ней, что ли? Куры засмеют! Глупость... И вообще, все эти станичные приключения тем и хороши бывают, что занимают короткое время и не оставляют потом о себе долгих воспоминаний. Было — и было... прошло...

— Куда перетаскивать будем? — спросил Владимир у Грязнова, но посмотрел на Евдокию. И подумал: вот же, совсем другая женщина, никакого сравнения. Даже позавидовал тому, каким взглядом она следила за Вячеславом Ивановичем.

Саида вытащили с заднего сиденья машины и, подхватив за плечи и ноги, перенесли в сарай, где у Дуси хранились дрова для летней кухни. Там положили пленника на старый матрас, и Грязнов, проявляя сердобольность, немного ослабил у него ремень на руках. Саид молчал, не выражая уже протеста — устал либо смирился. Последнее вряд ли, заметил, выходя из сарая, Вячеслав Иванович. Но на всякий случай запасливый Владимир покопался в своей сумке и достал моток широкого скотча, полоской которого заклеил рот пленнику — на случай, если тому захочется орать, привлекая к себе внимание своих.

— Дусенька, — озабоченно заговорил Грязнов, — я сейчас попробую до Алексея дозвониться, а ты, если нетрудно, приготовь нам, пожалуйста, чего-нибудь поесть. А то с этими приключениями скоро совсем живот подведет... Горяченького хочется... — И после паузы добавил: — А теперь мы займемся делом и перешлем в Москву фотик нашего «героя»...

Грязнов открыл ноутбук, дал ему «разогреться», подсоединил приставку Интернета и вставил чип фотокамеры в гнездо...

— Можно звонить на службу, — сказал Климушин, дождавшись, когда Вячеслав Иванович закончил передачу и отодвинул ноутбук. — Алексей Кириллович рано приходит. — Он посмотрел на часы: — Сейчас уже точно на месте...

Грязнов взял мобильник и набрал номер генеральского телефона.

— Алексей! Доброе утро, извини, что беспокою так рано.

— Ничего, я уже служу, — пошутил генерал. — Какие проблемы?

— Недобрые, Леша. Нынче ночью на майора нападение было. Борода у нас. Подтверждается, извини за косноязычие, след «че», понимаешь, про что я?

— Понял, понял, — уже озабоченно ответил Привалов. — И что дальше? Какие прогнозы?

— Думаю, могут случиться самые неприятные. Бури не будет, но потрясет сильно. На местные силы рассчитывать никак нельзя. Скорее, наоборот. Так что, как бы ни хотелось думать иначе, нужна срочная подмога.

— Та-ак... А вы там не усложняете?

— Рад бы ошибиться. Могу трубочку передать.

— Ладно, но только попозже. А этот ваш сосед, самый молодой? Ну, который там на сегодняшний день главный? Ты ж уверял, что с ним можно разговаривать?

— Его нет на месте, он — на родине, в связи с московской историей. Поэтому мы считаем, что они и собрались пойти ва-банк, пользуясь отсутствием самого. А фамилии и портрет уже отосланы к нам, в контору, жду скорого подтверждения, хотя почти уверен, что все правильно.

— Мне бы вашу уверенность!

— Понятное дело. Мне тут Саня с полчаса назад передал интересную информацию, которая в корне меняет расстановку сил. Так вот, все, что касается конкурентов, похоже, полная туфта, основная проблема — во внутренних разборках. Передел, понимаешь ли. След активно наезжает, я понятно говорю?

— Понял, понял. Так вы хотите сами активизироваться?

— Вот именно. Пока нас не активизировали. Кочерга, конечно, у сестренки крепкая, но у нас она только одна. Однако больше всего опасаюсь местных коллег. Там всего набирается, включая прямые контакты, выше крыши.

— Ладно, будьте на связи, сами ничего не обостряйте, я сообщу...

Генерал отключился. Грязнов, извиняясь, развел руками, показывая Климушину, что он не виноват, — начальство само решает.

— Ничего, — успокоил Владимир, — я бы все равно ничего точнее не сказал. Он же понял, да?

— Похоже на то. Во всяком случае не переспрашивал и манеру нашу эзоповскую сразу поддержал. Будем надеяться, что он примет правильное решение...

Глава девятая
УЛИКИ

Первая половина дня прошла спокойно, никто дом Евдокии не беспокоил. Генерал тоже не звонил. Но сама атмосфера словно сгущалась, как перед новой грозой, когда быстро падает атмосферное давление.

Очень неприятное ощущение испытывал Вячеслав Иванович, давно уже не обращавшийся к докторам. Воистину, тайга лечила. Надо бы показаться в Москве, мельком подумал он, стоя у окна и глядя на пустынную в этот жаркий дневной час улицу. И будто накликал неприятности на свою голову.

Со стороны площади, по середине дороги, сильно пыля, мчался желтый «газон» с синей милицейской полосой на борту, и в новых клубах пыли резко затормозил прямо напротив калитки Евдокии.

— А к нам гости, — спокойно отреагировал Грязнов и обернулся к Владимиру: — Кажись, они пожаловали. Где там мой инструмент? — И выглянувшей Дусе добавил: — Это я про кочергу. А ты сиди на кухне и носа не высовывай, ты ничего не знаешь.

— Это — Мордатый. Слава, осторожнее с ним, — сказала Дуся и исчезла на кухне.

Прибывшие рывком открыли калитку, и по дорожке протопали к крыльцу трое милиционеров: хорошо известный уже здесь капитан, по прозвищу Мордатый, который представлялся в станице следователем, и за ним двое молодых милиционеров, вооруженных автоматами с укороченными стволами — АКС-74, для спецназа и милиции. Команда в полном составе, как обычно, — о них и рассказывали Дуся с Зиной. Но почему следователь? Наверняка дознаватель из следственного отделения милиции Замотаевского ОВД, а эти у него — оперативное обеспечение. Интересно, с чем они явились?..

Наружная дверь была не заперта, но они громко забарабанили — вроде как бы собственный страх заглушить хотели.

— Открыто, заходите, кто там? — крикнул Грязнов и сел за стол, Климушин остался стоять у двери на веранду.

Топая, они не вошли, а ворвались, будто ожидали здесь вооруженное сопротивление.

— Встать! — заорал Мордатый. — Все задержаны!

Один из молодых сержантов перебежал к двери на веранду. Второй остался у входных дверей, а капитан, быстро заглянув на кухню, застыл, расставив ноги, в картинной позе у занавески, отделявшей кухню от комнаты.

— Я приказал! — снова «взял он на голос», видя, что никто и не пошевельнулся.

— Не ори, капитан, — спокойно, не поднимаясь со стула, ответил Грязнов. — Представься, как положено, и доложи, зачем явился.

— Ты мне будешь!.. — снова повысил он голос, но Грязнов перебил:

— Не ты, а вы, капитан. Я-то званием много выше тебя буду. Ну-ка, прекрати крик и представься! — рявкнул Грязнов генеральским тоном.

— Капитан Полозков, — невольно вытянулся тот, — Замотаевское ОВД, нахожусь при исполнении!..

— Ну и что ты тут, в этом доме, исполняешь? — не повышая голоса, спросил Вячеслав Иванович, не проявляя ни тени страха или растерянности, даже с усмешкой.

— Произвожу задержание преступников! — крикнул он.

— И где эти преступники?

— Здесь, в этом доме!

— О, как интересно! — засмеялся Грязнов. — И кто же они?

— Я задерживаю те... вас, — поправился он, — и этого гражданина, — он ткнул пальцем в Климушина.

— У тебя что, постановление прокурора на руках? Или судьи? По какому праву? Ну-ка объясни мне внятно, в чем это ты нас подозреваешь, а?

— В дерзком убийстве гражданки Двужильной Дарьи Степановны! И ее зверском изнасиловании!

— Ах вы, сволочи! — вырвалось у Климушина. — Ты слышишь, Вячеслав Иванович?!

— А также в похищении и избиении гражданина...

— Какого гражданина? Фамилия? — быстро спросил Грязнов.

— Хасмагомедова!

— Видишь, Владимир Сергеевич, вот и подтвердилось наше с тобой предположение. Осталось дождаться подтверждения, и песенка их спета...

Так, значит, ты, капитан, инкриминируешь нам с майором убийство с изнасилованием и похищение? Так, надо понимать? И у тебя полный карман доказательств? Или это все твои собственные предположения?

— Каким еще майором?! — возмутился Мордатый.

— Предъяви ему, — кивнул Вячеслав Иванович Климушину, тот молча достал из кармана удостоверения сотрудника Управления собственной безопасности и на вытянутой руке показал капитану. Тот наклонился вперед, прочитал и... онемел. Но лишь на миг!

— Фальшивка! Дайте сюда! — Он попытался выхватить удостоверение, но Климушин успел убрать его в карман. — Вы оба арестованы! Встать! Приказываю!

— Не кричи, — Грязнов поморщился и достал мобильник. Быстро набрал номер.

— Куда звоните? Не звонить! Дайте сюда трубку! — Он резко подался к Грязнову, но тот только отмахнулся.

— Тихо, капитан, стань на место! Это твой начальник, генерал Привалов, слышал о таком? — И заговорил в трубку: — Алексей? Грязнов. Ну вот, они уже тут, как мы и предполагали. Сами явились. А женщина та убита, да еще с отягчающими, представляешь? Послушалась бы — осталась жива... Ну конечно мы, кто ж еще? А фамилию капитан только что подтвердил — Хасмагомедов. Тебе его пробили уже? А я жду с минуты на минуту... И где они?

Ах, на подлете? Хорошо, постараемся задержаться... Слушай мою команду, капитан!

Грязнов отключил телефон и стал подниматься. Но капитан, отступая к кухне, неожиданно выхватил из кобуры пистолет.

«Чего это он, — удивился Вячеслав Иванович, — стрелять, что ли, собрался?.. Или стреляться?» — мелькнула совсем уже безумная мысль.

— Отставить, капитан!

В этот момент из-за занавески за спиной Полозкова неслышно появилась Дуся с большой сковородой, в которой она поджаривала щедрую яичницу с ветчиной, присланной накануне братом. Увидев разъяренного Мордатого с пистолетом в руке, она, недолго думая, с маху опрокинула ему на голову свою тяжелую чугунную сковороду. Горячая яичница облепила капитану лицо, и он рухнул на пол как подкошенный. Милиционеры схватились за автоматы.

— Спокойно, ребятки. — Грязнов захохотал, разряжая обстановку, и к нему присоединился Климушин. — За что ж ты его, Дусенька? — сквозь смех выговорил Вячеслав. — Такую яичницу испортила, ай-я-яй! Могли бы и хлопцев угостить, а то они с утра, как голодные волки, по дорогам рыщут. Ну-ка, сержанты, положите свое оружие и поднимите этого дурака на стул. А «пушку» его дайте сюда, выдают оружие кому не попадя, вот и получается сплошной конфуз...

Но те стояли, не зная, что делать. Тогда Грязнов сам подошел к капитану, кряхтя, нагнулся, профессионально поднял пистолет за спусковую скобу и небрежно кинул его на стол. А к лежащему на полу капитану придвинул стул.

— Давайте, давайте, не стойте, берите его — и сажайте... Пусть пока тут посидит, а дальше видно будет... Ну, Дусенька, удивила! — снова восхитился он, глядя на покрасневшую от такой похвалы женщину и призывая майора разделить его восторг.

Милиционеры, теперь уже послушно подчиняясь негромкому, но твердому голосу Грязнова, закинули автоматы на плечи. Они с трудом подняли тяжелого Полозкова и взгромоздили его на стул. Вид у него был тот еще. Желтки расплылись по его багровой физиономии, а в густых черных волосах застрял кусок поджаренной ветчины.

Евдокия с тряпкой в руках начала вытирать жирные следы на полу.

— Так, ребята, ну, рассказывайте, где и как вы обнаружили труп? Откуда узнали-то о нем, кто сообщил? Начинайте, давай ты, сержант, — он кивнул одному из них. — И учтите, вам теперь не раз еще придется рассказывать эту историю. Майор-то ведь специально прибыл из Астрахани, из Управления собственной безопасности, чтобы расследовать этот ваш местный беспредел. Ну, с капитаном этим давно уже все ясно... — Грязнов прислушался и показал пальцем за окно. — А вон, уже и летят. Алеша так и сказал: ждите с минуты на минуту и этих не отпускайте. Володя, выйди, встреть спецназ, чтоб они по дворам не плутали. А потом мы вместе с этими молодцами, — он кивнул на молодых милиционеров, — отправимся туда, где они обнаружили труп женщины... Вот же сволочи! — с болью в голосе повторил он. — Это все — работа Ахмета. Надо его срочно брать, пока он не успел «сделать ноги»...

Володя быстро вышел на улицу, а Грязнов уставился на сержанта. Видя его нерешительность, негромко сказал:

— Можешь не сомневаться, я действительно генерал милиции, и документ есть, покажу, если хочешь... Так кто вас вызвал? Фамилия твоя как?

— Сержант Негодуйло!

— Не кричи, я не глухой. Кто звонил?

— Не могу знать... Капитан сам разговаривал с участковым по телефону, а нам приказал срочно выезжать — на труп. Там сейчас участковый и медицина. Должна прибыть уже...

— Ясно... Труп видел? Каким оружием убита?

— Вот так, — сержант чиркнул себя ногтем по горлу и суеверно сплюнул.

— И это понятно, знакомый почерк. Изнасилована?

— Ну... не знаю, там все... задрано... до груди... — Сержант поморщился: видно, на трупы он еще не нагляделся.

«Не надо бы туда Володе ходить, — подумал Грязнов. — Пусть лучше чеченцами займется...»

Грохот вертолетных винтов усилился, приблизился и медленно стих. Затопали тяжелые ботинки. Дом заполнили пятеро парней в полевой форме и с оружием в руках. Один из них подошел к Вячеславу Ивановичу и отдал честь.

— Капитан Пшеничный! Приказано поступить в распоряжение...

— Отлично, капитан. Прошу вас вот вместе с майором Климушиным произвести задержание подозреваемых в убийстве сегодня, очевидно, несколько часов назад, женщины. Когда был звонок? — строго спросил сержанта.

— Около десяти, точно не помню.

— Вот примерно в это время и произошло убийство. А изнасилование, скорее всего, инсценировано...

Вячеслав Иванович искоса взглянул на Владимира и подумал, что если заострять внимание «медицины» на этом факте, крайним вполне может оказаться и майор. Лучше бы обойтись, конечно. Свести все к инсценировке — так во время войны в Чечне боевики расправлялись с пленными «федералами», и всем это хорошо известно, главное-то ведь — почерк убийцы. Это и есть главный факт. А о том, что майор под видом проезжего туриста ночевал у хозяйки, придется говорить лишь в плане нападения на него прошедшей ночью. Запутал он тут, в общем, все, что мог... В связи с оперативной необходимостью. Ну, пусть теперь и выкручивается...

— Владимир Сергеевич, я думаю, вам вместе с одним из этих милиционеров надо пройти к дому Дадаевых. Хозяина нет, он старшего брата в Нальчике хоронит, а чеченцы, что проживают у него в доме, и являются, как я думаю, теми убийцами, на руках которых кровь этой женщины. Теперь к вам, капитан. Фамилия старшего брата — Хасмагомедов Ахмет, есть подозрение, что он находится в федеральном розыске. Как и его младший брат Саид, который лежит связанным у нас в сарае. Забирайте и того, и этого, — Грязнов кивнул на медленно приходящего в себя капитана с лицом, облитым яичным желтком.

На лицах спецназовцев не было и тени улыбки.

— Алексей Кириллович уже в курсе дела. А вот к трупу пойду сейчас я вместе вот с этим сержантом, с Негодуйло. Посмотрю, что натворили эти сволочи, а потом, когда закончим операцию, позвоним Привалову и подведем итоги. Я думаю, Володя, что теперь и долгое, год уже почти, разбирательство по делу Калужкина, которому этот вот молодец, — Вячеслав Иванович снова кивнул на капитана Полозкова, — приписывает целых четыре убийства, тоже, наконец, получит свое законное разрешение... Так что начинаем действовать! Полозкова и того, что в сарае, пакуйте. И потом — к Дадаевым. А ты, сержант, за мной! А второго забирай с собой... Как фамилия?

— Сержант Селезнев!

— И я с тобой, можно? — Из-за занавески высунулась Евдокия.

— Не нужно, ничего хорошего ты там не увидишь, убийство — всегда кровь.

— Кто ж это его так уделал? — теперь уже капитан Пшеничный с легкой ухмылкой кивнул на Полозкова.

— Да вот она! — весело представил хозяйку Грязнов. — Евдокия Григорьевна, бесстрашная сестрица вашего генерала. Когда этот хрен пистолет выхватил, она ждать не стала. Правда, и нас доброго обеда лишила. Но ничего, как-нибудь наверстаем. Ты лучше, Дуся, приготовь-ка нам чего-нибудь еще, да повкуснее, надо ж ребят-то потом угостить, как ты считаешь? Зря, что ль, они сюда летели?..

И вот тут спецназовцы заулыбались. Хотя впереди у них была еще нелегкая работа...

Прослышав об очередном зверском убийстве, возле дома Дарьи Двужильной собрался народ, и откуда только — в жаркий-то день? Проходя тараном через столпившихся станичных женщин — мужики на реке были, — Грязнов видел знакомые уже лица и на вопросительные взгляды лишь огорченно качал головой.

Ворота были распахнуты, створки их валялись на земле. Старая машина «скорой помощи», переделанная, надо понимать, под труповозку, стояла во дворе. А в доме, где, вероятно, и произошло убийство, сопряженное с насилием, работали судебный медик и участковый, капитан милиции, которого за все дни пребывания здесь Вячеслав Иванович не видел ни разу. Тот не удосужился даже подойти и узнать, что за человек поселился у Мамонтовой и с какой целью. Наверняка пользовался станичными слухами. Даже странно такое равнодушие. Зато любопытна его роль во всех «расследованиях» Полозкова. Это надо будет попозже у него выяснить. Хотя, можно предположить, что и он тоже служит, по-своему, клану Дадаевых. Кому ж еще тут «служить»?.. Но все равно, спросить будет интересно. Особенно после того, как поработает спецназ. Похоже, он не слышал грохота вертолетных винтов, а может, уже понял, куда клонится дело, и решил обезопасить себя участием в расследовании нового убийства? Нет, странное и непонятное равнодушие...

Еще один милиционер — младший сержант, стоявший у дверей и не пропускавший в дом народ, закрыл собой проход и Грязнову, но сержант жестом показал ему, чтобы тот отодвинулся. А проходя мимо, негромко кинул нейтральным таким тоном, но Вячеслав Иванович его услышал:

— Спекся Мордатый...

— Да ну?! — не поверил тот. — Где?

— Сковородкой по балде, — хмыкнул сержант. И Грязнов понял, что влияние Полозкова на рядовой и сержантский состав сильно упало, значит, с этими людьми можно начинать работать, они не станут с пеной у рта защищать Мордатого — надо же, какое «красивое» прозвище придумали! — он для них действительно «спекся».

Обнаженное снизу до пояса тело Дарьи лежало на полу в большой комнате, где несколько часов назад у них шел разговор. На щеке ее был приклеен одним концом обрывок широкой полосы скотча, который применяется при упаковке багажа в аэропортах. Зрелище было отвратительным. Произошло тут насилие или нет, теперь значения не имело. Скорее всего, нет. Не было нужды насиловать женщину, которая и так никому не отказывала, да и само насилие не могло быть для нее суровым наказанием. Потому вряд ли тот же Ахмет со своими подручными стал бы тратить дорогое время на этот акт, когда главной его задачей было срочно отыскать своего брата. Но за что же тогда было убивать женщину, от которой никому не было никакого вреда?

Впрочем, если Дарья под напором звереющих бандитов созналась, что выдала менту все свои адреса, по которым и возила «посылки», такое они бы ей не простили. Вот в этом и есть, вероятно, главная причина. А куда увезли Саида, она и в самом деле могла не знать. Или забыть в своем заторможенном состоянии. Они ж ведь с Володей угрожали бандиту, что вывезут того за прогон или утопят в реке. Это Дарья и могла запомнить... И проговориться...

Вячеслав Иванович поздоровался с судебным медиком, кивнул участковому, подумал, что здесь, похоже, кругом одни капитаны. И сержанты. На вопросительный взгляд участкового ответил движением руки: достал из кармана ярко-алое с золотом удостоверение агентства «Глория», в котором было написано, что он — генеральный директор, а на цветной фотографии красовался сам в генеральской форме. Произвело впечатление.

— Вы что-нибудь знаете? — спросил участковый по фамилии Жигало, так он представился.

— Разумеется, мы с коллегой беседовали с Дарьей Степановной сегодня рано утром, когда захватили бандита Саида Хасмагомедова. Очень просили ее, настойчиво предлагали уйти из дома, перейти под нашу защиту, но она категорически отказалась. И вот — результат ее упрямства. Можно предположить, что это почти ритуальное чеченское убийство, я не ошибаюсь, доктор?

Доктор поднял голову, посмотрел на Грязнова и молча кивнул.

— Ее били перед смертью?

— И очень сильно, вся грудь в гематомах... Лицо разбито... сломана нижняя челюсть, зубы... Раздавлены пальцы на руках — били чем-то тяжелым. А этим скотчем, — доктор тронул пальцем, — они заклеивали ей рот во время истязания, чтоб криков не было слышно. Несколько раз, как показывают следы, оставленные клейкой стороной ленты, отдирали край и допрашивали, чтобы затем все повторить снова. Звери «трудились»...

— Понятное дело, допрашивали с пристрастием... — Грязнов вздохнул. — Били наверняка оружием... прикладами.

— Экспертиза покажет, — кивнул доктор. — Могут остаться следы металла или оружейного масла.

Нет, и правда, хорошо, что Володя не видит всего этого. Смотреть на изуродованную женщину, которую еще несколько часов назад наверняка держал в объятиях, не всякому под силу... Не хватало здесь еще и Дуси, совсем у бедной сон пропадет... и так не высыпается...

Закончив свою работу, медик поднялся, велел санитарам, тосковавшим от безделья, прикрыть тело черным полиэтиленом и уложить на носилки.

— Уносите, — сказал им. А Грязнову добавил: — Все остальное — после вскрытия. Или у вас имеются вопросы?

— Нет, больше не имеется, доктор. Лично мне все ясно. До свиданья... — И подумал, что лучше, чтоб его никогда не было, этого свиданья.

Двое дюжих санитаров не без труда подняли тяжеленное тело и понесли в машину.

— Вам придется дать показания, — сказал участковый Грязнову. — Там Полозков, он сейчас подойдет...

— Не подойдет больше, — Грязнов отрицательно качнул головой. — Задержан он. А показания будете давать вы, Жигало. И не здесь, а, скорее всего, уже в Астрахани.

Участковый дернулся, словно от удара, и Вячеслав Иванович в упор уставился на него «ледяным» взглядом, как он это умел при допросах упорных преступников.

— Там сейчас спецназ из астраханского ГУВД работает. Вы что, капитан, шума вертолетных двигателей не слышали?

Тот растерялся.

— Слышал... Но тут часто летают... И полигон, и... рыбонадзор... иногда...

— Нет, это к нам в помощь прибыл спецназ, — как о чем-то постороннем, сказал Грязнов. — Они сейчас к чеченцам отправились. В крепость господина Дадаева. Саида мы еще утром взяли, а вот Ахмета будут брать они. Вы ж наверняка должны быть в курсе, станица-то ваша не так и велика?

— Н-нет, н-не знаю... — Он стал заикаться, вон как разволновался! Ну да, с него теперь и первый спрос.

— А вы, получается, первым обнаружили труп, капитан? Еще до того, как сюда прибыл Полозков?

— Так точно, я...

— А дальше что было?

— Ну... он примчался, и с ним — трое, этот вот, Негодуйло, Маркуша вон, и Селезнев. Маркуша тут остался, а другие с Полозковым к Мамонтовой помчались, там, сказал он, преступник скрывается.

— А вы не объясните, почему он отсюда сразу в дом именно Евдокии Мамонтовой кинулся? С автоматами наперевес? Брать, как вы говорите, бандита, вооруженного до зубов. Кто его надоумил? Вы? — в упор спросил Грязнов.

— Н-нет, — совсем уже растерялся участковый и начал оглядываться, словно искал чьей-то помощи либо поддержки.

— Но кто же тогда? Чеченцы? Вы разве еще застали их здесь? — сурово сверля глазами капитана, давил Вячеслав Иванович.

— Н-нет... Тут никого уже не было...

«Уже», — немедленно отметил Вячеслав Иванович.

— Так вы-то сами, капитан, откуда узнали? От кого? Почему сюда пришли? По собственной инициативе? Вам что, заранее стало известно, что в этом доме будет совершено убийство? И как вы в дом-то вошли? Он же был заперт! Я сам помню, что Дарья Степановна, проводив нас, заперла дверь, потому что боялась своих «соседей», которые заставляли ее развозить по городам наркотики. Так прямым текстом и сказала. И адреса все нам дала. А они ее за это, значит?.. Разве вам не известно, капитан, что полстаницы участвует в этом преступном бизнесе? Или, наоборот, известно настолько хорошо, что вы и сами на этих делах с успехом грели себе руки?

— Н-нет... — это «н-нет» заметно уже испуганного участкового стало Грязнову надоедать.

— А если «н-нет», — передразнил он, — то повторяю вопрос: почему вы пришли именно сюда? Может, вам Полозков подсказал? — Вячеслав Иванович и сам «подсказал» участковому выход из его «кислого» положения.

— Он! Он!.. — обрадовался капитан. — Он же сам и позвонил мне... сказал, что надо идти сюда!

— А ему кто подсказал? — Грязнов посмотрел на растерянного «блюстителя» с иронией: давай уж, колись, все равно с тебя будут шкуру спускать... Но глаза у Жигало бегали, как у карманника, пойманного за руку.

— Ему позвонили... в Замотаевку, еще утром... он сказал...

— Так, значит, он сначала вам позвонил, а потом уже сюда прикатил из Замотаевки?

— Так точно, — обессиленно выдохнул совсем уже потерявший контроль участковый. — Он сказал, ему сказали... про убийство... И насилие... Он сам и примчался, потому что — «чепэ»!

— Ах, «чепэ»... И кто ж это такой умный и находчивый, а, капитан? Который все видел, все знает и вам впаривает дезинформацию, которой вы немедленно и беспрекословно верите? И бежите арестовывать не подлинных убийц, а... ну, скажем, кого-нибудь постороннего, вроде того же Антона Калужкина? На которого так просто было любую вину валить? И ведь получается так, что вы тому убийце — первый помощник, вон каким боком оно теперь к вам оборачивается, чуете?.. Да, капитан, не завидую... Впрочем, ладно, пусть с вами разбирается тот, который вас сюда определял. Мое бы право, так гнал бы вас отсюда паршивой метлой. Все вы тут скурвились. А я сам, своими руками, брал десятки таких, как вы, капитан, оборотней! Думал, покончили с ними... Нет, живучее племя... Пошли, сержант, отсюда, — бросил он милиционеру, с которым пришел в дом. — Пусть с этими деятелями их начальство разбирается... — И, выходя за дверь, обернулся и крикнул: — Подумайте над своими показаниями, капитан, а то у вас концы с концами совсем не сходятся! И пойдете вы теперь, как прямой соучастник преступления, вместе с капитаном Полозковым — паровозиком, капитан, паровозиком...

Тот побледнел, и это тоже заметил Вячеслав Иванович. Ну конечно, не может не знать кошка, чье мясо съела...

Возвращаясь домой, Грязнов продолжал размышлять о том, каким образом все они, местные правоохранители, попали под пресс влияния семейства Дадаевых, чьи интересы, как выясняется, с таким успехом и упорством защищали наемники из соседней республики и очень влиятельный старший брат из Москвы?.. Но, кстати, где же сведения из Москвы? Чего они там телятся?..

За высоким железным забором надрывались псы. На громкий стук в ворота долго никто не отзывался, и капитан Пшеничный решил штурмовать «крепость». Но когда один из бойцов, вскочив на спину другого, собирался дать автоматную очередь по бесновавшимся на свободе большим собакам, из пристройки к дому выбрался совсем старый человек. Он помахал рукой в сторону калитки и крикнул собакам, те замолкли. А потом, по его команде, послушно убежали в пристройку, из которой старик вышел. Он закрыл дверь и неторопливо отправился к воротам.

— Открывайте калитку! — приказал Пшеничный и подмигнул Климушину. А тот обернулся к безучастному сержанту Селезневу:

— Ты здесь, надо понимать, свой, объясни, пока мы огонь на поражение не открыли.

— Открывай, Никишка, я — Селезнев.

— А с тобой-то кто будет? — сиплым голосом спросил старик. — В доме никого нет. Хозяева уехали родственника свово хоронить. А когда вернутся, не сказали. И больше в доме никого, я один, с собаками сторожу.

— А где Ахмет? Открывай, старик! — вмешался капитан. — У меня на руках постановление на проведение в доме и усадьбе обыска.

— Так чего ж искать-то? — Старик открыл калитку, пропуская «гостей». — Смотрите, только я не знаю, чего вам надо.

Этот дед хорошо говорил по-русски, с небольшим южнорусским акцентом, да и во внешности его не было ничего «кавказского». Дворник, одним словом. Небось, из нищих или из бомжей. У таких обычно ничего с собой нет, и служат они за кусок хлеба да подстилку в сарае — до самой смерти. Нередкое явление. Современное рабство, по-кавказски...

Климушин обернулся к Селезневу:

— Давай, приведи срочно двоих понятых. — И тот убежал.

— Где Ахмет и остальные? — приступил к допросу капитан.

— Дак... уехали. Нынче утром и укатили, милчеловек.

— Сколько их было?

— Да все трое. Саида-то с ними не было, он еще ночью ушел, я слышал, собачки лаяли, выглянул, а за ним Шамиль калитку запирал. А уж утром гыр-гыркали они чего-то по-своему, а потом убежали.

А как вернулись, дак совсем злые, быстренько собрались, мешки в машины покидали и укатили... Обругали еще, велели молчать и собак спустить.

— Сколько у них машин было?

— Дак и две, а третья не ездиит, у нее с мотором чего-то.

— Куда поехали? В котором часу?

— Дак, куды, мил-человек?.. Я спросил, а они меня... послали. На кудыкину гору. А укатили-то десяти ишшо не было.

— Сам-то думаешь — куда?

— Дак на кошары, небось.

— А где у Дадаева эти кошары?

— На Сарпе, у калмыков... Отсюда верст поди сто двадцать будет, не мене...

— Ладно, открывай дом, — сказал Пшеничный, — сейчас понятые подойдут, и поглядим, что у вас тут делается... Наркотики, оружие в доме есть?

— Дак откуда ж, мил-человек? — Старик развел руками.

— Ты, дед, хорошо подумай, прежде чем отвечать. Ведь найдем, заберем тебя с собой, и сядешь ты в тюрьму на старости лет за милую душу. Хозяина-то нет, с кого спрос? Вот ты за все и ответишь.

— Дак... вы посмотрите, может, чего и есть, — уклончиво ответил старик. — Кто ж его знает, чего у хозяина в погребах хранится? К нам милиция нынче не заходит.

— А чего так?

— Хозяин такой, — старик мелко захихикал. — Его слово — закон. Наш участковый кажный месяц сам за получкой приходит... Чего ж мешать-то... жить?

— А у тебя у самого, дед, паспорт-то есть?

— Откуда ж, мил-человек? Справка была. У хозяина она. Живу вот, собачек кормлю, отвязываю, привязываю...

— Фамилия-то как?

— Говорят, Егорьев — была фамилия, Никишкой кличут, мил-человек.

— А отчества нету?

— Дак... а зачем оно?

— Хорошо устроились... — Пшеничный покивал и, взяв Климушина под руку, отвел в сторону. — Слышь, майор, а в Калмыкии, хоть и лететь недалеко, нам делать нечего. Суверенитеты, мать их... Сообщай генералу, чего он скажет? Ну, обыщем мы тут, чего найдем, все наше. Улики. А дальше?

Владимир набрал номер Грязнова.

— Вячеслав Иванович, мы — в доме, кроме сторожа, нет никого. Эти удрали, по предположению сторожа, в Калмыкию, где у Дадаева свои кошары. В районе Сарпы. Я знаю, бывал в тех краях, там хорошие выпасы, арендует, наверное. В общем, капитан говорит, хоть лету и недалеко, но... это — Калмыкия, а не Астраханская губерния. Наверное, решать придется на другом уровне, в Астрахани. Что скажете?

— Обыскивайте. А с Сарпой этой пусть сами калмыки и разбираются. Федеральный розыск —

он един на всей территории России. Кстати, мне из Москвы подтверждение только что поступило. И Ахмет, и Саид — оба уже два года числятся в розыске.

— Тут еще двое были — Али какой-то и Шамиль. Наверняка из той же кучи. Фамилий дед не знает. Он вообще ничего не знает. Растение, одним словом.

— Что поделаешь, Володя... А Калмыкия — это уже не наша с тобой епархия. Пусть Алексей Кириллович на свои плечи взваливает свои проблемы. Нагадали мы ему...

— А там — что? — не удержался от вопроса Климушин.

— Ужас, Володя, — тихо ответил Грязнов. — Сплошное месиво... Даже и следа искать не надо, все понятно по почерку. По-моему, ей уже мертвой горло перерезали. Видал я подобное под Грозным, в девяностых... Но чтоб с женщиной?.. Такого не помню, да и умишком своим скудным не понимаю... Ладно. Вы там про этого сукиного сына, участкового, не забудьте, он у дома Дарьи околачивался, Жигало его фамилия... Пусть дает показания. Путается, врет, но наверняка знает достаточно.

И Климушин тотчас отправил сержанта Селезнева за участковым и представителем станичной управы, чтобы те присутствовали при обыске и у будущего суда не возникало потом вопросов о каком-то беззаконии.

Дед Никишка все хихикал, будто получая особое удовольствие оттого, что в доме хозяина довольно бесцеремонно открывали шкафы и рылись в них, переворачивали ковры, обстукивали стены в поисках тайников. Но буквально все проблемы разрешились, когда ничего уличающего Дадаевых в преступных действиях не обнаружив в жилой части дома, Климушин с Пшеничным и двумя женщинами — понятыми велели Никишке отпереть замки на тяжелых, обшитых железом подвальных дверях. Нужно было, оказывается, изначально прислушаться к уклончивому совету деда насчет того, что у хозяина «в погребах хранится», сразу спуститься сюда, а затем, приступив к обыску, тут же его и закончить.

Ну, помимо нескольких, туго набитых синтетических мешков с высушенной коноплей, помимо уже упакованных и готовых к перевозке «посылок», содержимое которых ни у кого не вызвало сомнения, оперативники обнаружили и собственно тайник. Он был заперт, но довольно быстро стальная дверца вделанного в стену сейфа была открыта. Оперативники заглянули в пустой сейф и ничего стоящего их внимания там не обнаружили. Однако в стороне от сейфа, на полу, валялись две промасленные тряпки. Опытные носы вмиг определили запах оружейного масла, после чего были обнаружены следы того же масла на днище и на стенках большого железного ящика. Причем внутри запах был довольно устойчивым. Совсем недавно, всего несколько часов назад, здесь лежало хорошо смазанное и приготовленное к действию оружие. Судя по объему сейфа, в нем могло поместиться не менее десятка короткоствольных автоматов, включая боезапас. И это «хозяйство» убыло вместе с охраной дома Дадаевых, так надо полагать.

Что ж, Рахиму, который возвратится сюда после похорон старшего брата, будет сделан очень приятный «сюрприз». Если его кто-то не поставит заранее в известность о тех событиях, которые произошли здесь в его отсутствие и если он не испугается и не смоется, опасаясь ареста.

«Но, с другой стороны, — рассуждал Климушин, — если Дадаев-младший и попытается скрыться, это станет прямым свидетельством того, что ему действительно есть чего бояться. Но семья-то куда денется? Куда женщины отправятся после очередных похорон? Или так и останутся на родине, в своем ауле? И что же, разве найти их потом будет невозможно?..»

И Владимир, и остальные прекрасно понимали, что от такого хозяйства просто так не отказываются, оно очень больших денег стоит. А там еще и отары овец, и сама усадьба с прекрасным, богатым домом...

Нет, они вернутся и будут настаивать на том, что решительно ни в чем противозаконном не замешаны, ничего не знали и не видели, женщин, мол, в свои дела мужчины не посвящали. А если чего и было, так в том виноваты те же чеченцы, которых «пригрел», из каких-то своих соображений, может, по доброте душевной, еще покойный средний брат Энвер. С него и спрос, а с женщин — какой?..

А в общем, понял наконец Климушин, здесь, кажется, подтверждалась догадка Вячеслава Ивановича, который обмолвился в одном из разговоров о том, что убийство Энвера — это дело рук самих его охранников. Как там, в Москве, поступили со старшим братом, неизвестно, как непонятно и кто в него стрелял, но Энвера убрал именно Ахмет или один из его помощников. Не исключено, что тот же Саид. Наверняка братьям приглянулось это хозяйство, вот они и решили обосноваться. Пусть пока временно и под «крышей» младшего Дадаева, с которым позднее можно было решить вопрос радикально. Несчастный случай, например, лодка перевернулась... Ночью под машину попал... Неизвестный грабитель камнем по голове ударил, чтобы украсть кошелек с мелочью... Какие у них еще могли быть варианты? Да сколько угодно примеров-то! Вот так дела и делаются...

Ближе к вечеру, когда сумасшедшая жара спала, закончили операцию и составили подробный протокол осмотра и описания улик. Отпустили понятых, и, нагрузив участкового с сержантом мешками и «посылками», отправились восвояси, официально опечатав дом. Деду Никишке, как заметил Климушкин, это было абсолютно безразлично: корм для собак содержался в его пристройке, да к тому же было похоже, что и он сам разделяет с ними трапезу. Потому и нечего ему было делать в большом доме.

— Шел бы ты, дед, отсюда, — посоветовал ему Пшеничный, но старик лишь пожал плечами:

— А куды? Ты, мил-человек, куском хлеба меня обеспечишь разве? Молчишь?

— Молчу, дед, — вздохнул капитан. — Никаких твоих справок мы в доме не обнаружили, значит, и нет тебя, оказывается, на белом свете. Вот стоишь ты передо мной, а тебя нет, понял?

— Дак то я давно понял, — захихикал Никишка. — А хозяин — хороший, не обижает...

— Это — молодой или тот, старый, которого злодеи убили? — вмешался Климушин.

— Дак это... сам пригрел, — таинственным шепотом ответил дед и хихикнул. — А мое дело — сторона. Кормят — и ладно...

«Все правильно, — вздохнул Климушин, — кормят — и ладно... Всем известно, кого пригрел Дадаев, всем, кроме... следствия...»

— Ну, бывай, дед, — кивнул он.

— И вам — не хворать... Так я собачек отпущу? Чего им взаперти белым днем маяться?

— Отпускай...

Уходящих долго еще сопровождал неистовый лай из-за «крепостной стены», будто уже чуяли собаки, что и для них лафа может скоро кончиться.

Глава десятая
ОСТРОВА

Опергруппа убыла после приготовленного гостеприимной Дусей сытного обеда, плавно перетекшего в ужин. Улетели, забрав с собой Саида Хасмагомедова со всеми уликами, обнаруженными у него и в доме Дадаева. Чеченец с новой силой продолжал злобно вращать глазами и рычать от ярости, после того как ему сказали, что его брат Ахмет вместе с Али и Шамилем бросили его на произвол судьбы. А сама судьба будет теперь к Саиду безжалостной, поскольку он уже два года скрывался от правосудия и теперь должен ответить за многочисленные свои преступления. И за брата — тоже. А может, и за их приятелей Али с Шамилем.

Увозили и Полозкова, до которого от имени генерала Привалова было «доведено», что при оказании им сопротивления бойцам приказано с «оборотнем» не церемониться, а поступать так, как он того заслуживает. С него даже наручники сняли, которыми были скованы его руки на время проведения операции спецназа. Кажется, он оценил ситуацию, в которой оказался, и счел за лучшее подчиниться. Впрочем, вполне возможно, что он надеялся на каких-то своих высоких покровителей. Ведь вести себя с такой откровенной наглостью мог только тот, кто действовал не от собственного лица, а по чьему-то приказу. Или по просьбе. Если покровитель обладал достаточной уверенностью, чтобы разговаривать вполголоса.

Жигало было приказано продолжать нести службу и ожидать скорого вызова в прокуратуру для дачи показаний по уголовным делам, возбужденным по инициативе Полозкова. Грязнов прекрасно понимал, что ввиду вновь открывшихся обстоятельств уголовное дело по обвинению Антона

Калужкина в убийствах по признакам статьи 105 Уголовного кодекса должно быть возвращено в следственный отдел прокуратуры для проведения дополнительного расследования. Другими словами, произойдет то самое, ради чего Вячеслав Иванович фактически и взялся за собственное расследование обстоятельств преступлений, происходивших в станице в течение последнего года. По идее, новый, назначенный прокуратурой следователь должен обратить наконец внимание на многочисленные нестыковки, да и прямые подлоги в объяснении фактов, якобы подтверждающих уголовные деяния невиновного в них человека. И, соответственно, суд даст правильную и справедливую оценку неправомерным и даже преступным действиям представителей правоохранительных и следственных органов Астраханской губернии.

Между прочим, по предположению доктора, которому Грязнов показал нож, отобранный у боевика и завернутый в полиэтиленовый пакет, подобным же оружием и могла быть совершена кровавая экзекуция над женщиной. Так что на круг, как говорится, тут слишком многое сходилось.

Вместе с бойцами спецназа решил лететь и Владимир Сергеевич. Фактически его миссия здесь — пусть и трагически, куда деваться от истины? — завершилась, серьезных причин оставаться в станице тоже не было.

Вячеслав Иванович тепло попрощался с ним, поблагодарив за неоценимую помощь, передал привет генералу и попросил Володю рассказать

Алексею Кирилловичу о том, чего они смогли добиться за столь короткое время. Другими словами, чтобы не вести долгих переговоров по телефону, проинформировать начальника ГУВД области, что по всем статьям уголовное дело Антона Калужкина нуждается теперь в пересмотре и новом расследовании, ибо большинство эпизодов его обвинения фактически были сфальсифицированы, очевидно, по прямому указанию братьев Дадаевых либо Хасмагомедовых, местными сотрудниками правоохранительных органов. Однако это уже дело прокуратуры, а не «отдыхающего на рыбалке» отставного генерала Грязнова. У которого, кстати, срок пребывания скоро заканчивается.

Но машину Вячеслав Иванович попросил временно оставить у себя. У него, мол, появилось желание прокатиться на острова и посмотреть, насколько действительно опасен этот рассадник наркоты. Мало ли, со стороны иногда бывает виднее. А эту «девятку» Грязнов пообещал в целости и сохранности доставить перед отлетом в Москву прямо по адресу пункта проката. На что Климушин улыбнулся и негромко сказал, что эта машина — из гаража ГУВД и ни о каком прокате думать не стоит, обычная любезность Алексея Кирилловича.

С тем и попрощались. Дуся передала с Володей брату несколько аппетитных вяленых рыбин — под пиво, которым Алеша любит побаловаться на досуге. Завернула на добрую память и самому Климушкину.

Заревели двигатели Ми-8, машина с пассажирами словно подпрыгнула немного и мягко унеслась в сторону юга. А Грязнов с Дусей проводили ее взглядами, со смехом отряхнулись от поднятой пыли и отправились домой. Наконец-то, сказал он женщине, можно заняться и рыбалкой. Про поездку на острова, естественно, ничего не сказал, не желая впутывать Дусеньку в свои заморочки. Ей уже и без того досталось волнений.

Однако не тут-то было. Утром следующего дня — как раз пятница, а дальше — выходные, последние у Славушки, между прочим, — Дуся и слышать не желала, чтоб он куда-то еще уехал. Пришлось сознаться про острова. И лучше б не говорил! Только, как говорится, через ее труп! Или ехать вместе... Потому что само слово «труп» было еще слишком свежо...

И Грязнов подумал, что, возможно, так оно будет и лучше. Прикинув «диспозицию», он пришел к выводу, что чеченцы во главе с Ахметом, понявшие, что их преследовать не стали, могут и вернуться. И узнать об обыске в доме Рахима Дадаева. Но, главным образом, о том, что связанного Саида увезли вертолетом в Астрахань, что туда же отправился с бойцами спецназа и капитан Полозков и, наконец, что дом, в котором они столько времени безбедно проживали, опечатан. Какими могут стать после этого их действия? Непредсказуемыми...

Поэтому пока он, Грязнов, здесь, и Дусе лучше не оставаться одной, мало ли?.. Но ее, казалось, такое положение вещей вполне устраивало. «Славушка, съешь то, да выпей это, Славушка, отдохни — намаялся, чай, позагорай лучше в саду, а то — отпуск, а ты и не отдохнул путем...»

Прошлым вечером, совсем уже поздно, заскочила Зина. Обо всех последних станичных новостях она, естественно, узнавала от Дуси. А теперь пришла сказать, что мужики сегодня весь вечер обсуждали возле здания управы происшедшие события. Особенно их тревожило, как ей показалось, то обстоятельство, что в убийстве, как успел проговориться женщинам участковый, и сам оказавшийся некоторым образом как бы причастным к убийству — иначе чего б его тогда тягали прибывшие из Астрахани сотрудники милиции, — виноваты чеченцы, проживавшие у Дадаевых. А это всем здесь было известно. Приезжие, правда, по улицам с ножами и автоматами не разгуливали, но... были ведь. И вон как оно случилось! Так что ж теперь, еще и этих опасаться?!

Словом, народное вече выражало тревогу, а защитить народ было как бы и некому: милицейская-то власть сама под подозрением! И что дальше будет?..

А что будет? Поболтают, пошумят и успокоятся. Если не произойдут новые убийства. Чеченцы — народ мстительный и жестокий, всякого от них ожидать можно. Значит, надо надавить на местную управу, чтоб она с замотаевскими районными властями связалась и описала ситуацию в станице. Мол, народ дальше так жить не хочет, опасается.

Но... поговорили и разошлись. Кто — по домам, ибо завтра — обычная работа, которую нельзя останавливать, без куска хлеба остаться можно, а кто и в «маркет», который, как известно, торговал все двадцать четыре часа в сутки.

А в общем, и Грязнову с женщинами обсуждать было нечего. Да и потом, никто толком не знал, где содержался задержанный Саид: его просто привели и посадили в вертолет. А где он был и кто его поймал — какая разница? Но Грязнов-то прекрасно догадывался, что покойная теперь Дарья, которую били смертным боем, наверняка сказала про мента из Москвы. Имелся в виду Володя. А где Володя, там и Грязнов обозначился рядом. Скверная ситуация может сложиться. Он уж подумывал, что было бы неплохо, если бы Дуся какое-то время провела в Астрахани, у брата. Хотя бы недолгое, пока здесь все успокоится. Либо пока не поймают бежавших чеченцев-боевиков. На что, правда, рассчитывать немедленно было бы легкомыслием.

Он и высказался в этом смысле, когда они вечером, после ухода Зины, остались вдвоем с Дусенькой. Но та и слушать не желала. Это ж, если так думать, можно полстаницы считать виноватыми! Да где ж такое видано!

— А то и видано, — в буквальном смысле отмел ее возражения Грязнов, — что эти твои полстаницы как раз и обслуживали банду распространителей и торговцев наркотиками. Они огромные барыши приносили хозяевам, и жестко поступать с ними те будут лишь в том случае, если узнают, что станичницы твои сдали их милиции. Хотя с милицией вашей совсем плохо дело, насквозь прогнили.

— А если так, тогда почему Жигалу этого не забрали? Он ведь тоже...

— За него не беспокойся. Всему свое время. Пусть пока побегает, поволнуется. Может, попытается какие-то шаги предпринять, ему ж серьезные обвинения светят, неужели ты думаешь, что он такой уж простак-тихоня, которого чеченцы либо тот же Дадаев легко обвел вокруг пальца?

— Ну а что толку, если он и побежит к кому-то? Кто узнает? Ты ж сам сказал давеча, что он прохвост порядочный!

— Сказал, и что? Уж не хочешь ли ты наняться в тайные агенты? — И добавил с легкой иронией: — В шпионку поиграть?

— Ну зачем ты так? — обиделась Дуся. — Я ведь о деле думаю...

— Так и я о деле... Положение твоего... прости, вашего Жигалы будет во многом зависеть от показаний Полозкова и Саида Хасмагомедова. Ни тот ни другой, надо понимать, щадить и выгораживать его не станут. Напротив, постараются и свою вину перевалить на него. Мол, это он всему голова, а они ни при чем. А так — что ему может предъявить следователь? Особенно если тот и сам каким-то образом замазан в дадаевских делах? Чего, к сожалению, нельзя исключить. Раскрутка дела Калужкина лично мне ясно показывает, что в нем были заинтересованы не только местные лица. И ничего не показывает следствию, вот как получается...

— Но все равно же... — попыталась возразить Дуся, и Грязнов решил ее не мучить, зная, что она не отстанет, ибо уже считает его умнее всех остальных сыщиков, вместе взятых. А может, это была у нее обычная женская гордость за «своего» мужчину, кто знает? Что бывает в тех случаях, когда женщина всерьез возлагает на этого мужчину определенные надежды. А так оно, видно, и есть.

Но в мыслях Вячеслава Ивановича как-то исподволь прокручивалась история с Дарьей Двужильной. И он снова укреплялся в мыслях, что ее мучения и страшная смерть явились отчасти и результатом их с Климушиным беспечности и торопливости. Не знай Дарья о том, кем является Володя, возможно, ее и миновала бы такая жестокая участь. Хотя вряд ли. С бандитами поведешься, оправданий себе не ищи...

Вот он и думал: открыть Дусеньке тайну или не стоит? В женщине он, разумеется, был уверен, как в себе самом, но... жизнь иной раз подбрасывала такие ситуации, которые не могли бы и в голову прийти. Однако Алексей твердо знал, что Дусе довериться можно — сестра все-таки. Ну, раз так?..

— Я тебе скажу кое-что, но ты сразу об этом забудешь, если к тебе вдруг обратится незнакомый тебе человек, чтобы передать привет от Алексея. Даешь страшную клятву? — усмехнулся он.

— Землю есть? — с готовностью согласилась она, и глаза ее заблестели.

— Нет, не надо. — Он засмеялся. — Просто ты видела пятерых спецназовцев, верно? А прилетело шесть человек. Понятно? И вот этот шестой... или шестая, не знаю, найдет возможность понаблюдать за участковым. Но тебя это не касается.

— Вон чего?.. — протянула Дуся и покачала головой. — А как же он — или она — станет это делать, если у нас в станице каждый новый человек сразу заметен?

— Найдет, наверное, возможность. А может, тот человек — из местных, я не знаю. Да и тебе не стоит о нем думать. Понадобится, сам подойдет. Или сама... Алексею видней.

Дуся покачала головой и поскучнела. И Грязнов знал причину. Он ведь улетал, а она оставалась. И надежды, если они у нее и были, оставались пустыми надеждами... Хотел бы он сказать ей: «Дусенька, не теряй оптимизма», — но понимал, что рано, не ко времени. Да и вообще, вопрос о том, что дальше, становился для Вячеслава Ивановича все проблематичнее. Это хорошо, что Саня с Филиппом побеспокоились о его жилье, а то сам бы он ни за что не стал настаивать на срочном выезде генерала Снегирева из квартиры на Енисейской. Мог бы, наверное, временно пожить в квартире Дениски на Пречистенке, но что-то останавливало Грязнова. Словно приходилось, вопреки своему желанию, ворошить тело покойного. И даже теперь, зная, что Дениска жив и работает где-то далеко и, когда домой вернется, неизвестно, Вячеслав Иванович не мог, просто не мог поехать туда и что-то изменить по-своему, считал такой свой поступок предательством по отношению к единственному племяннику. Только регулярно перечислял квартплату по лицевому счету, тем и ограничивался. И что там, в квартире, не знал, да и знать не хотел. Вот хозяин вернется...

Однако с Дусей вопрос надо было как-то решать. Грязнов понял, что последнюю надежду он может возложить только на Алексея.

Прекрасно видя, что в оставшиеся несколько дней толковой рыбалки уже не получится, а съездить на острова он считал для себя необходимостью, то и просил Володю оставить ему для этой цели машину. Дуся даже и мысли не допускала, что он отправится в это невеликое путешествие без нее. И это был как раз тот случай, когда надо было соглашаться. Согласись с женщиной в малом — выиграешь в большом. А игра ему еще предстояла.

— Пойду к мужикам на протоку, посоветуюсь, где там подходящая рыбалка и как проехать на машине.

— Давай, только побыстрей, а я приготовлю еду... На сколько дней? — спросила с надеждой. — У меня даже палатка есть... осталась.

— Хорошо, достань ее, вернусь, посмотрим...

Нет, ночевать на островах он, в принципе, не собирался, но забирать надежду у женщины не хотел. Да и какая-то неясная интуиция подсказывала ему, что ночевать с женщиной в неизвестном месте — дело рискованное. Говорил же Алексей о том контингенте, что населял острова. А где наркотики, там, известно, и преступность. Причем, завязанная на наркотиках, она бывает особо жестокой.

У Вячеслава же Ивановича никакого боевого оружия для самозащиты, кроме травматического пистолета, с собой не было, а к этой разрешенной законом «пукалке» он не мог относиться серьезно. И даже успел пожалеть, что не захватил из Москвы парочку хороших ружей. Но и к этой затее он еще там, в «Глории», отнесся без почтения: сезон охоты на Волге еще не начался, и, кончится тем, что придется объяснять на каждом углу и каждому любопытному милиционеру, зачем рыбаку понадобилось огнестрельное оружие. Так что лучше уж от греха, как говорится... А теперь оно очень пригодилось бы. И по этой причине тоже он не хотел оставаться на ночевку. Дуся в своем необыкновенном сейчас расцвете была слишком лакомым кусом, чтобы какая-то нечисть, накачанная наркотой, захотела бы пропустить ее мимо своего пристального внимания. А громким криком да «пукалкой» безопасность не обеспечить, Грязнов трезво оценивал свои возможности, и Дуся была в них препятствием в осуществлении его замыслов. Но сказать ей об этом он тоже не мог: обидел бы кровно. Она ж ему только добра желает...

Рыбаки, которых он встретил у протоки, никак не хотели понять его интереса. Уверял их, что слышал от знающих людей, что там, на островах, в ериках и в пересыхающих еще в весеннее половодье образовавшихся озерах пропасть всякой мелкой рыбки, которая, будучи правильно, то есть со знанием дела, завяленной, — лучшее средство при потреблении пива. Особенно зимой.

Посмеялись, но все ж поверили: и охота ж серьезному человеку всякой ничтожной мелочью заниматься? Ну пусть, каждый... хм, в том смысле, что делает, как он хочет. А москвичи вообще народ непредсказуемый... И пошли воспоминания о том, как, было дело, останавливался в прошлом году один москвич, так вся станица долго потом над ним потешалась...

«Уж не на меня ли намекают?» — размышлял Грязнов, и подумывал, что, наверное, зря завел разговор об островах, не в почете эта тема здесь. Либо они сохраняют осторожность, ибо те же острова — их дополнительный бюджет. Говорила ж Дуся, что полстаницы этим делом промышляют...

Впрочем, то, что ему требовалось, он выяснил, и, главное, направление движения и примерное время на поездку и поверхностное знакомство с местностью, чтобы затем приехать уже на денек-другой и пошарить по пересыхающим озерам с небольшим неводом — не руками же отлавливать рыбий подрост. Хотя местное население отлавливает рыбу, чтобы потом спустить ее на большую воду — спасает от гибели. А москвичу, известно, — ему все равно, для него ведь Волга никогда не останется без рыбы. Такой вот упрек неожиданно получил Вячеслав Иванович, хотя и в весьма доброжелательной, почти дружеской форме. И сделал для себя соответствующий вывод.

Ехать он решил на следующий день, с самого раннего утра, пока народ еще спит. На пароме в Замотаевке переправиться на другой берег Волги и, выехав на левобережную Астраханскую трассу, рвануть на север, до района Ахтубинской Михайловки. Вот там, на дикой, почти неосвоенной островной территории, принадлежащей Калмыкии, и находится самый заповедник «наркошей». Есть несколько старых, полуразвалившихся усадеб, окруженных непроходимыми зарослями конопли. И над ней в пору цветения стоит аж туман, от которого голова идет кругом. А с поверхности машин приезжих рыбаков, обитающих в палатках на берегу Волги, очень широкой в этом месте, можно скребками собирать осевшую наркотическую пыльцу. Жуть что рассказывали...

Но не за этим, естественно, собирался на острова Вячеслав Иванович, а посмотреть на тот самый контингент, что обитает там, и выяснить, чем люди живут. Зачем это было ему нужно, когда генерал Привалов, в качестве спасения, предлагал — несерьезно, конечно, — сжечь эти острова, Грязнов и сам толком не знал. Может, природное чувство обостренной справедливости подвигло, нашедшее лучшее свое воплощение в дальневосточной его эпопее? Надо же как-то спасать людей от этой дряни! А то разговоры только и слышны, а тут под боком — такой рассадник, и никто даже не чешется... Разве в России, в каждой губернии свои законы? Получается, что так...

Молодой паромщик — не на волжском пароме, а на ахтубинском, переправлял машины и людей через неширокую протоку. С ним и разговорился

Грязнов, пока тот ожидал — по расписанию — момента, когда с полдесятка машин разместятся, наконец, на дощатом настиле его площадки, устроенной на двух понтонах. Тот рассказал, как проехать через весь остров к противоположному, волжскому берегу. Даже общий план вьющихся по острову дорог показал. На нем были указаны железные мостки через неширокие ерики — их было на пути несколько. Обозначены были также и отдельные строения. И возле одного из них, на волжском берегу, даже пристань была обозначена. Там не паром ходил, а маленький речной трамвайчик от калмыцкого поселка Цаган Амана, какие когда-то плавали на Москве-реке — с двумя нижними салонами и скамейками на передней и задней палубах.

А еще, вспомнил Вячеслав Иванович, о чем и рассказал тут же Дусе, в середине верхней палубы на этих мелководных прогулочных судах обычно размещался буфет, в котором можно было вот так, запросто, подойти и купить бокал шампанского и какое-нибудь пирожное или шоколадку. Дуся смеялась: красиво жить не запретишь! А Грязнов опечалился, ведь, кажется, так недавно все это было — и его огненно-рыжая шевелюра, и красивая, задумчивая девушка, плечи которой защищал от встречного ветра его пиджак, и шампанское с конфеткой — на палубе. А мимо проплывали пейзажи Москвы, которые представлялись вечными, как та же река и эти трамвайчики. И городские пейзажи теперь не узнать, и суда плавают другие, и шампанским тебя никто не угощает — строго нынче на транспорте, во избежание опасных эксцессов, вероятно. А раньше что же, их не было? Очевидно, так. Правильно сказано где-то по поводу того, что хотя прежнее время всегда лучше настоящего, но и тогда дети не слушали родителей, и, кажется, каждый, живший в том прошлом, норовил написать книгу...

Напрасно сомневался в своих способностях ориентироваться Вячеслав Иванович: наезженная дорога с глубокими колеями, похоже, непроходимыми в непогоду, извивалась между купами корявых и пыльных деревьев, напоминавших старые ивы, и высокими зарослями непонятных растений, стоявших непроходимой стеной. Камыш — не камыш, но что-то похожее. И чем дальше в глубь острова вилась колея, тем очевиднее становилось Грязнову, что здесь страна действительно «непуганая». Сплошные заросли, а между ними протоптанные тропинки. Или ответвления проезжих дорог, по которым могла пройти, задевая бортами густые двухметровые «стены» только одна машина и в одном направлении. А если появится встречная, как им разъехаться?

Впрочем, на этот риторический вопрос тот же паромщик заметил, что разъезжаться и не нужно, этих дорожек очень много, надо просто знать, куда какая ведет. А то неопытный человек, к примеру, если он без компаса может плутать в зарослях вечно. Пока не найдут его проржавевший автомобиль и иссохшее тело на сиденье. Вроде бы даже и случаи подобные бывали.

Но в половодье, когда Волга широко разливается и уровень воды поднимается, что называется, до невероятности, все здесь в буквальном смысле заливается водой, которая затем, опадая, все же остается. А в них, в этих самообразующихся озерцах «вскипает» рыбья мелочь, которой питаются многочисленные птицы. И кого тут только нет! И орлы, и цапли, и вездесущие чайки с воронами...

Но Грязнов решил пока не сбиваться с маршрута и выбраться к берегу, где разбиты многочисленные палатки приезжих. Появляются, говорил паромщик, из года в год, некоторые давно знакомы, устраиваются семьями — с женами, детьми и друзьями. Ловят рыбу, коптят, вялят, варят, жарят и едят. На весь грядущий год стараются насытить организмы фосфором. Словом, работают не покладая рук. И за всем этим «диким» рыболовным братством следят милиционеры-калмыки, которые приплывают сюда на катерах и собирают с приезжих дань — небольшую, но постоянную — за пользование территорией. Ни один человек, ни одна семья не остаются без их неусыпного внимания. Вот этими знаниями и хотел бы воспользоваться Вячеслав Иванович. Важно только встретить их, милиционеров.

Милицейский «жигуленок» они увидели на дороге, которая вела от берега в противоположную сторону той, откуда Грязнов с Дусей приехали. Возможно, к тем строениям, которые видел Грязнов на самодельном плане паромщика. Он посигналил, те остановились. Вячеслав Иванович вышел, размялся и отряхнулся от пыли, которая издавала знакомый когда-то, еще с его милицейских лет, запашок. Вот оно — неучтенное богатство... Кому-то — деньги, кому-то — смерть.

Два невысоких, щуплых стража закона без возраста, в чине капитана и старшего лейтенанта смотрели на Грязнова с восточным спокойствием и безразличием на плоских лицах. Но по их позам было ясно, что начнут они с проверки документов. Он сам и представился, а они долго и с недоверием рассматривали его удостоверение генерального директора ЧОП «Глория». Насмотревшись, лениво отдали честь, и по их равнодушным лицам Вячеслав Иванович понял, что они ждут его вопросов. Он и ненавязчиво сообщил, что в силу своей служебной необходимости просит помочь ему найти ответ на достаточно, возможно, простой для них вопрос.

Вежливое обращение генерала им понравилось, да и суверенитет их не пострадал, точнее, он не играл никакой роли. Само словосочетание «служебная необходимость» указывала им на то, что приезжий на машине с московскими номерами, — уж это они знали, здесь половина отдыхающих — москвичи, которые платят не торгуясь, — взывал к их откровенности и помощи. А говорили они по-русски довольно чисто. Что скоро и продемонстрировали в достаточно доверительном разговоре.

Генерала, они поняли, интересовали посетители острова, рыбаки и всякие прочие, которые могли промышлять и браконьерством, но посетители только кавказского происхождения. То есть с бородами и без оных. И появиться они могли в последние день-два. И добавил для пущей важности, что по причине необходимости розыска этих людей из Астрахани в Элисту уже, скорее всего, был направлен запрос.

Здесь Грязнов не лукавил, Привалов обещал это сделать, правда, в связи с другим возможным местом пребывания уголовников. Но какая разница, там или здесь? Короче говоря, на руках этих скрывающихся от закона уголовных преступников достаточно крови, чтобы правоохранительные органы не останавливали их поиск. Вот уже больше двух лет рядятся они под законопослушных граждан. Но подозреваются в тяжких уголовных преступлениях. Оттого и ведут поиск как официальные органы, так и частные. Это должно быть понятно работникам милиции. А бороды носить никому в России, как известно, не запрещено. Так вот, не мелькали ли эти лица или похожие на них, но явно не местные, на острове или в его окрестностях?

Вячеслав Иванович достал из машины свой ноутбук, включил его и предъявил «стражам» фотографии братьев Хасмагомедовых, переданные ему из Москвы. Те посмотрели, переглянулись и... задумались.

Грязнов уловил момент этого «раздумья» и добавил, что на этом острове он остановил свое внимание совершенно сознательно. А вот почему, это должно быть понятно опытным сотрудникам правоохранительных органов: паспортов же здесь нет нужды проверять, потому что общий порядок и без того, как он слышал, постоянно поддерживается милицией с того берега. Он произнес это без тени усмешки, чтобы офицеры почувствовали важность его «столичной оценки». Но, с другой стороны, здесь нетрудно и скрыться на какое-то время, пока лето. Да и сами преступники наверняка надеются, что объявленный на них поиск может ослабнуть. Как это, к сожалению, нередко случается в нашей практике. Поэтому и на других островах тоже работают оперативники.

Ну а Дуся, с безразличным взглядом осматривающая окрестности, была его супругой, просто отдыхавшей в Астрахани у друзей. Вот напросилась, да оно и лучше, получается словно бы маскировка, и это милиционерам тоже должно быть понятно.

Офицеры чесали «репы» и переглядывались, словно искали в глазах друг друга ответ на несложный вопрос: видели или нет? По их переглядываниям Грязнов вдруг понял, что видели. Может, и не тех, кто его интересовал, но похожих. Наконец, насмотревшись на своего соратника, первым заговорил капитан.

Он не был абсолютно уверен, что видел именно этих людей, но, кажется, один из них, или очень похожий, как и все кавказцы — друг на друга, вчера появлялся. Он прибыл на машине, такой же вот, — капитан кивнул на «девятку» Грязнова.

Точно, была у Рахима Дадаева одна «Лада» девятой модели, дед Никишка говорил. Это важная деталь. И то, что был один — тоже важно, Саид ведь сидит уже. Но у Вячеслава Ивановича, как у сыщика опытного, все же возникло сомнение, поскольку он знал, что у этих мужиков мог сработать и общий стереотип: для русского человека — все китайцы на одно лицо, а те, по их собственным признаниям, с очень большим трудом различают русских, настолько они похожи друг на друга. А как обстоит дело у простых калмыков, не очень-то приобщенных, возможно, к мировой культуре? Смешно, но нередко случается именно так. Однако к словам милиционеров, тем не менее, следует отнестись максимально внимательно.

Собираясь «на острова», Грязнов где-то подспудно держал мысль о том, что чеченцы эти вполне могли сказать деду одно, а сделать другое, то есть полностью противоположное. «Намекнуть» о поездке на кошары, куда за ними, как они имели все основания предполагать, кинется и погоня, а рвануть на острова, где их даже и пытаться искать никто не станет. А может, у них здесь даже и база своя оборудована, кто проверял эту нехоженую территорию? Отошел от тропинки на три шага в сторону, и уже никто тебя не обнаружит. Камыши, конопля, купы ив и других деревьев — кто разберется?

Впрочем, теперь перед Грязновым вставала новая задача. Ехать и проверять, кого видели милиционеры, Ахмета или просто похожего на него человека, он не мог. Не должен был. Еще сам по себе может, и решился бы, но с Дусей в салоне об этом и думать было нечего, поскольку Ахмет видел приходившего к Рахиму генерала милиции из Москвы. И прекрасно понимал, что просто так генералы к его «хозяину» не заглядывают. Да и Дадаев-младший наверняка поделился с ним своими впечатлениями о госте. Так что маскироваться или делать вид, что незнаком, не приходилось. Как и стимулировать повышенный интерес к нему со стороны местной милиции. Ведь опытный человек, два года скрывается, почти при этом не скрываясь. Это надо уметь. Однако узнать надо, чтобы ненароком не попасть впросак. Взяли, да не того, позора потом не оберешься...

И Грязнов, в принципе, завершив для себя процесс опознания, в котором предположений все-таки оставалось больше, нежели уверенности, посоветовал милиционерам не рисковать, а попытаться ненавязчиво выяснить, где прячется чеченский боевик, и довести эти сведения до своего руководства. Но самим ни в коем случае даже и не пробовать осуществить его задержание. Этот человек чрезвычайно опасен, жесток и кровожаден. Достаточно было вспомнить, что он «со товарищи» сотворил с несчастной Дарьей... А что там определенно была рука Ахмета, Вячеслав Иванович не сомневался.

Дав, таким образом, совет коллегам, Грязнов счел свою миссию на этот раз исполненной. Окончательная ясность с боевиком проявится лишь тогда, когда вступит в действие спецназ. А чтобы его задействовать, очевидно, даже усилий такого человека, как генерал Привалов, далеко недостаточно.

Национальная политика, куда от нее? Но поставить его в известность просто необходимо.

Ну а что касается наркотиков, то тут у него и сомнений больше не было: сплошные массивы конопли. У какой-нибудь бабки на огороде три кустика вырубают, которые и выросли-то случайно, птички в клювах семена занесли, да еще и штрафуют якобы за «незаконное культивирование запрещенных к возделыванию растений, содержащих наркотические вещества», а тут — собирай да суши тоннами. В общем, пусть теперь сами думают... И почему станичники не только рыбой промышляют, тоже понятно, как и то, какие люди этим обстоятельством пользуются.

Говорили ж с Лешей, а у него один аргумент: острова не сожжешь, люди там проживают, а конопля — такая зараза, что и сеять не надо, сама растет где захочет... Снегири, помнил Грязнов еще из детства, любят конопляное семя, специально ездил за ним на птичьи рынки, где корм продавали...

Расставшись с местными стражами, Вячеслав Иванович предложил Дусе прокатиться вдоль берега Волги, посмотреть, как люди устраиваются, какова добыча. Говорят же, что здесь заготовка идет вовсю.

И в самом деле, берег кишел от палаток и рыбаков. По низкому берегу с визгом носилась детвора, женщины стирали белье и мыли посуду, а вот рыбаков видно не было — так, двое-трое всего и сидели со спиннингами. Спросил у одного, когда вышел, чтобы искупнуться маленько, песочек уж больно хорошим оказался. А рыбак ответил, что он здесь на хорошую рыбу и не рассчитывает. Это надо на лодке подальше, на быстрину выбираться, вон, где чайки хороводятся. Ну а если совсем уж серьезную надо, то лучше самому не ломаться, а договориться с калмыками, они с утра до вечера вдоль берега на своих «казанках» шныряют, улов предлагают. Сом, осетр, стерлядка... Сомы большие бывают, видел одного на сорок килограммов. У Грязнова зачесались ладони, знакомый зуд. Он усмехнулся про себя: тут уж что-нибудь одно — либо рыба, либо женщина...

А рыбачок, почувствовав интерес, разговорился — скучно, видать, одному на бережку, когда другие на лодках промышляют судака, чехонь, сазанов невиданного размера, так называемых чебаков, — ну да куда уж рыбаку без фантазии?

Рассказал, как те калмыки иной раз продают свои уловы. Тут же и днями и ночами к Астрахани и обратно большие теплоходы курсируют, а по ночам они освещены всевозможными праздничными огнями, прямо как елки новогодние, — загляденье. Вот калмыки на своих моторках догоняют и — к иллюминаторам: рыба, мол, и показывают осетра там либо крупного сома. Только представить себе такую картину: там в каюте мужик с бабой только-только к делу приступили, а к ним в окно страшная рожа с осетровым рылом стучится! Спятить можно от страха!

Ну, посмеялись. А Дуся, так просто залилась хохотом, и была она вся светлая, как тот самый праздник, смотреть — одно наслаждение. И понял Вячеслав Иванович, что охота охотой, а светлые деньки-то его уходят, лучшие часы песком сквозь пальцы утекают, а он вместо главного своего дела черт знает чем занимается! И так ему вдруг захотелось домой — в станицу, конечно, куда ж еще?..

На обратном пути он снова успел поговорить с паромщиком. На этот раз, уже ничем не рискуя, Вячеслав Иванович съехал с парома на берег и попросил молодого человека на минуточку заглянуть в салон машины, где и показал ему обе фотографии на мониторе ноутбука. Попросил вспомнить, не видел ли он этих людей? Тот посмотрел и почти с ходу ответил, что вот этого, — он ткнул пальцем в Ахмета — видел точно, а второго не видел.

— Это точно? — переспросил на всякий случай Грязнов.

— На память не жалуюсь, — усмехнулся паромщик. — А они кто?

— Вот этот очень опасен. — Вячеслав Иванович указал на Ахмета. — Будь предельно осторожен, не выдай нечаянно себя, главное, не смотри ему в глаза. Преступник обычно насторожен, расслабляется редко и лишь в полном одиночестве. А в глазах, глядящих на него, он сразу чует опасность для себя и способен на любое преступление. Глаза нашего брата выдают, понял, парень?

Тот покивал, очевидно, и сам понял, что не из случайного интереса расспрашивает его пожилой человек с явными командирскими замашками.

— Он когда появился здесь?

— Позавчера, по-моему. Но обратно еще не уезжал. У него тоже «девятка», только черная...

«Опять сходится, — подумал Грязнов. — А он не дурак, этот Ахмет. Да только я умнее его, правда, на самую малость. А был бы совсем умный, так сидел бы сейчас на бережку, как тот рыбачок счастливый, а в палатке Дусенька хлопотала бы... рыбку жарила да подмигивала: не пора ли, мол, и отдохнуть, мой генерал? Что-то ты нынче перетрудился спозаранку, не пора ли отдых дать душе и телу?..»

— Номер случайно не запомнил?

— Не запоминал, мне ж ни к чему. Так что если он машину не бросил и не уплыл катером, значит, здесь где-нибудь ошивается. Строений много, да и палаток. Поставил — и живи.

— А что, он мог и уплыть?

— Проще простого, тут же все время — туда-сюда... Оставляют машины, и катером — на тот берег, полчаса — и там. Потом возвращаются...

— Ну ладно, спасибо. Но ты запомни мои слова, от греха, что называется...

Глава одиннадцатая
КОНЕЦ ОПЕРАЦИИ

Последние два дня отпуска Вячеслав Иванович посвятил рыбалке в самом чистом ее виде. Уходил на самом рассвете и сидел до обеда, а потом отдыхал. Дуся души не чаяла, такой стал он ласковый да послушный. Ну а что ему еще оставалось? Скоро прощаться... И ему не хватало решимости сделать наконец окончательный выбор. Звонил в «Глорию», будто ждал совета от Сани, но тот упорно уходил от темы...

На другой день после поездки на острова позвонил Алексею, скупо и сдержанно доложил об увиденном. Что касалось беглецов, это генерал немедленно взял на карандаш и ответил, что срочно займется этим вопросом сам. Ну а когда речь зашла о непроходимых зарослях конопли, как-то сразу поскучнел и сказал, что, в общем, все тут в курсе, но... Словом, повторил прежний тезис: мол, борются, конечно, но недостаточно, и надо бы усилить... Вечная и оттого очень удобная формула принятия на себя ответственности.

Что у них там происходило, неизвестно, но днем накануне отъезда Вячеслава в Москву Алексей Кириллович, лично, без всякого предупреждения, примчался в Ивановское. И был он весьма озабочен.

Грязнов решил, что тот хотел проводить и распить на дорожку положенные граммы, но дело оказалось просто из рук вон скверным. О чем генерал немедленно и поведал. Конечно, ни о какой ухе и речи уже не шло. И все, что он рассказал, было больше похоже на бред, если бы информация исходила не из уст генерала...

«Соседи» отреагировали довольно оперативно на просьбу астраханских коллег, поставивших их в известность о скрывающемся преступнике, а

перт. Но это еще, правда, необходимо изучать и доказывать.

Дальше. Указанный человек был замечен на островах, относящихся к территории Калмыкии. И там этот человек расспрашивал жителей и сотрудников милиции о неизвестных лицах, якобы совершавших преступления в соседней, Астраханской губернии и скрывающихся теперь на их территории. Результатом этих несанкционированных действий явилось убийство одного и ранение двух сотрудников милиции, которым был поручен Министерством внутренних дел Калмыкии розыск и задержание преступников.

Таким образом, получается, что названное лицо, проводя собственные расследования, так или иначе оказывается причастным к убийствам невиновных людей...

— Это же бред, Леша! — воскликнул изумленный Грязнов. И встретил холодный взгляд Привалова.

— Да, Слава, бред сивой кобылы. Но... ты теперь видишь, какую кашу заварил? Я знаю, что ты ни в чем не виноват, но эти козлы так просто этот вопрос не оставят. И скажут, что мое несогласие с их мнением зиждется исключительно на приятельских отношениях с тобой. Скажи мне честно, тебе это надо?

— Но ведь, Алеша, подожди... В чем они могут меня подозревать? Во-первых, Саид напал не на меня, а на твоего майора. Чего ж Климушин-то молчит? Или он у тебя секретный сотрудник? Далее, кто задерживал Полозкова? Да никто, если бы он не выхватил пистолет, угрожая окружающим, и не получил бы сковородкой по балде от твоей сестрицы. А вина его, кстати, очевидна, и ты полностью в курсе этого дела. И все необходимые факты также в руках Владимира Сергеевича. Как и неопровержимые улики.

— Да пойми ты!..

— Понимаю, Алеша, я все понимаю, — перебил его Грязнов. — Их много, а ты — один. Понимаю. Но если так будет продолжаться, боюсь, что все шишки могут обвалиться на тебя, ты ж меня пригласил сюда, значит, косвенно и виновен в том, что я свой нос не туда сунул. Но лично мне на них плевать. Народу что скажете, вот вопрос?

— Слушай, — Привалов поморщился. — Не занимайся ты демагогией! И ты понимаешь, и я понимаю, и все мы понимаем, а трупы кому-то очень хочется повесить именно на тебя. И допросить пока в качестве свидетеля, которого можно будет потом перевести и в подозреваемые. Это ты улавливаешь? Причем обязательно найдется другой свидетель, который подтвердит, что... не то чтобы видел, однако... и так далее. Ну, вроде того покойного калмыка, соседа Дусиного. И автомат к месту найдется, и пистолет, если нужно. А уж про какой-то нож и говорить нечего. И даже машина его собьет как раз в точно обозначенное время!

— Короче, что ты предлагаешь?

— Слава, ты меня достаточно знаешь, никаких неприятностей на твою шею я не желаю. Как и себе тоже. Я тебя прошу, сделай так, чтоб эти козлы не вызывали тебя на допрос. Это у них может растянуться на годы, и ты просто не сможешь вернуться в Москву. А я чувствую, что такое желание кое у кого уже появилось. Потому что ты своей, опять-таки «несанкционированной», деятельностью — смешно, да? — попытался разворошить некое осиное гнездо, которое для кого-то является родным домом. Скажи, ты хочешь здесь задержаться надолго? Как частное лицо?

Грязнов посмотрел на Дусю, сидевшую в сторонке со скорбным выражением на лице, и усмехнулся.

— Да вообще-то, наверное, не прочь, но только не в такой ситуации. Тут и не захочешь, виноватым станешь... Сделают...

— То-то и оно... Вот поэтому, Слава, я и примчался. Тебе надо срочно улететь в Москву. Ты меня прости, но я взял на себя смелость и заказал для тебя билет. На сегодня, на вечер, можешь запросто успеть

— Так я ж завтра и собирался, — с беспомощной интонацией проговорил Грязнов. — И без всякой спешки...

Он мельком кинул взгляд на Дусю и увидел, как женщина побледнела.

— И потом, Алеша, я вот уеду... да когда скажешь, тебе, разумеется, видней, но остается нерешенным самый важный вопрос. Этот Ахмет на свободе. Дураки взялись за дело и... результат налицо. Вероятно, я так понимаю, что показания обо мне дал один из тех двоих офицеров, оставшийся в живых, которые собирали дань с приезжих рыбаков? Если капитана убили, наверняка это — старший лейтенант, хлюпик такой. Я ж им, дуракам набитым, сказал... предупредил: будьте предельно осторожны, преступник вооружен! В ноутбуке фотографии братьев показал, и они одного, то есть Ахмета, тут же опознали. Его, кстати, опознал и парень, работающий на пароме. Самого узнал и машину его — черную «девятку». Ну, ты же в курсе, я говорил тебе. И что теперь? — Вячеслав Иванович огорченно отмахнулся ладонью. — Этого упустили! А чеченцы мстительны, особенно когда дело их родной крови касается. Если они, мучая Дарью, выведали у нее, кто брал Саида, а она это знала, значит, их месть распространится, во-первых, на меня. Но я не боюсь, и не таких узлом завязывал. Затем — на твоего опера. Но, что самое скверное, на Дусю! И если ты хочешь, чтобы очередная их жертва выглядела как Дарья Двужильная, из которой сам Ахмет, я просто уверен в этом, жилы вытягивал, тогда сделай ручками: «Сдаюсь! Ни на что не годен, господа!»

— Ну, ты, Вячеслав, преувеличиваешь! — Генерал чуть было не разгневался, но помрачнел и сдержался. — Да какое она-то имеет ко всей этой истории отношение?

— Точно такое же, как и Дарья. Разговаривала с ней у нее дома. И Дарья, несомненно, сказала им об этом. Поэтому и оставлять в живых свидетельницу они не захотели и замучили ее, а потом, уже мертвой, что подтвердил эксперт, перерезали горло. Показав, если ты еще помнишь прошедшую «чечню», что так они будут поступать со всеми «неверными». Это — суровое предупреждение, Алеша.

— Что же делать?

— Временно, пока вы не поймаете этого мерзавца, забери к себе или спрячь сестру. Они ни перед чем не остановятся.

— Я никуда не поеду! — решительно заявила Дуся.

— Поедешь, Дусенька, — суровым голосом ответил Грязнов. — Одна уже отказалась, ты сама слышала. И знаешь, чем кончилось. Причем поедешь, даже не разговаривая и не торгуясь по поводу условий. Мы все-таки с Алексеем профессионалы, и нас надо слушаться... А по поводу моего отъезда? Ну что ж, очень жалко бывает именно последних минут. Но я надеюсь, Дусенька, — он вымучил улыбку, — что мы обязательно встретимся. И в недалеком будущем. А пока тебе нужно запереть дом и послушаться брата. Когда надо ехать, Леша? Вы уж с Дусей поезжайте, а я — на «девятке» — за вами. Или оставлю машину в аэропорту, чтобы в городе лишний раз рядом с тобой не светиться.

Привалов помолчал, покачал головой, потом залез в карман и достал авиационный билет.

— Тут все твои данные указаны, так что — прямо на регистрацию. Ты уж извини меня, Слава, что так вышло, видит бог, я не хотел... Да, видно, такая уж наша судьба ментовская, во все дела свои носы совать... И первым же получать по носам... А ты, Евдокия, — жестко добавил он, — быстро собирайся. Поживешь у нас дома, ничего, не умрешь. Надо — значит, надо, Слава прав. Нам еще твоей крови не хватало...

— Ну, хоть проститься-то я могу? — уже со слезами в голосе спросила она у брата.

Он посмотрел на нее, потом хмыкнул и сказал с мрачной полуулыбкой:

— Нет, я, конечно, видел... подозревал... но не ожидал, что у вас так далеко зашло. Или не прав? — Он посмотрел на Грязнова, и Вячеслав почувствовал, что просто вынужден ответить правду.

— Правильно видел... Очень хороший человечек эта наша Евдокия. Очень славный... Но мне необходимо время. У меня ж сейчас, ты сам прекрасно знаешь, ничего нет, даже угла собственного, чтоб голову преклонить. Но все скоро будет, вернется. И вот как решу этот вопрос, так и... Словом, я думаю, мы с тобой, Дусенька, расстаемся ненадолго... — Он помолчал и заговорил, глядя в пол, будто в раздумье: — Мужчина в моем возрасте не имеет права совершать необдуманные поступки, от которых потом может страдать другой, очень хороший человек. В смысле... Ну, ты меня понимаешь... А по поводу свидетельских показаний, Леша, если возникнет необходимость, так я, как говорится, завсегда готов, пусть прилетает следователь в Москву, как это у нас часто практикуется, расскажу ему все, ничего не утаивая. Прямо в «Глорию» пускай и едет, примем, расскажем... Только у меня остается скверное ощущение от всей этой истории. Знаешь почему?

— Интересно твое мнение, — без всякого интереса отозвался Привалов.

— Дело в том, что прежние обвинения рассыпаются, и они вынуждены проводить новое расследование. Что их и злит. А жалкая месть обычно и выливается в такие вот ситуации. Им нужен крайний. И они выберут на эту роль... или, во всяком случае, постараются сделать крайним именно тебя, имей это в виду.

— Сроки им даны жесткие, вот и стервенеют... Но я тебе должен сказать, Вячеслав, что дело передано следователю, которого я знаю, он — порядочный человек. Правда, и на него давят, сам понимаешь, вот и приходится вертеться, как...

— Знаю, можешь не продолжать. Но ведь задержанные нами все-таки дают показания, разве не так? Пусть и не в нашу пользу, но и не молчат, а говорят конкретно то, что нужно новому расследованию. До поры до времени... Нет, Леша, не станут они меня задерживать и допрашивать. Ни в каком качестве не станут. Потому что знает кошка, чье мясо съела. Я ж не от сохи явился и кое-какой вес все-таки имею. И скажу то, что надо мне. Им же нужно только то, к чему мы с тобой сейчас и пришли: надо, чтобы я срочно улетел к чертовой матери и больше никогда здесь не показывался. Ни в качестве частного сыщика, ни свидетеля, ни любителя-рыболова. А ты скажи мне теперь, что я не прав?

Вячеславу Ивановичу очень хотелось добавить только одну фразу: «И ты, Алеша, активно помогаешь им достичь этой цели, — увы, потому что и у тебя нет другого выхода». Но он промолчал и даже не стал ожидать ответа, как бы спустив свой вопрос на тормозах.

— Пойду, соберусь. Нищему, говорят, собраться что подпоясаться. А ноутбук я тебе возвращаю, спасибо за помощь. Скажи, чтоб там все стерли, никому это не больше нужно...

— Я помогу!

Дуся словно спохватилась и бросилась за ним в маленькую комнату. И там кинулась ему на шею и тихо, отчаянно зарыдала. Пришлось успокаивать, гладить, целовать в щеки и за ушком, где она особенно любила его поцелуи. Наконец затихла, утерлась передником и спросила:

— А с собой-то, Славушка? Я ж тут тебе всякого наготовила...

— Ну, ты ж сама видишь... Бегу, как последний трус. Куда мне? Дай-ка разве что одну рыбешку вяленую, ребят в агентстве угощу. Под пивко. А уж мы как-нибудь в другой раз...

— А будет ли он, другой-то раз? — снова с тихим отчаянием спросила она.

— Ты верь, и все будет...

Он успокаивал женщину, а у самого кошки скребли на сердце, боялся поверить собственным словам. Мелькнула даже воровская мыслишка: «А может, так и надо? Может, оно и к лучшему?.. Ну, успокоится, в конце концов, забудется, всяко в жизни бывает... Найдет себе однажды мужичка помоложе, да не такого упертого. Еще и детишек ему нарожает, ей же еще и сорока нет...»

С этими неуверенными мыслями Вячеслав Иванович и улетел, провожаемый в аэропорту генералом Приваловым — мало ли что могло случиться, да хоть и какая-нибудь провокация?

Дуся попрощалась с ним сдержанно, возле дома своего брата, уже без слез, уговорила-таки захватить с собой сумку с вяленой рыбой — на память. А сама пообещала передать от него привет Зине, потом, позже, когда возвратится к себе домой...

Возвратится... Похоже, этим словом она и поставила последнюю точку в их отношениях...

Рыба пошла нарасхват. Народ, в количестве трех человек, веселился и все расспрашивал Вячеслава Ивановича, когда, наконец, смогут произойти кардинальные изменения в его жизни? Ну, конечно, Саня не мог не протрепаться. Грязнов был недоволен: зачем выносить сугубо личный вопрос на «общественное обсуждение»? Но Турецкий веселился, очевидно, у него была причина. Ночевать Вячеслав отправился к нему.

Оказалось, что Ирины дома не было, она убыла в Лондон, где в кембриджском колледже училась их с Александром дочь Нина. У той были каникулы, но Москву она посещать, как и другие, «продвинутые» дети российских родителей, не собиралась. Вот и пришлось маме идти навстречу. Вообще-то, поехал бы туда и Турецкий, он тоже соскучился по Нинке, но не оставлять же агентство, раз уж отдыхает директор, на произвол судьбы? Тем более что и основные «производственные силы» также разбежались, пока отсутствовал директор. Обычно в старые, советские времена это называлось так: по одной путевке — имелась в виду курортная, директорская — весь коллектив отдыхает. Да, впрочем, и нужды-то особой не было. Сотрудники, по общему уговору, оставались на связи, и в случае срочной надобности могли появиться в считанные часы на рабочем месте. И таким образом, в агентстве присутствовали лишь трое сотрудников: сам Турецкий, как временный руководитель, его боевая помощница, только что возвратившаяся из заграничного отпуска и так и не нашедшая там, по неизбежному выводу Александра Борисовича, своего счастья, и Бродяга Макс, вообще не оставлявший на долгое время свои компьютеры. Хороший, слаженный коллектив.

Макс не выходил из своего «заточения». Турецкий занимал кабинет директора частного охранного предприятия в ожидании срочных телефонных звонков или ненормальных посетителей. И наконец, Алевтина, курсирующая между своим секретарским столом в фойе и коленями обожаемого Сашеньки.

Вволю оттянувшись пивком под вяленую чехонь, с которой капал жир на разостланные по директорскому столу газеты, Макс отправился к себе. Аля сообразила, что сегодня у нее желанный «час откровения» — перед уходом с работы домой — сорвется, задерживаться не стала и ушла, унося для папы — генерала из Минобороны щедрую связку рыбин. А Грязнов и Турецкий остались в кабинете, ибо торопиться им было решительно некуда, а в настоящей ситуации Александр Борисович приготовлением пищи в домашних условиях себя не баловал. Нужды не было. Правда, пару раз это успела сделать Аля — ради особой награды за свои старания.

— Ну, рассказывай, — начал Турецкий. — Отчего вид сумаoшно-озабоченный? Что сорвалось в жизни?

И Вячеслав Иванович начал свое повествование. Рассказал о последних днях в станице, о кровавых событиях, стрельбе на островах и реакции астраханских следственных органов. Короче говоря, обрисовал как общую картину, так и частности. При этом, вспоминая и выстраивая «сюжет», он разволновался, что было, по правде говоря, для него не очень привычным делом. Чаще, правда, в прежние времена он бывал спокоен и рассудительно холоден. А тут крыл чиновников от правоохранительных структур почем зря. Даже генералу, который, собственно, и пригласил Славку на отдых, досталось по первое число.

Турецкий наблюдал за ним и слушал внимательно, но с едва заметным оттенком иронии. Вячеслав заметил это и возмутился:

— Тебе смешно, да?! Ты бы своими глазами посмотрел на это черт знает что!

— Славка, — успокаивал его Турецкий, — ты будто сюда прямо от конфирмации прибыл, ей-богу!

— Откуда? — Грязнов нахмурился.

— Ну, есть такой церковный обряд у католиков, когда девочки превращаются в девушек. Но еще не в женщин. Как бы другая судебная ответственность наступает. Я понятно объясняю?

— А при чем здесь дети?

— Абсолютно ни при чем. Это ты — как ребенок. Тайга тебя сделала наивным и сентиментальным. А то, о чем ты рассказываешь, друг мой, всегда было, есть и будет. Просто в той же Астрахани, вероятно, некоторые провинциальные ситуации приобретают гипертрофированный характер. Ничего страшного, разберутся. А ты не ломай себе голову. Лучше расскажи, как там Дусенька — прекрасный цветок лотоса?

Грязнов понурился и замолчал.

— Ты чего? — забеспокоился Александр. — Неужто опять она, проклятая?!

Это он напомнил Славке, что предпринимал уже несколько попыток жениться, но всякий раз, словно гоголевский Подколесин, если и не сам сбегал в последний момент, то его «накалывали» женщины. Вот и возникло к ним недоверие, переросшее в манию. Как в старые времена делали себе наколки блатные? «Нет в жизни щастя мне и брату Коле». Но, с другой стороны, пользоваться их щедрыми услугами Вячеслав Иванович вовсе не избегал, однако... лишь до определенного момента.

Особенно если продолжение отношений уже покушалось на его дальнейшее жизненное устройство.

Турецкий и в этот раз, увидев цветущую Евдокию, а также утвердившись в мысли, что эта женщина для Славки — последний шанс, причем вполне реальный и даже такой, о каком тот мог бы и помечтать, решил приложить все усилия, чтобы альянс состоялся. Не забыв, впрочем, и о себе, грешном, увидев в сложившейся ситуации явную руку судьбы. И вот — на тебе! Неужели опять струсил?

И теперь уже допрос продолжился с пристрастием. Чтоб все как на духу!

Грязнов признался, что расставался с ней, будто разрывал сердце свое пополам. Что все-то он прекрасно понимает, что рад бы, но... опять эти грехи, что в рай не пускают... Даже Лешка-генерал, и тот, кажется, здорово посожалел о том, что так бездарно и нелепо оборвался и отдых Вячеслава, и наметившиеся было отношения его с Евдокией. Для которой, вполне вероятно, такое замужество тоже стало бы великолепным шансом обрести подлинное счастье. И для себя, и для мужа Славушки.

Но, может быть, еще удастся что-то поправить? Восстановить? Турецкий сейчас думал о Славкиной удаче и дальнейшем семейном благополучии как о своем собственном. Хотя его бог миловал. Не исключено, что до поры до времени. Ух, Алька, зараза этакая, никакого удержу! Нет, решил он, Славку придется вынудить, иначе уже никогда ничего путного у него не получится.

Главный его аргумент упирался в квартиру. Да, Снегирева удалось выманить из грязновского жилья. Филя, специально прибывший в агентство по этому поводу, нашел толковую бригаду строителей, и не очень дорогую, и качественную, с которой и явился непрошеным гостем на Енисейскую улицу, зная, что сумеет застать там генерала. Тот был уже наслышан от Турецкого о намечаемом ремонте, но полагал, что время терпит. На самом же деле он уже привык к чужой квартире, где разместился с комфортом, и возвращаться в родную «тесную семью» не спешил. Вот его и «поторопили».

Бригадир, молодой и нагловатый мужчина, бесцеремонно обошел всю квартиру, сопровождаемый Филиппом Агеевым, все осмотрел, прикинул что-то на роскошном калькуляторе, а потом заявил, что его бригада готова взять на себя евроремонт в этой квартире, и за сравнительно невысокую цену, поскольку у них намечается короткий простой. Однако с непременным условием, что приступить к работе они должны немедленно. Перенос сроков обойдется нанимателю в полтора раза дороже.

Поскольку речь зашла о деньгах, и деньгах немалых, крыть генералу Снегиреву было уже нечем. Он лишь выторговал для себя три дня, связанных с вывозом его вещей, которые бригадир снисходительно разрешил на это время сложить в одной из комнат. За нее бригада примется в последнюю очередь. Словом, напугали. И Снегирев, смиряясь с судьбой, съехал уже на следующий день.

— И что же? — спросил крайне заинтересованный Грязнов.

— Дело после этого оставалось за малым. — Турецкий рассмеялся. — Требовалось найти толковую бригаду, которая взялась бы «за не очень доро-
го» сделать евроремонт. И такая бригада нашлась,
уже «пашет», Филя — в надсмотрщиках. Поэтому
за качество и скорость можно не беспокоиться.

Вячеслав только головой качал, будучи в вос-
торге от предприимчивости Фили: это ж надо, самого Снегирева вокруг пальца обвести! Великого и
неутомимого борца с мошенничеством и квартир-
ными кражами!

Но смех — смехом, а ремонтировать все равно
пришлось: за прошедшие годы квартира действительно «поистрепалась». Разумеется, не удержался
Александр Борисович и поведал коллегам о тех
возможных изменениях в судьбе Славки, которые
могли с ним произойти. К тому же и сам Турецкий считал, что создание определенного «обще-
ственного мнения» вокруг этого щепетильного
вопроса поможет и Грязнову принять нужное решение. Словом, тут все соединилось: и политика,
и дипломатия, и тайные интриги, не имеющие отношения ни к первому, ни ко второму. А Вячеслав, надо же, снова взял и перерешил по-своему.
Нет, Александр был теперь уже просто обязан довести дело до конца.

Вместе с Алей они посетили квартиру Грязнова.
Ну, правда, и не удержались немножко, побалова-
лись на широком подоконнике, словно расшалив-

шиеся детишки, но не это главное, зато подробным образом обсудили, что и как, по мнению Али, то есть, несомненно, разумной и заботливой женщины, здесь нужно будет разместить. Но так, чтобы у Вячеслава до самого конца ремонта не возникло и подозрений о том, что ему готовят «семейную» квартиру.

По этой причине, считал Турецкий, Славке сейчас было абсолютно нечего делать в собственной квартире. Пыль, грохот, оборванные обои, пустые глазницы оконных проемов, ожидавших установки новых рам с тройными стеклами.

— Тройными? — удивился Грязнов. — Зачем?

— А это, — солидно и без тени улыбки ответил Александр, — чтобы на улице не были слышны страстные стоны, доносящиеся из твоей новой квартиры.

Но Грязнов, вместо того чтобы рассмеяться, вдруг опечалился и задумался. Да причем всерьез, без ненужной игры в якобы проснувшуюся в одночасье жалость к оставленной им женщине. И Турецкий понял, что, кажется, еще далеко не все потеряно...

А когда, накупив в магазине всякой всячины, ехали к нему домой, на Фрунзенскую набережную, он подумал, что надо будет выбрать удобный момент и вызвать в Москву Евдокию Григорьевну. И обставить ее появление в «Глории» так, чтобы у Славки не осталось возможности манипулировать своими желаниями и что-то еще перерешать по-своему. Кончено, баста!

Ну а что касается уголовного дела Антона Калужкина, с которым друзьям невольно пришлось столкнуться, что называется, вплотную, то тут и говорить не о чем. В любом случае — к такому выводу они пришли — против фактов не попрешь. И Привалов должен быть теперь лично заинтересованным в том, чтобы это дело получило соответствующую огласку. Надо ему подсказать. Ничто так не нервирует преступника, как обвинение против него, высказанное вслух и в широкой аудитории. А нервничая, он делает ошибки. А ошибки суда, как и предварительного следствия, это превосходный повод для адвокатского вмешательства. Ну и так далее, поскольку вырисовывается длинная цепочка взаимосвязей. И пусть заинтересованные лица, считающие Антона невиновным, раз уж на его судьбе, как говорится, свет клином сошелся, используют всю эту цепочку по назначению. Толчок для возникновения серьезных сомнений им дан, и любое решение в суде первой инстанции может быть обжаловано. Имеется также и возможность потребовать участия в суде присяжных заседателей. Во всяком случае, из Москвы руководить таким судебным процессом невозможно, что, в свою очередь, снимает и с руководства агентства «Глория» любую ответственность за то решение, которое будет принято в суде.

Оставалось надеяться, что и судья, о котором говорилось, что он не принимает подсказанных ему советов, окажется «на высоте»...

Эпилог
ВСЕ СНАЧАЛА

Это только кажется, что ремонт по европейским стандартам делается очень быстро и очень качественно. Могут — да, но не всегда. А на Енисейской улице он затянулся. Раз уж делать, так делать, решили в «Глории», и предложили поменять давно устаревшие водопроводные и прочие сети. К счастью, было лето, и от соседей, в большинстве своем пребывавших в отпусках и на дачах, особых претензий по поводу многократных отключений в доме жизненно важных артерий не поступало. Хотя словесно многие выражали свое недовольство: стук, грохот и прочие неудобства. Приходилось терпеть.

Но настал день торжества, когда компании сотрудников сыскного агентства, внимательно оглядевшей квартиру, стремительно обретавшую новое «звучание», потребовалось подумать о современной мебели. И все решили, несмотря на слабое сопротивления хозяина этого жилища, что эпоха диванов, расставленных прежде в трех комнатах и на кухне, отошла безвозвратно. Как и непременные раскладушки на антресолях — для случайно оставшихся на ночь гостей. Новое жилье требовало и другой организации жизни и быта, иначе зачем так старались?

Александр Борисович уже подумывал о том, как, хотя бы для начала на короткое время, вызвать в Москву Дусю. Этот вопрос обсуждался на тайных совещаниях без участия директора «Глории». Можно было, конечно, и нажать, но все боялись, как бы не «пережать». Грязнов словно забыл уже о своем лете, весь углубился в работу, развивал активность с ранее присущей ему энергией. И все бегали — известно же, что волка и сыщика ноги кормят.

Словом, возник «этический момент».

Решение вопроса явилось, как всегда, неожиданно. Наверное, так и должно быть: когда человек долго и старательно размышляет над какой-то чрезвычайно важной для него проблемой, если он вкладывает в свои раздумья максимум эмоций и собственных знаний, судьба оказывает ему милость, идет сама навстречу.

В агентство пришло заказное письмо.

Алевтина, рано утром придя на работу и увидев не официальный конверт, а обычное письмо, адрес на котором был написан корявым, почти детским почерком, вскрыла его первым.

«Здравствуйте, многоуважаемый Вячеслав Иванович!

Пишет Вам, если Вы не забыли еще, Нефедова Катерина Сергеевна, которая проживает с сыном Петенькой в станице Ивановская, где Вы отдыхали этим летом. Вячеслав Иванович, никак не могла решиться, чтоб написать, понимая Вашу большую занятость. Да вот добрые люди подсказали, что, кроме Вас, больше не к кому. А сообщить я хотела по поводу Антоши Калужкина, соседа, где вы жили, извините, если помните. Недавно у нас, в

Астрахани, был суд. Там говорили много, всего не упомнишь. И с Антоши, говорили, с Вашей, Вячеслав Иванович, доброй помощью сняли много обвинений. Но все равно одно осталось, это смерть нашего бывшего участкового Андрея Захаровича Грибанова. И за то Антоша опять осужден и вынесли приговор к двенадцати годам, а это — полная его гибель. Защитник, который его защищал, говорит, что сделал что мог и больше не может. А у нас говорят, что это все нарочно, потому что кому-то надо, чтоб так осудили. Мне, как женщине простой и с ребенком на руках восьми лет от роду, это непонятно. Почему надо судить ни в чем не виноватого? Вы говорили мне, Вячеслав Иванович, что все про Антошу — это сплошное вранье, а получилось вон как. Не знаю, что теперь и делать, перед кем на колени падать, ведь погубят Антошу, уже погубили, и никакой жалости! Не могу ничего просить, может, подскажете, многоуважаемый Вячеслав Иванович. Век буду Вам благодарная. А может, кто-то из Москвы приедет помочь, одни ж мы, никто не хочет.

Спасибо, что прочтете. Нефедова Катерина.

А еще Вам привет передают Грибанова Лидия Ивановна с детишками Машенькой и Колей, Усатова Елена Григорьевна, которая не верит, что Антоша застрелил ее Егора, Малькова Зинаида Андреевна и Мамонтова Евдокия Григорьевна, которые все Вас очень помнят. А Лида Грибанова тоже благодарит вас, ей стали за мужа пенсию присылать.

Еще раз спасибо. Н.К.».

— На-ка вот, — мрачно сказал Вячеслав Иванович, передавая письмо Турецкому.

Тот прочитал письмо, старательно написанное почерком ученицы, посмотрел на Славку. Грязнов сидел, низко опустив голову, словно стол письменный внимательно разглядывал. Спросил, будто почувствовал взгляд Сани:

— Прочел?.. Что скажешь?

— Суки все они, — пробурчал Турецкий. И добавил: — Начальнички эти...

— Вот и я так думаю... А бабоньки, видишь, привет передают... Потому что надеются, будто справедливость еще жива. А эти...

— Зря надеются, думаешь?

— Уже и не знаю, — тихо ответил Вячеслав Иванович. — Ты-то сам что думаешь?

— Ну, судя по твоему рассказу, если я все правильно запомнил, они должны были выбрать для этого Антона только то дело, в котором наименьшее количество улик. А там вроде был автомат? И в других — тоже?

— Был, был. Значит, видишь, что получается? Ну, калмыка того отмели, это ясно, машина была поломана, любой эксперт скажет. Не проходит номер. Доктор Усатов был снят, очевидно, по той причине, что жена его дала-таки показания в защиту Калужкина, хотя, формально говоря, на руках доктора якобы кровь двоих детей Антона. Алексей, между прочим, потребовал, чтобы показания этой женщины были приобщены к делу. Про Дадаева они тоже поняли, что не светит им обвинение. Чеченцы подвели их. Мог и сам Рахим дать показания относительно них, иначе бы прицепились. Остается Грибанов, бывший участковый. Тут тоже просматривается некая политика. Вот смотри, его ведь убрали из-за каких-то списков местных наркодельцов, которые так вроде и не нашло следствие. А может, нашло, но изъяло из дела. А в тех списках наверняка есть и дадаевская команда, то есть те же чеченцы в первую очередь. Но я уверен, что не только ими ограничился бывший участковый, там могли быть имена и покруче. И они есть, эти списки, надо только очень хорошо их поискать. Чем, кстати, никто не занимался, и я в том числе. А вот команда, перерывшая — в буквальном смысле — весь дом Грибанова, ничего не обнаружила. Значит, тем более документы есть. Или их копии. Не мог тот майор не понимать, что держит в руках гранату без чеки. Еще вопрос, почему ругались или делали вид, что ругались Грибанов с Калужкиным. Никто, кроме самого Калужкина, а он промолчал. Тоже вопрос — почему? Но в этой ситуации никаким присяжным не докажешь, что Антон невиновен. Если они еще были, эти присяжные. Алексей, кажется, говорил, что адвокат Калужкина настаивал. А в общем, все сейчас — слухи и догадки. Но, следи за мыслью: убрав неугодного Грибанова, они тут же назначили «ручного» Жигало, которого я имел неудовольствие видеть, — полное ничтожество, продажная шкура. А теперь скажи мне, что мы можем в этой ситуации сделать?

— Не знаю, Славка... Странно, что эта женщина и от Зины с Дусей привет передает. Сами-то чего молчат? Или тоже не верят? Это очень хреново, Славка, хуже не бывает.

— А ты что мне предлагаешь? Снова ехать туда, где меня ждут с огромным удовольствием? Во всех смыслах. Или сам, что ли, отправишься? На какие средства? У них же наверняка нет ни копейки. Значит, работать на чистом энтузиазме? А тебе это нужно? «Глории» нужно?

— Да, слушай, — словно нашел другую тему Турецкий, — ты как собираешься обустраиваться? Мы вот с ребятками гадаем, даже поспорили, мнения разделились, — он засмеялся, — быть в этом доме одной прекрасной женщине или нет? Ты представляешь, старина, идешь ты, да хоть и с той же Дусей, в мебельный, и вы долго и старательно выбираете большую постель? И Дуся вся светится, потому что уж что-что, а постель-то — ее прямое дело, можно сказать, личное. До чего ж она хороша была, эта женщина! Забыть не могу. А сколько от нее радости!

— Ну и что? — как-то вяло отреагировал Грязнов.

— А то, Славка, что был бы ты за ней, как за каменной стеной, она бы домом твоим родным стала. А не красивой, но пустой квартирой, где можно на роликах кататься. О возрасте подумай, каково будет одному? Причем, тьфу, тьфу, тьфу, очень скоро. А тут — такая любовь! И рыбка вкусная... Как один талантливый американец написал: это почти не бывает, чтоб в одном месте находились сразу любовь, выпивка, закуска и дрова.

— А чего это ты вдруг вспомнил?

— Потому что ты сам все время о ней думаешь. И трусишь. Не в первый, кстати, раз. А не написала она тебе из гордости, потому что верит в тебя и знает, что тебя уговаривать и просить не надо, сам всегда знаешь, что делать... Да и квартира готова... к новоселью. Если ты еще не забыл, что это такое...

— Ладно, новоселье там... — Грязнов поморщился и устало отмахнулся. — Успеется, не последний день живем.

— Конечно, не последний, только их все меньше. Как и воспоминаний о любви одной прекрасной женщины.

— Слушай, ты меня достал! — разозлился Грязнов. — Что ты заладил? Друг называется. Хочешь слетать туда и снова разобраться? Валяй, если деньги лишние есть. Может, и мы чего наскребем. Не обеднеем. Только ж договор надо, а так тебя никто всерьез и не примет.

— Так ты Алексею позвони, посоветуйся. Сам же говорил, что у него совесть еще не заснула. Опять же и мне при его поддержке работать будет легче, сам знаешь. И обязательно о его сестре скажи... Я могу, к примеру, у нее устроиться. Или у Зины. Где, ты считаешь, мне будет более удобно?

— Ну, ты жук, Саня! Давишь, как танк!

— О тебе, дураке, забочусь, — беспечно ответил Турецкий. — А был бы ты настоящим мужчиной... Не мужиком, а именно мужчиной, потому что мыто уж с тобой знаем, чего у каждого мужика имеется. А у мужчины — то же самое, но еще и все остальное... включая характер... Короче, написал бы ты записку и передал со мной. А в ней сказал бы, что «угол» наконец есть и ты ждешь ее, чтобы заполнить пространство между стенами мебелью и прочим, что ей покажется необходимым для вашей радости... Только, боюсь, у тебя духу не хватит, смелости, мужского достоинства! — И, увидев, как вспыхнули глаза Грязнова, торопливо добавил: — Правда, это когда было? В молодости, когда смола в заднице кипела. Может, и изменился с тех пор... в лучшую сторону... Не надо, не стреляй глазами. Лучше возьми ручку и лист бумаги. И не теряй драгоценных минут, Славка...

— Погоди, Саня, не горячись... — словно опомнился Грязнов и хитро ухмыльнулся. — Все ты говоришь верно, от чистого сердца. Но только и я тебе скажу. Я вот вчера приехал туда, к себе. Походил, прошел на кухню. Вроде стулья на месте, стол там, мойка, шкаф... А чего-то не хватает. Сел, дернул стаканчик и понял. Знаешь, что понял?

— Знаю!

— Ну, скажи, угадай! Угадаешь, видит бог...

— Тоже мне бином Ньютона, как говорил один опытный котяра. Ты подумал, мой генерал, что не хватает тебе хозяйки, которая посмотрела бы на тебя и улыбнулась: «Славушка мой пришел с работы! Как я соскучилась!» Вот, хошь верь, хошь не верь.

— Точно, — Грязнов глубоко вздохнул и потянулся за ручкой, — смейся, твоя взяла...

Одного из пассажиров московского рейса в астраханском аэропорту встречали трое: генерал милиции в форме, красивая полная женщина, щеки которой алели от радости, и другая женщина, все время смущенно улыбавшаяся. Наконец, он появился.

Реакция встречавших была разная. Полная женщина с девичьей непосредственностью кинулась мужчине на шею. Ее смущенная подруга мяла в руках платочек и смотрела с ожиданием и опаской. А генерал снисходительно улыбался, наблюдая за женщинами.

Александр Борисович аккуратно снял со своих плеч руки Дуси, подмигнул ей и, обнимая одной рукой, другую протянул в Зине, как бы призывая и ее приблизиться под его «крыло». Обнял и обернулся к генералу.

— Здравствуйте, Алексей Кириллович, рад с вами познакомиться. Славка говорил о вас столько хороших слов, что я подумал, будто он хочет к вам подлизаться, а сам тем временем умыкнуть вашу замечательную сестричку. Вот в этой связи я и докладываю высокому собранию: ремонт в Славкиной квартире мы, усилиями всего агентства «Глория», наконец благополучно закончили, и скажу вам, это была та еще эпопея. Но теперь встал другой вопрос: надо заполнять пространство квартиры. У нас были разные предложения на этот счет, но Славка категорически отмел все и заявил, что лучше Дусеньки этого не сделает никто. Потому что, как мы поняли из его довольно путаных объяснений, ей там жить, ей, мол, и решать. Логично? Но ты-то как, Дуся? Он хоть твое мнение спрашивал?

Она только сияла глазами, наполняющимися слезами.

— Так, ясен вопрос. Тогда господин генерал, я, обладая на сей счет чрезвычайными полномочиями, обязан лично посадить вашу сестрицу в первый же самолет, отлетающий в Москву. И вот что у нас получается: провожает один генерал, в самолет сажает другой, а встречает третий. Сразу три генерала для одной дамы — это, я скажу вам, не самый худший вариант, вы согласны со мной? Да, и вот что он еще просил передать...

Дуся дрожащими пальцами взяла записку Грязнова, развернула ее и стала читать, откидывая голову назад и словно смахивая с глаз слезы.

«Дусенька, убедительная просьба к тебе. Помоги Сане с проживанием. По моей договоренности с Алешей, он должен провести там, у вас, серьезное расследование. Лучше, если б он остановился у тебя дома. Ты бы оставила ему свои ключи, а он поможет тебе добраться до аэропорта и посадит на самолет в Москву. А я тебя встречу уже здесь. Очень соскучился и хочу поскорее тебя увидеть. Если, конечно, ты еще не забыла одного старого и толстого отставного генерала. И встреча с ним не вызовет у тебя резкого протеста. Только перед отлетом обязательно расскажи ему о тех людях, которые могли бы выдать максимально полную информацию по делу об убийстве Усатова. Еще лучше, если познакомишь Саню с ними, все-таки твоя рекомендация поможет наладить контакты. Я тебе потом все объясню, когда прилетишь. Сказал бы, что обнимаю, да только на расстоянии ты этого не почувствуешь. Ну, жду с нетерпением, Слава. Горячий привет Леше, теперь ты хозяйка, приглашай его к нам в гости, будем всегда рады».

Она передала записку брату, и пока тот читал, разбирая сквозь очки своеобразный Славкин почерк, Саня наклонил голову к Зине:

— Ну вот, видишь теперь, а ты не верила... Золушка.

— Прилетел, не обманул, — выдохнула в ответ она и прижалась к нему. Взглянула вверх: — Ты такой светлый, радостный... как будто Бог спустился на землю...

— Скажешь тоже...

Турецкий никому не поверил бы, если бы ему сказали, что он может так смутиться...

Вечером того же дня, выйдя на воздух из дома Дуси, где они в тесной компании с Алексеем и Зиной «провожали» Дусю в Москву, Турецкий достал телефонную трубку и позвонил Грязнову.

— Славка, — начал он вместо приветствия и сообщения, что долетел благополучно и его встретили, — ты не можешь себе представить, как она плакала. Мне безумно хотелось ее пожалеть, но я, чес-

тно говорю, испугался, как бы мое желание утешить ее не переросло в нечто, куда более серьезное. Давно не встречал такого откровенного про-
явления душевной боли, надежды и счастья одновременно. Искренне завидую, старина. Не пугай
больше женщину... А с моими доводами, что у них
тут произошла судебная ошибка, Алексей как-то
неожиданно легко согласился и даже отреагировал
спокойно и по-деловому. Я удивился, думал, начнет возражать и защищать местную Фемиду. Слушай, неужели мы с тобой, Славка, еще что-то можем? Короче, старина, вспомни, как мы докла-ды-
вали нашему высокому начальству в недавнем
прошлом? Разрешите приступить к расследованию!..

ОГЛАВЛЕНИЕ

Незнанский, Ф.Е.

Н44 Чисто астраханское убийство: [роман] / Фридрих Незнанский. — М.: Астрель: Олимп, 2012. — 316, [4] с. — (Возвращение Турецкого).

ISBN 978-5-271-40222-7 (ООО «Издательство Астрель») (7Бц)
ISBN 978-5-7390-2414-5 (ООО «Агентство «КРПА Олимп»)

ISBN 978-5-271-40223-4 (ООО «Издательство Астрель») (Обл.)
ISBN 978-5-7390-2528-9 (ООО «Агентство «КРПА Олимп»)

Турецкий с Грязновым во время отдыха на рыбалке в астраханской станице оказываются втянутыми в расследование «громкого» преступления. Местный пчеловод расстрелял из автомата троих соседей и сбил машиной четвертого. Доказательства налицо, улики собраны. Но кое-кто считает обвинения против пасечника ложными. Неожиданно возникают новые факты, меняющие местами действующих лиц «чисто астраханского убийства».

УДК 821.161.1-312.4
ББК 84(2Рос=Рус)6-44

Литературно-художественное издание

С е р и я

«ВОЗВРАЩЕНИЕ ТУРЕЦКОГО»

Незнанский Фридрих Евсеевич

ЧИСТО АСТРАХАНСКОЕ УБИЙСТВО

Редактор *В.Е. Вучетич*
Компьютерный дизайн: *Г.В. Смирновой*
Компьютерная верстка *И.В. Соколова*
Корректор *Н.В. Антонова*

Подписано в печать 06.12.11. Формат 84x108^1/$_{32}$. Усл. печ. л. 16,8.
(7Бц). Тираж 3000 экз. Заказ № 12227.
(Обл.). Тираж 1000 экз. Заказ № 12227.

Общероссийский классификатор продукции
ОК-005-93, том 2; 953000 − книги, брошюры

ООО «Издательство Астрель»
129085, г. Москва, проезд Ольминского, 3а

ООО «Агентство «КРПА Олимп»
115491, Москва, ул. Орджоникидзе, д. 3, стр. 4
www.rus-olimp.ru
E-mail: olimpus06@rambler.ru

Издание осуществлено при техническом участии
ООО «Издательство АСТ»

ОАО «Владимирская книжная типография».
600000, г. Владимир, Октябрьский проспект, д. 7.
Качество печати соответствует качеству
предоставленных диапозитивов